MITOS DE CTHULHU

Segunda selección

H. P. Lovecraft

Edimat Libros, SA

Copyright © EDIMAT LIBROS, SA
C/ Primavera,10, nave 35
28500 Arganda del Rey
MADRID-ESPAÑA
www.edimat.es

ISBN: 978-84-9794-622-3
Depósito Legal: M-2138-2024

Título: Mitos de Cthulhu (Segunda selección)
Autor: H. P. Lovecraft
Traducción e introducción: Javier Blanco Urgoiti
Diseño e ilustraciones de cubierta: Karakachoff Estudio

Impreso en España - *Printed in Spain*

INTRODUCCIÓN

H. P. LOVECRAFT

Vamos a comenzar por algo de lo que no es posible dudar: Howard Phillips Lovecraft fue un genio dotado con esa extraña capacidad, que poseen casi todos los de su clase, de no dejar indiferente: puede que a usted le guste más o menos o puede que no; puede que su mundo de ficción le enganche y le lleve a profundizar en su gigantesca creación o, quizá, le parezca un autor lineal, monolítico y previsible. No lo descarto, pero está fuera de toda cuestión que fue el creador de una de las más grandes, artificiosas, complicadas e intrincadas mitologías de la historia de la literatura, recogida en los «Mitos de Cthulhu». Aunque, a decir verdad, no fue Lovecraft el único en contribuir a la creación del mito, sino que fue todo un círculo de escritores, el Círculo Lovecraft, cuyos miembros desarrollaron este mundo de fantasía que partió, eso sí, de la imaginativa cabeza del escéptico Howard Phillips, más conocido como H.P. Su círculo lo formaron escritores, guionistas y admiradores de Lovecraft, entre los que estaban Frank Belknap Long, Robert Bloch, August Derleth, Henry Kuttner, Clark Ashton Smith, Donald Wandrei y Robert E. Howard, el creador de «Conan el Bárbaro», uno de los mejores amigos de Lovecraft al que, sin embargo, no llegó a conocer en persona.

H. P. Lovecraft llevó una vida pobre, trabajó de casi cualquier cosa que le saliera para ganarse el sustento, aunque de forma muy poco constante, porque la literatura no le daba para vivir. Hoy, en cambio, ha alcanzado una popularidad póstuma que lo ha convertido en un fenómeno global, yo casi diría que viral, si tenemos en cuenta su difusión por las redes sociales e Internet. Sus seguidores son legión, se conocen su mundo de ficción al dedillo y lo publican y difunden en webs, en páginas de Facebook, en perfiles de Instagram, en *wikis* participativas dedicadas exclusivamente al autor, a su círculo de amigos y a su creación. Es tanta la pasión que levanta que apuesto a que más de uno asegura haber encontrado, y leído, una copia del *Necronomicón,* del árabe loco Abdul Alhazred y que todos están de acuerdo en cuál es la pronunciación canónica de Cthulhu (a pesar de que el propio autor asegura que es la transcripción fonética aproximada de una especie de gargajeo gutural en un idioma extraterrestre).

SWEET HOME NEW ENGLAND

Howard Phillips Lovecraft, HP, nació en Providence, Estado de Rhode Island, Estados Unidos, el 20 de agosto de 1890. Allí, en la vieja, profunda y puritana Nueva Inglaterra, *land of the braves,* origen del país que es Estados Unidos, se desarrolla la base de toda su obra, incluso cuando sus personajes se van de expedición a la Antártida, como en *En las montañas de la locura* lo hacen partiendo de Nueva Inglaterra y por encargo de la ficticia Universidad de Miskatonic, de la ficticia ciudad de Arkham, del nada ficticio Estado de Massachussets. Quiero decir con esto que su ficción no es pura, sino que se mezcla con escenarios, universidades, ciudades y nombres y referencias que son reales, algunos coetáneos del propio Lovecraft y otros, anteriores, pero siempre con base en su Nueva Inglaterra natal. Incluso, Providence, su ciudad, goza de infinidad de referencias y descripciones dentro de su obra, siempre con tendencia a ponderar y exaltar su antigüedad, su legado, su vejez... Queda claro que Providence es una ciudad tradicionalista, caduca y, por supuesto, gótica.

Nueva Inglaterra, además, es un escenario magnífico para la clase de terror, o de ciencia ficción (o, más bien, la mezcla de ambos) que hace Lovecraft: es una región que, tradicionalmente, está ligada a lo sobrenatural, sobre todo después de los hechos acontecidos en la ciudad de Salem, Massachussets, entre 1692 y 1693, cuando más de ciento cincuenta personas fueron detenidas y acusadas de brujería y sometidas a juicios de lo más dudoso, en los que la presunción de inocencia, las garantías procesales y cualquier derecho que pudiera tener un reo, culpable o no, fueron deliberadamente pisoteados con el único fin de aplacar el miedo extendido en la población. Una lección, la de que la histeria es incompatible con la justicia, de la que la humanidad no acaba de aprender, a pesar de la larga fila de películas que se han filmado en Hollywood sobre los juicios de Salem.

Lovecraft tenía ocho años cuando murió su padre, Winfield Scott Lovecraft (1853-1898), aunque ya había perdido toda referencia paterna cinco años antes del fallecimiento de su progenitor, ya que WS Lovecraft se los pasó internado en el psiquiátrico de Providence, el Butler Hospital, aquejado de una neurosífilis, es decir, una sífilis no tratada que se extiende al sistema nervioso y que acaba matando al paciente o dejándolo en coma. La cuestión es que la figura paterna desapareció pronto de su vida y, aunque fue sustituida por la de su abuelo materno, Whipple Van Buren Phillips, son muchos los que opinan que su madre, Sarah Susan Phillips (1857-1921), ejerció una pésima influencia sobre el pequeño Howard, con la inestimable ayuda de sus hermanas, sus tías, Lillian Delora Phillips y Annie Emeline Phillips.

Los Phillips eran lo más cercano a lo que se puede llamar nobleza de Nueva Inglaterra, aunque venidos a menos, y su genealogía y su orgullo llegaba hasta los primeros colonos ingleses, los puritanos del Mayflower, algo que también marcó al joven Lovecraft, junto con la sobreprotección a la que fue sometido por parte de su madre y de sus «titas», que lo acabaron convirtiendo en un niño enfermizo, solitario, taciturno, con pocos amigos... Menos mal que, al menos, el abuelo le dio un poco de vidilla al chaval alentando su pasión por la lectura y, desde luego, por la escritura, aunque los primeros escritos de Lovecraft son poesías y unas novelas policíacas muy infantiles.

Tan dominado estaba por su madre, que no se decidió a casarse hasta después de su muerte, en 1921, aunque, por supuesto, sus «titas» no vieron con buenos ojos la unión. Se dice que Lovecraft era una persona asexual, incluso el famoso director de cine Guillermo del Toro rodó un documental sobre la vida del autor, *Lovecraft: fear of unknown,* donde se asegura, entre otras cosas, que era un hombre poco masculino y nada atraído por las mujeres. En 1924, se mudó a Nueva York y se casó con Sarah Green, una mujer de origen judío de mucho carácter (¿una sustituta de su madre?) cuya relación con HP apenas duró dos años. Las dificultades económicas, pues Lovecraft no conseguía vivir de la literatura y era incapaz de mantener mucho tiempo un trabajo, problemas de salud, la distancia entre ambos (Sarah se mudó a Cleveland por motivos laborales dejando a Howard en Nueva York), incluso el carácter elitista de Lovecraft, que, como se ha dicho, era un caballero anglosajón, hicieron imposible el matrimonio. Pese al divorcio, firmado en 1926, y frente a los que defienden la tesis de la asexualidad de Lovecraft, su exmujer declaró en una ocasión que «Howard es un amante excelente y adecuado».

DE VUELTA A PROVIDENCE

Aunque al principio de su estancia en Nueva York, Lovecraft mostró un entusiasmo inusitado por la Gran Manzana, lo cierto es que acabó odiando la ciudad. Sería falta de adaptación o la mencionada incapacidad para mantener un trabajo o para vivir de sus escritos, pero la cuestión es que en 1927 hizo el petate y se volvió a su querida y conocida Providence, en Rhode Island, a vivir de su pasado y a sumergirse en su imaginación, alimentada por el ambiente gótico de la vieja Nueva Inglaterra.

De esta época, son sus mejores obras: *La llamada de Cthulhu, En las montañas de la locura, El caso de Charles Dexter Ward...*, todas ellas publicadas en la revista «Weird tales» (Cuentos extraños) donde conoció a todos los autores de relatos de terror que, apasionados por la imaginación de Lovecraft, crearon el círculo que lleva su nombre y acrecentaron la mitología lovecraftiana. H. P., no sólo no tiene un duro, sino que, además, le cuesta vender sus relatos porque las revistas le piden cuentos cortos: no están interesados en novela, por más que las novelas de Lovecraft sean breves.

Pobre, sin recursos, se aloja en un pequeño cuarto en casa de una de sus tías, crece su sentimiento de frustración y se abandona a la soledad y al aislamiento que, de una manera u otra, siempre habían dominado su vida. Quizá sea esta circunstancia, y los largos paseos nocturnos, lo que contribuye de forma definitiva a que sean los años más fructíferos de su obra, a la que hay que añadir una extensa correspondencia con colaboradores y amigos donde se da rienda suelta a la creación de su universo.

H. P. Lovecraft muere en Providence el 15 de marzo de 1937, víctima de un cáncer intestinal. Los últimos años de su vida se dedica a escribir, editar los cuentos de otros por dinero e, incluso, a hacer de «escritor fantasma», es decir, de negro literario. Algo mágico tenía este escritor, desde luego, cuando, a pesar de que su literatura no le daba para vivir, levantó ese velo de admiración a su alrededor que se extiende a muchos otros autores y escritores posteriores, desde Stephen King, el reconocido maestro del terror, hasta el francés Michel Houellebeqc.

TERROR O CIENCIA FICCIÓN

Sin embargo, Lovecraft es un precursor, un adelantado, alguien que llevó el terror tradicional, el de las brujas que vuelan con escobas, los aquelarres y los ritos demoníacos e, incluso, los vampiros, a un nivel más allá mezclándolo con una ciencia ficción que no es futurista, o no del todo, sino muy anterior a la humanidad, que representa un terror que está latente, durmiente, esperando el momento para despertar y acabar con el mundo tal y como lo conocemos. Ese terror lo representa el Gran Cthulhu, una especie indescriptible de ser monstruoso y espeluznante que mezcla atributos de animales de lo más dispar, al menos en sus descripciones, entre el pulpo, las trompas de elefante, el aspecto homínido, las garras de fiera... Cthulhu, cuya transcripción fonética es aproximada, porque en verdad el idioma que ellos manejan está hecho a base de gañidos y escritura jeroglífica, y toda su especie llegaron de las estrellas hace «eones» (del griego, «eternidad») y están esperando al alineamiento correcto para, con la ayuda de un hombre, poder despertar del sueño en el que están sumidos.

Como terror, lo que se dice terror, no provoca demasiado. Es posible que en su época sí fuera terrorífico y que los años no le hayan sentado demasiado bien, porque, claro, la sociedad ha evolucionado mucho en este siglo. Y sus miedos, más. Vivimos en un mundo muy escéptico en el que los personajes mágicos, generalmente, ya están bien ubicados en el mundo de la fantasía, racionalizados y, por tanto, no resultan una amenaza real. Hoy el terror se centra más en lo que no se ve, en lo intangible: la locura humana, lo irracional, una enfermedad que avanza sin remedio y, eso sí, zombis. Mucho zombi: la perfecta alegoría del destino al que, lentamente, está llegando la humanidad.

POE, EL GRAN REFERENTE

No es posible escribir un prólogo sobre Lovecraft sin hacer una referencia larga a Edgar Allan Poe, el gran escritor de Boston, Massachussets, padre del género de detectives, del suspense, gran renovador de la novela gótica, del terror, y uno de los precursores de la ciencia ficción. Coincide con Lovecraft en muchos elementos, salvo, por supuesto, en la forma de escritura: Poe es un escritor romántico que está ciertamente preocupado por el estilo, de hecho su influencia es reconocida por autores de la talla del norteamericano William Faulkner, el checo Franz Kafka, el argentino Jorge Luis Borges, el mencionado ruso Dostoievski o el alemán Thomas Mann, el universalmente conocido como Arthur Conan Doyle y su Sherlock Holmes o el cáustico Ambrose Bierce, del «Diccionario del diablo».

Poe se hizo célebre con el poema narrativo «El cuervo», publicado originalmente en el NY Evening Mirror, en 1845, que logra crear un ambiente sobrenatural, con mensaje moral, a través de un lenguaje estiloso, musical y pulcro que es su constante en otras grandes obras como *Los crímenes de la calle de la Morgue,* cuyo protagonista, Auguste Dupin es el antecesor de Sherlock Holmes, *El escarabajo de oro* o *Las aventuras de Arthur Gordon Pym.* La referencia a ellas en Lovecraft es constante.

Edgar Allan Poe murió relativamente joven, a los cuarenta años, aunque no se sabe muy bien de qué: quizá de una vida de abusos, quizá un paro cardíaco, quizá el alcohol y las drogas. La cuestión es que hay una nueva coincidencia morbosa, *post mortem,* entre ambos escritores que denota lo separados que estaban en su concepción literaria: sus lápidas no se limitan con rezar el nombre y la fecha de nacimiento y muerte. En la de Poe, sobre el mármol, en el lugar donde debería ir la cruz, un cuervo tallado parece que vigila la tumba de su creador, en clara referencia a su obra. En la de Lovecraft, aparte de los datos biográficos normales, sólo una frase: «Yo soy Providence».

La obra de H. P. Lovecraft (completada con la de sus seguidores miembros del Círculo que lleva su nombre) es extensísima y se mueve siempre dentro de este universo fantasioso, mezclado a ratos con referencias, personas, localizaciones y citas reales hasta el punto de que el lector, por muy culto que sea, va a perderse a buen seguro entre la realidad y la ficción.

Ya lo he dicho: era un genio, un adelantado, y no le va a dejar indiferente.

Que lo disfrute.

Los *Mitos de Cthulhu* son una creación literaria del escritor estadounidense H. P. Lovecraft, y complementado por otros escritores pertenecientes al Círculo de Lovecraft, que se ha convertido en un fenómeno cultural en el ámbito del horror y la ciencia ficción. Estos mitos forman parte de un universo ficticio en el que seres cósmicos, antiguos y poderosos, y entidades extraterrestres de naturaleza indescriptible, acechan en las sombras de la realidad.

En el centro de estos mitos se encuentra Cthulhu, una entidad monstruosa que yace en un sueño profundo en la ciudad sumergida. Lovecraft introdujo estos elementos en sus relatos para transmitir la idea de que el universo está poblado por seres que son completamente ajenos a la comprensión humana, y cuyas presencias pueden volverse desencadenantes de locura para aquellos que se encuentran con ellos.

Fue principalmente August Derleth, discípulo y corresponsal de H. P. Lovecraft, quien propuso el termino *Mitos de Cthulhu,* pese a que Lovecraft defendía la denominación de Yog-Sothería. Se nombran a continuación, una selección de relatos de H. P. Lovecraft que según Derleth, pertenecen a este ciclo literario:

Relatos *Mitos de Cthulhu,* primera selección:

> *La llamada de Cthulhu.*
> *El caso de Charles Dexter Ward.*
> *El horror de Dunwich.*

Relatos *Mitos de Cthulhu,* segunda selección:

> *El color en el espacio exterior.*
> *El que susurra en la oscuridad.*
> *En las montañas de la locura.*

MITOS DE CTHULHU

Segunda selección

EL COLOR
EN EL ESPACIO EXTERIOR
(1927)

Al oeste de Arkham, las colinas se alzan agrestes y hay valles con profundos bosques en los que nunca ha sonado el ruido de un hacha. Hay sombrías y oscuras cañadas donde los árboles se inclinan fantásticamente y por donde discurren estrechos arroyuelos que nunca han captado el reflejo de la luz del sol. En las laderas menos salvajes, hay granjas antiguas y rocosas, con pequeñas edificaciones cubiertas de musgo, que rumian eternamente los misterios de Nueva Inglaterra, aunque todas ellas están ahora vacías, con sus largas chimeneas desmoronándose y las paredes combándose bajo los tejados holandeses.

Sus antiguos moradores se marcharon y a los extranjeros no les gusta vivir allí. Los francocanadienses lo han intentado, después los italianos y los polacos llegaron y se marcharon. Es un hecho que no se debe a nada que pueda ser oído, o visto, o tocado, sino por algo que se imaginan. El lugar no sugiere nada bueno y no produce sueños tranquilizadores por la noche. Esto es lo que mantiene a los extranjeros lejos del lugar, ya que el viejo Ammi Pierce no les ha contado nunca lo que él recuerda de los extraños días. Ammi, que desde hace varios años está un poco desequilibrado, es el único que sigue allí y el único que habla de los extraños días; y se atreve a hacerlo, porque su casa está muy próxima al campo abierto y a los caminos que rodean a Arkham.

Hace tiempo, había un camino sobre las colinas y a través de los valles, que recorría en línea recta hasta donde ahora hay un páramo maldito, pero la gente dejó de utilizarlo y se abrió un nuevo camino que daba un rodeo hacia el sur. Entre el selvático erial aún puede encontrarse el trazado del antiguo camino, a pesar de que la maleza lo ha invadido todo. Parte de él, sin duda, persistirá incluso cuando la mitad del valle quede inundado por el nuevo embalse. Cuando los bosques oscuros se aclaren y el erial muera muy por debajo de unas aguas azules cuya superficie reflejará el cielo y se rizará bajo el sol. Y los secretos de los días extraños serán uno con los secretos de las profundidades; uno con la tradición oculta del viejo océano y todo el misterio de la tierra primitiva.

Cuando llegué a las colinas y valles para examinar los terrenos destinados a la construcción de un nuevo embalse, me dijeron que aquel maldito páramo estaba hechizado. Eso me dijeron en Arkham, y como se trata de un pueblo muy antiguo lleno de leyendas de brujas, pensé que lo de «hechizado» debía de ser algo que las abuelas habían susurrado a los chiquillos a través de los siglos. Lo de «maldito páramo» me pareció demasiado teatral y me pregunté cómo habría llegado a formar parte de las tradiciones de un pueblo puritano. Luego vi con mis propios ojos aquellas cañadas y laderas y ya no me extrañó que estuvieran rodeadas de una leyenda de misterio. Las vi por la mañana, pero a pesar de ello estaban sumidas en la sombra. Los árboles crecían demasiado juntos y sus troncos eran demasiado grandes para tratarse de árboles de Nueva Inglaterra. En las oscuras avenidas del bosque había demasiado silencio y el suelo estaba demasiado blando, invadido de musgo húmedo y de restos de infinitos años de descomposición.

En los espacios abiertos, principalmente a lo largo de la línea del antiguo camino, había pequeñas casas de labor, unas veces con todas sus edificaciones en pie y otras con sólo un par de ellas, y en ocasiones contadas hasta con una solitaria chimenea o una derruida bodega. La maleza reinaba por todas partes y seres furtivos susurraban en el subsuelo. Todo lo presente sufría una rara opresión, un toque grotesco de irrealidad, como si fallara algún elemento vital de perspectiva o de claroscuro. No me extrañó que los extranjeros no quisieran permanecer allí, no era una región que invitara a dormir en ella. Era demasiado parecido un paisaje de Salvatore Rosa[1]; demasiado parecido a un grabado prohibido de una historia de terror.

Nada de lo que hubiera visto antes podía compararse en desolación con el páramo maldito. Se encontraba al final del espacioso valle y ningún otro nombre hubiera podido aplicársele con más propiedad,

---

[1] SALVATORE ROSA (1615-1673) fue un pintor protorromántico italiano cuyos paisajes son ciertamente tétricos. *(N. del T.)*

ni ninguna otra cosa se adaptaba tan perfectamente a un nombre. Era como si un poeta hubiese acuñado la frase después de haber visto aquella región. Mientras la contemplaba, pensé que era el resultado de un incendio, pero ¿por qué no había crecido nunca nada sobre aquellos cinco acres de gris desolación, que se extendía bajo el cielo como una gran mancha corroída por el ácido entre bosques y campos? Discurre en gran parte hacia el norte de la línea del antiguo camino, pero invade un poco el otro lado. Mientras me acercaba experimenté una extraña sensación de repugnancia y sólo me decidí a hacerlo obligado por mi misión. En aquella amplia extensión no había vegetación de ninguna clase; no había más que una capa de fino polvo o ceniza gris, que ningún viento parecía ser capaz de arrastrar. Los árboles más cercanos tenían un aspecto raquítico y enfermizo, y muchos de ellos aparecían agostados o con los troncos podridos. Mientras andaba apresuradamente vi a mi derecha los derruidos restos de una casa de labor y el brocal negro de un pozo abandonado cuyos estancados vapores adquirían un extraño matiz al ser bañados por la luz del sol. Aquel desolado espectáculo hizo que dejara de burlarme de los asustados susurros de los habitantes de Arkham. En los alrededores no había edificaciones ni ruinas de ninguna clase, incluso en los antiguos tiempos, el lugar debió de ser solitario y apartado. Más tarde, a la hora del crepúsculo, me entró temor pasar de nuevo por aquel ominoso lugar para volver, por lo que, a pesar de que significaba dar un gran rodeo, tomé el camino del sur.

Por la noche, pregunté a algunos habitantes de Arkham acerca del páramo maldito y sobre el significado de la frase «los extraños días», que había oído murmurar evasivamente. Sin embargo, no pude obtener ninguna respuesta concreta y lo único que saqué en claro era que el misterio se remontaba a una fecha mucho más reciente de lo que había imaginado. No se trataba de una vieja leyenda, ni mucho menos, sino de algo que había ocurrido en vida de los que hablaban conmigo. Había sucedido en los años ochenta: una familia entera desapareció o fue asesinada. Los detalles eran algo confusos y, como todos aquellos con quienes hablé me aconsejaron que no prestara crédito a las fantásticas historias del viejo Ammi Pierce, decidí ir a visitarle a la mañana siguiente, después de enterarme de que vivía solo en una ruinosa casa que se alzaba en el lugar donde el bosque empieza a espesarse. Era un lugar muy antiguo y había empezado a exudar el leve olor a miasma que se desprende de las casas que han permanecido en pie demasiado tiempo. Tuve que llamar insistentemente para que el anciano se levantara y, cuando se asomó tímidamente a la puerta, me di cuenta de que no se alegraba de verme. No estaba tan débil como yo había esperado, pero sus ojos parecían desprovistos de vida y sus andrajosas ropas y su barba blanca le daban un aspecto gastado y decaído.

Al principio, no supe cómo dirigir la conversación para que me contara sus «fantásticas historias». Fingí que me había llevado hasta allí la misión a que estaba entregado, le hablé de ella al viejo Ammi, formulándole algunas vagas preguntas acerca de la zona. Ammi Pierce era un hombre más culto y educado de lo que me habían dado a entender y se mostró más comprensivo que cualquiera de los hombres con los cuales había hablado en Arkham. No era como otros campesinos que había conocido en la zona donde se iba a construir el embalse. Ni siquiera protestó por las hectáreas de antiguo bosque y de tierras de labor que iban a desaparecer bajo las aguas, aunque quizá su actitud hubiera sido distinta de no haber tenido su hogar fuera de los límites del futuro lago. Lo único que mostró fue alivio: alivio ante la idea de que los valles por los cuales había vagabundeado toda su vida iban a desaparecer. Estarían mejor debajo del agua... Era lo mejor que podía suceder, sobre todo desde los extraños días. Y, al decir esto, su ronca voz se hizo más apagada, mientras su cuerpo se inclinaba hacia delante y el dedo índice de su temblorosa mano derecha empezó a señalar algo de un modo solemne.

Entonces me contó toda la historia, y mientras aquella voz ronca avanzaba en su relato, en una especie de misterioso susurro, me estremecí una y otra vez a pesar de que estábamos en pleno verano. Tuve que interrumpir al narrador con frecuencia, para poner en claro puntos científicos que él sólo conocía a través de lo que había dicho un profesor, cuyas palabras repetía como un papagayo, aunque su memoria había empezado ya a flaquear, o para tender un puente entre dato y dato, cuando fallaba su sentido de la lógica o de la continuidad. Cuando hubo terminado, no me extrañó que su mente estuviera algo desequilibrada, ni que a la gente de Arkham no le gustara hablar del páramo maldito. Me apresuré a regresar a mi hotel antes de la puesta del sol, ya que no quería tener las estrellas sobre mi cabeza encontrándome al aire libre. Al día siguiente regresé a Boston para dar mi informe. No podía ir de nuevo a aquel oscuro caos de antiguos bosques y laderas, ni enfrentarme otra vez con aquel gris erial donde el negro pozo abría sus fauces al lado de los derruidos restos de una casa de labor. El embalse iba a ser construido inmediatamente y todos aquellos antiguos secretos quedarían enterrados para siempre bajo las profundas aguas. Pero creo que ni cuando esto sea una realidad, me gustará visitar esa región por la noche... Al menos, no cuando brillan en el cielo las siniestras estrellas.

Todo empezó, dijo el viejo Ammi, con el meteorito. Antes no se habían oído historias de ninguna clase, desde los tiempos de los procesos por brujería y ni siquiera en aquella remota época los bosques occidentales fueron ni la mitad de temidos que la pequeña isla del Miskatonic, donde el diablo concedía audiencias junto a un extraño altar de piedra, más antiguo que los indios. Estos no eran bosques hechizados y su fantástica oscuridad no fue nunca terrible hasta los extraños días. Un día llegó aquella blanca nube desde el sur, hubo una cadena de explosiones en el aire y una columna de humo en el valle. Y, por la noche, todo Arkham se había enterado de que una gran piedra había caído del cielo y se había incrustado en la tierra, junto al pozo de la casa de Nahum Gardner, construida en el lugar que ahora ocupaba el páramo maldito.

Nahum había ido al pueblo para contar lo de la piedra, y al pasar por delante de la casa de Ammi Pierce, se lo había contado también. En aquella época, Ammi tenía cuarenta años y todos los extraños acontecimientos estaban profundamente grabados en su cerebro. Ammi y su esposa habían acompañado a los tres profesores de la Universidad de Miskatonic que se presentaron a la mañana siguiente para ver al fantástico visitante que procedía del desconocido espacio estelar, y se habían preguntado cómo era que Nahum había dicho, el día antes, que era muy grande. Nahum, señalando la pardusca mole que estaba junto a su pozo, dijo que había encogido. Pero los profesores contestaron que las piedras no encogen. Irradiaba persistentemente calor y Nahum les contó que había brillado débilmente toda la noche. Los profesores golpearon la piedra con un martillo de geólogo y descubrieron que era sorprendentemente blanda. En realidad, era tan blanda como si fuera artificial y tomaron, o más bien arrancaron, una muestra para llevársela a la Universidad a fin de analizar su naturaleza. Tuvieron que meterla en un cubo que le pidieron prestado a Nahum, ya que el pequeño fragmento no perdía calor. En su viaje de regreso se detuvieron a descansar en la casa de Ammi, y parecieron quedarse pensativos cuando la señora Pierce observó que el fragmento estaba haciéndose más pequeño y había empezado a quemar el fondo del cubo. Realmente, no era muy grande, pero quizás habían cogido un trozo menor de lo que habían supuesto.

Al día siguiente —todo esto ocurría en el mes de junio de 1882—, los profesores se presentaron de nuevo, muy excitados. Al pasar por la casa de Ammi le contaron lo que había sucedido con la muestra, diciendo que había desaparecido por completo cuando la introdujeron en un recipiente de cristal. El recipiente también había desaparecido, y los profesores hablaron de la extraña afinidad de la piedra con el silicio. Había reaccionado de un modo increíble en aquel laboratorio perfectamente ordenado, sin sufrir ninguna modificación ni expeler ningún gas al ser calentada al carbón mostrándose completamente negativa a ser tratada con bórax y revelándose absolutamente no volátil a cualquier temperatura, incluyendo la del soplete de oxihidrógeno. En el yunque apareció como muy maleable y en la oscuridad su luminosidad era muy notable. Negándose obstinadamente a enfriarse, provocó una gran excitación entre los profesores y cuando al ser calentada ante el espectroscopio mostró unas brillantes bandas distintas a las de cualquier color conocido del espectro normal, se habló de nuevos elementos, de raras propiedades ópticas y de todas aquellas cosas que los intrigados hombres de ciencia suelen decir cuando se enfrentan con lo desconocido.

Caliente como estaba, fue comprobada en un crisol con todos los reactivos posibles. El agua no hizo nada. Ni el ácido clorhídrico. El ácido nítrico e incluso el agua fuerte se limitaron a resbalar sobre su tórrida invulnerabilidad. Ammi se encontró con algunas dificultades para recordar todas aquellas cosas, pero reconoció algunos disolventes a medida que yo se los mencionaba en el habitual orden de utilización: amoniaco y sosa cáustica, alcohol y éter, bisulfito de carbono y una docena más; pero, a pesar de que el peso iba disminuyendo con el paso del tiempo, y de que el fragmento parecía enfriarse ligeramente, los disolventes no experimentaron ningún cambio que demostrara que habían atacado a la sustancia. Desde luego, se trataba de un metal. Era magnético, en grado extremo, y después de su inmersión en los disolventes ácidos parecían existir leves huellas de la presencia de hierro meteórico, de acuerdo con los patrones de Widmanstätten[2]. Cuando el enfriamiento era ya considerable colocaron el fragmento en un recipiente de cristal para continuar las pruebas Y a la mañana siguiente, fragmento y recipiente habían desaparecido sin dejar rastro, salvo una pequeña señal chamuscada en el estante de madera donde los habían dejado, que probaba que había estado realmente allí.

Esto fue lo que los profesores le contaron a Ammi mientras descansaban en su casa, y una vez más fue con ellos a ver el pétreo mensajero de las estrellas, aunque en esta ocasión su esposa no los acompañó. Comprobaron que la piedra había encogido realmente y ni siquiera los más escépticos de los profesores pudieron dudar de lo que estaban viendo. Alrededor de la masa pardusca situada junto al pozo había un espacio vacío, un espacio que era medio metro menor que el día anterior. Estaba aún caliente, y los sabios estudiaron su superficie con curiosidad mientras separaban otro fragmento mucho mayor que el que se habían llevado. Esta vez ahondaron más en la masa de piedra, y de este modo pudieron darse cuenta de que el núcleo central no era completamente homogéneo.

Habían dejado al descubierto lo que parecía ser la cara exterior de un glóbulo empotrado en la sustancia. El color, parecido al de las bandas del extraño espectro del meteoro, era casi imposible de describir; y sólo por analogía se atrevieron a llamarlo color. Su contextura era lustrosa, y parecía quebradiza y hueca. Uno de los profesores golpeó ligeramente el glóbulo con un martillo, que estalló con un leve chasquido. De su interior no salió nada y el glóbulo se desvaneció como por arte de magia, dejando un espacio esférico de unas tres pulgadas de diámetro. Los profesores pensaron que era probable que encontraran otros glóbulos a medida que la sustancia envolvente se fuera fundiendo.

Pero la conjetura no era correcta y los investigadores no consiguieron encontrar otro glóbulo, a pesar de que taladraron la masa por

---

[2] ALOIS BECKH VON WIDMANSTÄTTEN, conde austriaco, impresor y científico, descubridor de una serie de patrones de reacción de material meteorítico sometido a procesos reactivos. *(N. del T.)*

diversos lugares. En consecuencia, decidieron llevarse la nueva muestra que habían recogido... y cuya conducta en el laboratorio fue tan desconcertante como la de la anterior. Aparte de ser casi plástica, tener calor, magnetismo y una ligera luminosidad, de enfriarse levemente sumergida en poderosos ácidos, de perder peso y volumen en el aire y de atacar a los compuestos de silicio con el resultado de una mutua destrucción, la piedra no presentaba unas características que permitieran identificarla y, al final de tanta prueba, los científicos de la universidad se vieron obligados a reconocer que no podían clasificarla. No era nada de este planeta, sino un trozo del espacio exterior y, como tal, estaba dotado de propiedades externas y desconocidas y obedecía a leyes externas y desconocidas.

Aquella noche hubo una tormenta y cuando los profesores acudieron a casa de Nahum al día siguiente, se encontraron con una desagradable sorpresa. La piedra, magnética como era, debía de poseer alguna peculiar propiedad eléctrica, ya que había «atraído al rayo», como dijo Nahum, con una singular persistencia. En el espacio de una hora, el granjero vio cómo seis rayos caían sobre la masa que se encontraba junto a su pozo y al cesar la tormenta descubrió que la piedra había desaparecido.

Los científicos, profundamente decepcionados, tras comprobar el hecho de la total desaparición, decidieron que lo único que podían hacer era regresar al laboratorio y continuar analizando el fragmento que se habían llevado el día anterior y que como medida de precaución habían guardado en una caja de plomo. El fragmento duró una semana, después de la cual no se había llegado a ningún resultado positivo. La piedra desapareció, sin dejar ningún residuo, y pasado un tiempo los profesores no estaban seguros de haber visto realmente aquel misterioso vestigio de los insondables abismos exteriores; aquel único, fantástico mensaje de otros universos y otros reinos de materia, energía y entidad.

Como es lógico, los periódicos de Arkham hablaron mucho del incidente y enviaron a sus reporteros a entrevistar a Nahum y a su familia. Un rotativo de Boston envió también a un periodista, y Nahum se convirtió rápidamente en una especie de celebridad local. Era un hombre delgado, de unos cincuenta años, que vivía con su esposa y sus tres hijos de lo que cultivaba en el valle. Él y Ammi se hacían frecuentes visitas, lo mismo que sus esposas; y Ammi sólo tenía frases de elogio para él después de tantos años. Parecía estar orgulloso de la atención que había despertado el lugar, y en las semanas que siguieron a su aparición y desaparición habló con frecuencia del meteorito. Los meses de julio y agosto fueron cálidos y Nahum trabajó de firme en sus campos, pero el trabajo de agricultor le dejó más agotado que en años anteriores, por lo que llegó a la conclusión de que el tiempo habían empezado a pesarle.

Luego llegó la época de la recolección. Las peras y manzanas maduraban lentamente, y Nahum aseguraba que sus huertas tenían un aspecto más floreciente que nunca. La fruta crecía hasta alcanzar un tamaño fenomenal y un brillo inusitado y su abundancia era tal que Nahum tuvo que comprar unos cuantos barriles más a fin de poder guardar la futura cosecha. Pero con la maduración llegó una desagradable sorpresa, ya que toda aquella fruta de opulenta presencia resultó incomible. En vez del delicado sabor de las peras y manzanas, la fruta tenía un amargor insoportable. Lo mismo ocurrió con los melones y los tomates, y Nahum vio con tristeza cómo se perdía toda su cosecha. Buscando una explicación a aquel hecho, no tardó en declarar que el meteorito había envenenado sus tierras y dio gracias al cielo porque la mayor parte de su cosecha se obtenía en las tierras altas a lo largo del camino.

El invierno fue muy frío y se presentó antes de tiempo. Ammi veía a Nahum con menos frecuencia que de costumbre y observó que empezaba a tener un aspecto preocupado. También el resto de la familia había asumido un aire taciturno y fueron espaciando sus visitas a la iglesia y su asistencia a los diversos acontecimientos sociales de la comarca. No había motivo alguno para aquella reserva o melancolía, aunque todos los habitantes de la casa daban muestras de cuando en cuando de un empeoramiento en su estado de salud física y mental. Esto se hizo más evidente cuando el propio Nahum declaró que estaba preocupado por ciertas huellas de pasos que había visto en la nieve. En verdad, eran las habituales huellas invernales de las ardillas rojas, de los conejos blancos y de los zorros, pero el caviloso granjero afirmó que encontraba algo raro en la naturaleza y disposición de aquellas huellas. No fue más explícito, pero parecía creer que no respondían a las características anatómicas y a las costumbres de ardillas, conejos y zorros. Ammi no hizo mucho caso de todo aquello hasta una noche que pasó por delante de la casa de Nahum en su trineo, en su camino de regreso de Clark's Corners. En el cielo brillaba la luna y un conejo cruzó corriendo el camino, pero los saltos de aquel conejo eran mucho más largos de lo que le hubiera gustado a Ammi y a su caballo. Este último, en realidad, estuvo a punto de desbocarse si su dueño no hubiera empuñado las riendas con mano firme. A partir de entonces, Ammi mostró mayor respeto por las historias que contaba Nahum y se preguntó por qué los perros de los Gardner parecían estar tan asustados y temblorosos por la mañana. Incluso habían perdido las ganas de ladrar.

En el mes de febrero, los chicos de McGregor, de Meadow Hill, salieron a cazar marmotas, y no lejos de las tierras de Gardner capturaron un ejemplar muy especial. Las proporciones de su cuerpo parecían ligeramente alteradas de un modo muy raro, imposible de describir, en tanto que su rostro tenía una expresión que hasta entonces nadie había visto en el rostro de una marmota. Los chicos quedaron francamente asustados y tiraron inmediatamente el animal, de modo que por la comarca sólo circuló la grotesca historia que los mismos chicos contaron. Pero esto, unido a la historia del conejo que asustaba a los caballos en las inmediaciones de la casa de Nahum, dio pie a que empezara a tomar cuerpo una leyenda, susurrada en voz baja.

La gente aseguraba que la nieve se había fundido mucho más rápidamente en los alrededores de la casa de Nahum que en cualquier otra parte y a principios de marzo se produjo una agitada discusión en la tienda de Potter, en Clark's Corners. Stephen Rice había pasado por las tierras de Gardner a primera hora de la mañana y se había dado cuenta de que había empezado a crecer sobre el suelo fangoso una gran cantidad de col de mofeta. Hasta entonces no se habían visto coles de mofeta de aquel tamaño y su color era tan raro que no podía ser descrito con palabras. Sus formas eran monstruosas y el caballo había relinchado lastimeramente ante la presencia de un hedor que hirió también desagradablemente el olfato de Stephen. Aquella misma tarde, varias personas fueron a ver con sus propios ojos aquella anomalía y todos estuvieron de acuerdo en que las plantas de aquella clase no brotaban en una tierra sana. Se mencionaron de nuevo los frutos amargos del otoño anterior y corrió de boca en boca que los campos de

Nahum estaban emponzoñados. Desde luego, se trataba del meteorito y, recordando lo extraño que les había parecido a los hombres de la universidad, varios granjeros hablaron del asunto con ellos.

Así que un día se presentaron en la granja de Nahum, pero no eran hombres que dieran crédito con facilidad a leyendas y sus conclusiones fueron muy conservadoras. Las plantas eran raras, desde luego, pero todas las coles de mofeta son más o menos raras en su forma y en su color. Quizás algún elemento mineral del meteorito había penetrado en la tierra, pero no tardaría en desaparecer. Y en cuanto a las huellas en la nieve y a los caballos asustados... Se trataba únicamente de habladurías sin fundamento, que habían nacido a consecuencia de la caída del meteorito. Pero unos hombres serios no podían tener en cuenta las habladurías de los campesinos, ya que los supersticiosos labradores dicen y creen cualquier cosa. Ese fue el veredicto de los profesores acerca de los extraños días. Sólo uno de ellos, encargado de analizar dos redomas de polvo en el curso de una investigación policíaca, año y medio más tarde, recordó que el extraño color de la col de mofeta era muy parecido al de las insólitas bandas de luz que reveló el fragmento del meteoro en el espectroscopio de la universidad y al del glóbulo que encontraran en el interior de la piedra. En el análisis que el mencionado profesor llevó a cabo, las muestras revelaron al principio las mismas insólitas bandas, aunque más tarde perdieran la propiedad.

Los árboles florecieron prematuramente alrededor de la casa de Nahum y por la noche se mecían ominosamente al viento. El segundo hijo de Nahum, Thaddeus, que era un muchacho de quince años, juraba que los árboles se mecían también cuando no había viento, pero ni siquiera los más charlatanes prestaron crédito a esto. Desde luego, en el ambiente había algo raro. Toda la familia Gardner desarrolló la costumbre de quedarse escuchando, aunque no esperaban oír ningún sonido al cual pudieran dar nombre. La escucha era en realidad resultado de momentos en que la conciencia parecía haberse desvanecido en ellos. Desgraciadamente, esos momentos eran más frecuentes a medida que pasaban las semanas, hasta que la gente empezó a murmurar que toda la familia Nahum estaba mal de la cabeza. Cuando brotó la primera saxífraga, su color era también muy extraño, aunque no completamente igual al de las coles de mofeta, pero indudablemente afín a él e igualmente desconocido para cualquiera que lo viera. Nahum cogió algunos capullos y se los llevó a Arkham para enseñarlos al editor de la *Gazette,* pero aquel dignatario se limitó a escribir un artículo humorístico acerca de ellos, ridiculizando los temores y las supersticiones de los campesinos. Fue un error de Nahum contarle a un estólido ciudadano la conducta que observaba en las mariposas —también de gran tamaño— en relación con aquellas saxífragas.

Abril sumó una locura aún mayor a las gentes de la comarca que empezaron a dejar de utilizar el camino que pasaba por los terrenos de Nahum, hasta abandonarlo por completo. Era por la vegetación. Los retoños de los árboles tenían extraños colores y, a través del suelo de piedra del patio y en los prados contiguos, crecían unas plantas que solamente un botánico podía relacionar con la flora de la región. Pero lo más raro de todo era el colorido, que no correspondía a ninguno de los matices que el ojo humano había visto antes. Plantas y arbustos se convirtieron en una siniestra amenaza, creciendo insolentemente en su cromática perversión. Ammi y los Gardner sintieron que los colores tenían para ellos una especie de inquietante familiaridad, pero llegaron a la conclusión de que era porque les recordaba el glóbulo que había sido descubierto dentro del meteoro. Nahum labró y sembró los diez acres de terreno que poseía en la parte alta, pero no tocó los terrenos que rodeaban su casa. Sabía que sería trabajo perdido y tenía la esperanza de que aquellas extrañas hierbas que estaban creciendo arrancarían toda la ponzoña del suelo. Ahora estaba preparado para cualquier cosa, por inesperada que pudiera parecer, y se había acostumbrado a la sensación de que cerca de él había algo que esperaba ser oído. Le molestó que sus vecinos no fueran ya nunca de visita por su casa, desde luego, pero eso es algo que afectó más a su esposa. Los chicos no lo notaron tanto porque iban a la escuela todos los días, pero no pudieron evitar enterarse de las habladurías, las cuales les asustaron un poco, especialmente a Thaddeus, que era un muchacho muy sensible.

En mayo llegaron los insectos y la hacienda de Gardner se convirtió en un lugar de pesadilla, lleno de zumbidos y de serpenteos. La mayoría de aquellos bichos tenían un aspecto insólito y se movían de un modo muy raro, y sus costumbres nocturnas contradecían cualquier experiencia anterior. Los Gardner adquirieron el hábito de mantenerse vigilantes durante la noche. Miraban en todas direcciones en busca de algo... Aunque no sabían decir qué. Fue entonces cuando comprobaron que Thaddeus había estado en lo cierto al hablar de lo que ocurría con los árboles. La señora Gardner fue la primera en comprobarlo una noche que se encontraba en la ventana del cuarto contemplando la silueta de un arce que se recortaba contra un cielo iluminado por la luna. Las ramas del arce se estaban moviendo, aunque no corría el menor soplo de viento. Efecto de la savia, pensó. Las cosas más extrañas resultaban ahora normales. Sin embargo, el siguiente descubrimiento no fue obra de ningún miembro de la familia Gardner. Se habían familiarizado con lo anormal hasta el punto de no darse cuenta de muchos detalles. Y lo que ellos no fueron capaces de ver fue observado por un viajante de comercio de Boston, que pasó por allí una noche, ignorante de las leyendas que corrían por la región. Lo que contó en Arkham apareció en un breve artículo publicado por la *Gazette* y aquel artículo fue lo que todos los granjeros, incluido Nahum, se echaron primero a los ojos. La noche había sido oscura, pero alrededor de una granja del valle —que todo el mundo supo que se trataba de la granja de Nahum— la oscuridad había sido menos intensa. Una leve, aunque visible, fosforescencia parecía surgir de toda la vegetación y en un momento determinado un trozo de aquella luz se deslizó furtivamente por el patio que había cerca del granero.

Los pastos no parecían verse afectados por los efectos de aquella insólita situación y las vacas pacían libremente cerca de la casa, pero a finales de mayo la leche empezó a ser mala. Entonces Nahum llevó a las vacas a pacer a las tierras altas y la leche volvió a ser buena. Poco después el cambio en la hierba y en las hojas, que hasta entonces se habían mantenido normalmente verdes, pudo apreciarse a simple vista. Todas las hortalizas adquirieron un color grisáceo y un aspecto quebradizo. Ammi era ahora la única persona que visitaba a los Gardner, aunque sus visitas fueron espaciándose más y más. Cuando cerraron la escuela, por vacaciones, los Gardner quedaron virtualmente aislados del mundo y, a veces, encargaban a Ammi que les hiciera sus compras en el pueblo. Continuaban desmejorando física y mentalmente y a nadie le sorprendió mucho cuando circuló la noticia de que la señora Gardner se había vuelto loca.

Esto sucedió en junio, alrededor del aniversario de la caída del meteoro. La pobre mujer empezó a gritar que veía cosas en el aire, cosas que no podía describir. En su desvarío no pronunciaba ningún nombre propio, sino solamente verbos y pronombres. Las cosas se movían, y cambiaban y revoloteaban, y los oídos reaccionaban a impulsos que no eran del todo sonidos. Nahum no quiso enviarla al manicomio del condado, sino que la dejó vagabundear por la casa mientras fuera inofensiva para sí misma y para los demás. Cuando su estado empeoró no hizo nada. Pero cuando los chicos empezaron a tenerle miedo y Thaddeus casi se desmayó una vez al ver a su madre mirándole y haciendo extrañas muecas, así que a Nahum no le quedó más remedio que encerrarla en el ático. En julio, la señora Gardner había dejado de hablar y empezó a arrastrarse a cuatro patas y antes de terminar el mes, Nahum se dio cuenta de que su esposa era ligeramente luminosa en la oscuridad, tal como ocurría con la vegetación de los alrededores de la casa.

Poco después de estos sucesos, los caballos se dieron a la fuga. Algo les había despertado durante la noche y sus relinchos y su cocear habían sido algo terrible. A la mañana siguiente, cuando Nahum abrió la puerta del establo, los animales salieron disparados como alma que lleva el diablo. Nahum tardó una semana en localizar a los cuatro, y cuando los encontró se vio obligado a matarlos porque se habían vuelto locos y no había quien los manejara. Nahum le pidió prestado un caballo a Ammi para acarrear el heno, pero el animal no quiso acercarse al granero. Respingó, se encabritó y relinchó, y al final tuvieron que dejarlo en el patio, mientras los hombres arrastraban el carro hasta situarlo junto al granero. Entretanto, la vegetación, como las hortalizas, se iba volviendo gris y quebradiza. Incluso las flores, cuyos colores habían sido tan llamativos, se volvían grises ahora y la fruta era gris y enana e insípida. Las jarillas y el trébol dorado dieron flores grises y deformes y las rosas, los rascamoños y las malvarrosas del patio delantero tenían un aspecto tan horrendo, que Zenas, el mayor de los hijos de Nahum, las cortó todas. Al mismo tiempo fueron muriéndose todos los insectos extrañamente hinchados, incluso las abejas que habían abandonado sus colmenas y se marcharon al bosque.

En septiembre toda la vegetación se había desmenuzado, convirtiéndose en un polvo grisáceo, y Nahum temió que los árboles murieran antes de que la ponzoña hubiera desaparecido del suelo. Su esposa tenía ahora accesos de furia, durante los cuales profería unos gritos terribles, y Nahum y sus hijos vivían en un estado de perpetua tensión nerviosa. No se trataban ya con nadie y cuando la escuela volvió a abrir sus puertas, los chicos no acudieron a ella. Fue Ammi, en una de sus escasas visitas, quien descubrió que el agua del pozo ya no era buena. Tenía un gusto endiablado, que no era exactamente fétido ni salobre, y aconsejó a su amigo que excavara otro pozo en las tierras altas para utilizarlo hasta que el suelo volviera a ser bueno. Sin embargo, Nahum no hizo el menor caso de aquel consejo, ya que había llegado a impermeabilizarse contra las cosas raras y desagradables. Él y sus hijos siguieron utilizando la teñida agua del pozo, bebiéndola con la misma indiferencia con que comían sus escasos y mal cocidos alimentos y con que realizaban sus improductivas y monótonas tareas a través de unos días sin objetivo. Había algo de estólida resignación en todos ellos, como si anduvieran en otro mundo entre hileras de anónimos guardianes hacia un lugar familiar y seguro.

Thaddeus perdió la razón en septiembre, después de una visita al pozo. Había ido allí con un cubo y había regresado con las manos vacías, encogiendo y agitando los brazos y murmurando algo acerca de «los colores movibles que había allí abajo». Dos locos en una familia representaban un grave problema, pero Nahum se portó valientemente. Dejó que el muchacho se moviera a su antojo durante una semana, hasta que empezó a portarse peligrosamente y, entonces, lo encerró en el ático, frente a la habitación ocupada por su madre. La manera en que se gritaban el uno al otro desde detrás de sus cerradas puertas era pavorosa, especialmente para el pequeño Mernie, que imaginaba que su madre y su hermano hablaban en algún terrible lenguaje que no era de este mundo. Mernie se estaba convirtiendo en un chiquillo peligrosamente imaginativo y su estado empeoró desde el encierro de su hermano, que había sido su mejor compañero de juegos.

Casi al mismo tiempo empezó a morirse el ganado. Las aves de corral adquirieron un color gris y murieron rápidamente. Los cerdos engordaron desordenadamente y luego empezaron a experimentar repugnantes cambios que nadie podía explicar. Su carne no era aprovechable, desde luego, y Nahum no sabía qué pensar ni qué hacer. Ningún veterinario rural quiso acercarse a su casa y el que vino de

Arkham quedó francamente desconcertado. Todo resultaba tanto más inexplicable por cuanto aquellos animales no habían sido alimentados con la vegetación emponzoñada. Luego les llegó el turno a las vacas. Ciertas zonas y, a veces, el cuerpo entero, aparecieron anormalmente hinchadas o comprimidas, y aquellos síntomas fueron seguidos de atroces colapsos o desintegraciones. En las últimas fases —que terminaban siempre con la muerte— adquirían un color grisáceo y un aspecto quebradizo, tal como había ocurrido con los cerdos. En el caso de las vacas no podía hablarse de veneno, ya que estaban encerradas en el establo. Ninguna mordedura de un animal salvaje podía haberles inoculado un virus, ya que ningún animal terrestre podía pasar a través de unos obstáculos tan sólidos. Tenía que tratarse de alguna enfermedad natural... Aunque resultaba imposible conjeturar qué clase de enfermedad producía aquellos terribles resultados. En la época de la cosecha no quedaba ningún animal vivo en la casa, ya que el ganado y las aves de corral habían muerto y los perros habían huido. Los perros, que eran tres, habían desaparecido una noche y no regresaron. Los cinco gatos se habían marchado un poco antes, pero su desaparición apenas fue notada, ya que en la casa no había ahora ratones y únicamente la señora Gardner sentía cierto afecto por los graciosos felinos.

El 19 de octubre, Nahum se presentó en casa de Ammi con espantosas noticias. La muerte había sorprendido al pobre Thaddeus en su habitación del ático y lo había hecho de una manera que no podía ser contada. Nahum había excavado una tumba en la parte trasera de la granja y había metido allí lo que encontró en la habitación. En la habitación no podía haber entrado nadie, ya que la pequeña ventana enrejada y la cerradura de la puerta estaban intactas; pero lo sucedido tenía muchos parecidos a lo ocurrido en el establo. Ammi y su esposa consolaron al atribulado granjero lo mejor que pudieron, aunque no consiguieron evitar un estremecimiento. El horror parecía rondar alrededor de los Gardner y de todo lo que tocaban, y la sola presencia de uno de ellos en la casa era como un soplo de regiones innombrables. Ammi acompañó a Nahum a su hogar de muy mala gana e hizo lo que pudo para calmar los histéricos sollozos del pequeño Mernie. Zenas no necesitaba ser calmado. Se encontraba en un estado de completo aturdimiento y se limitaba a mirar fijamente un punto indeterminado del espacio y a obedecer a lo que su padre le ordenaba. Y Ammi pensó que ese estado de abulia era lo mejor que podía ocurrirle. De cuando en cuando los gritos de Mernie eran contestados desde el ático, y en respuesta a su mirada inquisitiva, Nahum dijo que su esposa estaba muy débil. Cuando se acercaba la noche, Ammi se las arregló para marcharse, ya que ningún sentimiento de amistad podía hacerle permanecer en aquel lugar, especialmente cuando la vegetación empezaba a brillar débilmente y los árboles podían o no moverse sin que soplara el viento. Era una verdadera suerte para Ammi no ser una persona fantasiosa. De haberlo sido, de haber podido relacionar y reflexionar sobre todos los portentos que le rodeaban, no cabe duda de que hubiese perdido la razón. Cerca del crepúsculo regresó apresuradamente a su casa, sintiendo resonar terriblemente en sus oídos los gritos de la loca y del pequeño Mernie.

Tres días más tarde Nahum se volvió a presentar en casa de Ammi muy de mañana, aunque su amigo no estaba, y en ausencia de este le contó a la señora Pierce una horrible historia a la que ella atendió temblando de miedo. Esta vez se trataba del pequeño Mernie. Había desaparecido. Había salido de la casa cuando ya era de noche con un farol y un cubo para traer agua y no había regresado. Hacía días que su estado no era normal y se asustaba de todo. El padre oyó un frenético grito en el patio, pero cuando abrió la puerta y se asomó, el muchacho había desaparecido. No se veía ni rastro de él y el farol no brillaba en ningún lado. En aquel momento, Nahum creyó que el farol y el cubo habían desaparecido también, pero al hacerse de día, cuando regresaba de buscarle durante toda la noche por campos y bosques, Nahum había descubierto unas cosas muy raras cerca del pozo: una retorcida y medio fundida masa de hierro, que había sido indudablemente el farol y, junto a ella, un asa doblada junto a otra masa de hierro, asimismo retorcida y medio fundida, que se correspondía con el cubo. Eso fue todo. Nahum imaginaba lo inimaginable. La señora Pierce estaba como atontada y cuando Ammi llegó a casa y oyó la historia, no pudo dar ninguna opinión. Mernie había desaparecido y sería inútil decírselo a la gente que vivía en aquellos alrededores porque huían de los Gardner como de la peste. Tan inútil como decírselo a los ciudadanos de Arkham, que se reían de todo. Thad había muerto y ahora había desaparecido Mernie. Algo estaba arrastrándose y arrastrándose, esperando ser visto y oído. Nahum creía que él tampoco tardaría en morir y deseaba que Ammi velara por su esposa y por Zenas, si es que le sobrevivían. Todo aquello era un castigo de alguna clase, aunque Nahum no podía adivinar a qué se debía, ya que siempre había vivido en el santo temor de Dios.

Durante más de dos semanas, Ammi no tuvo noticias de Nahum y, preocupado por lo que pudiera haber ocurrido, dominó sus miedos y efectuó una visita a la casa de los Gardner. De la chimenea no salía humo y por unos instantes se temió lo peor. El aspecto de la granja era impresionante: hierba y hojas grisáceas en el suelo, parras cayéndose a pedazos de arcaicas paredes y aleros, y enormes árboles desnudos silueteándose malignamente contra el gris cielo de noviembre. Ammi no pudo dejar de notar que se había producido un sutil cambio en la inclinación de las ramas. Pero Nahum estaba vivo, después de todo. Estaba muy débil y reposaba en un catre en la cocina de techo bajo, pero conservaba la lucidez y seguía dando órdenes a Zenas. La estancia estaba mortalmente fría y al ver que Ammi se estremecía, Nahum le gritó a Zenas que trajera más leña. La leña, en realidad, se hacía ya necesaria, ya que el cavernoso hogar estaba apagado y vacío y el viento que entraba por la chimenea abajo era helado. Enseguida, Nahum le preguntó a su visitante si la leña que había traído su hijo le hacía sentirse más a gusto y, entonces, Ammi se dio cuenta de lo que estaba ocurriendo: finalmente, la cuerda más gruesa se había roto y la mente del granjero había dejado de resistir a la intensa presión de los acontecimientos.

Ammi interrogó discretamente a su vecino, para intentar poner en claro lo que le había sucedido a Zenas. « » fue todo lo que su padre dijo. Luego el visitante recordó súbitamente a la esposa loca y cambió de tema. « », fue la sorprendida respuesta del pobre Nahum, y Ammi no tardó en darse cuenta de que tendría que investigar por sí mismo. Dejando al inofensivo granjero en su catre, cogió las llaves que estaban colgadas detrás de la puerta y subió los chirriantes escalones que conducían al ático. La parte alta de la casa estaba completamente silenciosa y no se oía el menor ruido en ninguna dirección. De las cuatro puertas a la vista, sólo una estaba cerrada y en ella probó Ammi varias llaves del manojo que había cogido. A la tercera tentativa la cerradura giró y Ammi empujó la puerta pintada de blanco.

El interior de la habitación estaba completamente a oscuras. La ventana era muy pequeña y estaba medio tapada por las rejas de hierro y Ammi no pudo ver absolutamente nada. El aire estaba muy viciado y antes de seguir adelante tuvo que salir de la habitación y llenarse los pulmones de aire respirable. Cuando volvió a entrar vio algo oscuro en un rincón, y al acercarse no pudo evitar un grito de espanto. Mientras gritaba creyó que una nube momentánea había tapado la escasa claridad que penetraba por la ventana y un segundo después se sintió rozado por una espantosa corriente de vapor. Unos extraños colores danzaron ante sus ojos y si el horror que experimentaba en aquellos momentos no le hubiera impedido coordinar sus ideas habría recordado el glóbulo que el martillo de geólogo había golpeado en el interior del meteorito, y la malsana vegetación que había crecido durante la primavera. Pero, en el estado en que se hallaba, sólo pudo pensar en la horrible monstruosidad que tenía delante y que, sin duda alguna, había compartido la desconocida suerte del joven Thaddeus y del ganado. Pero lo más terrible de todo era que aquel horror se movía lenta y visiblemente mientras continuaba desmenuzándose.

Ammi no me quiso dar más detalles de aquel episodio, pero la forma del rincón no volvió a aparecer en su relato como un algo que se moviera. Hay cosas que no deben ser mencionadas, porque hay veces que se toman decisiones por humanidad que pueden ser cruelmente juzgadas por la ley. Comprendí que en aquella habitación del ático no quedó nada que se moviera y que no dejar allí nada capaz de moverse debió de ser algo horripilante y capaz de acarrear un tormento eterno. Cualquiera, no tratándose de un estólido granjero, se hubiera desmayado o enloquecido, pero Ammi volvió a cruzar el umbral de la puerta pintada de blanco y encerró el espantoso secreto detrás de él. Ahora debía ocuparse de Nahum. Tenía que ser alimentado y atendido, y trasladado a algún lugar donde pudieran cuidarle.

Cuando empezaba a bajar la oscura escalera, Ammi oyó abajo un sordo estruendo. Incluso le pareció que podía tratarse de un grito interrumpido, y recordó con estupor el frío vapor húmedo que le había rozado en la puerta de aquella espantosa habitación del ático. ¿A qué ser intangible, pero cercano y perceptible, había sobresaltado su entrada y su grito? Una sospecha vaga le hizo detenerse, pero de abajo aún le llegaban más ruidos. Era como si estuvieran arrastrando algo pesado y se oía un sonido tenaz y detestable, como el que produciría una especie de succión inmunda y diabólica. Inmediatamente, su exacerbado ingenio asoció con desasosiego lo que había visto en la habitación de arriba con el ruido. ¡Dios santo! ¿Con qué espeluznante mundo de pesadilla se había topado? No se atrevió a moverse ni hacia atrás ni hacia adelante, sino que se quedó allí temblando ante la curva negra de la escalera. Cada detalle de la escena se grabó a fuego en su cerebro. Los sonidos, la sensación de temor, la oscuridad, la inclinación de los estrechos escalones y ¡que el cielo sea misericordioso!... La débil pero inconfundible luminosidad de toda la madera a la vista: paredes, paneles, listones ¡y hasta las vigas!

Entonces, en el exterior sonó un relinchar frenético proferido por el caballo de Ammi, seguido inmediatamente por el ruido de los cascos que decía claramente que se había dado precipitadamente a la fuga. Al cabo de un instante, caballo y calesa estaban fuera del alcance del oído, dejando al asustado Ammi, paralizado en la oscura escalera, la tarea de conjeturar qué podía haberles impulsado a desaparecer tan repentinamente. Pero aquello no fue todo. Se produjo otro ruido fuera de la casa. Una especie de chapoteo en el agua... Seguramente en el pozo. Ammi había dejado a su caballo, Hero, desatado cerca del pozo, y la rueda de la calesa, al arrancar, debió de empujar al agua alguna piedra del brocal al pozo. La madera de la casa seguía brillando con una pálida fosforescencia. ¡Dios mío! ¡Qué antigua era la casa! La mayor parte de ella había sido edificada antes de 1670 y el tejado holandés no más tarde de 1730.

En ese momento, oyó el ruido de algo que se arrastraba por el suelo de la planta baja y Ammi cogió con fuerza el palo que había usado en el ático sin ningún propósito determinado. Procurando dominar sus nervios, terminó su descenso y se dirigió a la cocina. Pero no llegó a ella, ya que lo que buscaba no estaba ya allí. Había salido a su encuentro y hasta cierto punto estaba aún vivo. Si se había arrastrado o si había sido arrastrado por fuerzas externas, es cosa que Ammi no hubiera podido decir, pero la muerte había participado en ello. Todo había ocurrido durante la última media hora, pero el proceso de desintegración estaba ya muy avanzado. Había allí una horrible fragilidad, debida a lo quebradizo de la materia, y del cuerpo se desprendían fragmentos secos. Ammi no pudo tocarlo, limitándose a contemplar horrorizado la retorcida caricatura de lo que había sido un rostro. «¿Qué ha pasado, Nahum... qué ha pasado?», susurró y los agrietados y tumefactos labios apenas pudieron murmurar una respuesta final.

«Nada... nada... el color... quema... frío y húmedo... pero quema... vivía en el pozo... Lo he visto... un tipo de humo... igual que las flores la primavera pasada... brillaba por la noche... Thad, Mernie, Zenas... todo lo vivo... Chupa la vida de todo... en esa piedra... vino en esa piedra... está en todo el lugar... No sé lo que quiere... Esa cosa redonda que los hombres de la universidad cavaron fuera de la piedra... Ellos lo rompieron... Era el mismo color... el mismo, como las flores y las plantas... debe de haber más de ellos... semillas... semillas... creció... Lo he visto esta semana... debe darle fuerte a Zenas... Era un chico grande, lleno de vida... te golpea la mente y luego te engaña... te quema... en el pozo de agua... tenías razón en eso... agua malvada... Zenas nunca vuelve del pozo... No puedo irme... Te atrae... Sabes que vienen hacia ti, pero no sirve de nada... Lo vi la vez en que cogieron a Zenas... ¿Qué es Nabby, Ammi? ... mi cabeza no funciona... No sé hace cuánto tiempo que no la he alimentado... la vamos a joder, no estamos bien... el mismo color... su cara cambia de color por la noche... y arde y apesta... procede de algún lugar donde las cosas no son como aquí... Uno de los profesores lo dijo... Tenía razón... Cuidado, Ammi, quiere sorber más... Sorber la vida...».

Eso fue todo. Aquel que había hablado no pudo hablar más porque se había encogido completamente. Ammi lo cubrió con un mantel de cuadros blancos y rojos y salió de la casa por la puerta trasera. Subió por la ladera hasta el pasto de diez acres y regresó tropezando hasta su casa por el camino del norte y los bosques. No podía pasar junto a ese pozo del que había huido su caballo. Lo había mirado a través de la ventana y había visto que no faltaba ninguna piedra en el brocal. Entonces, si el tambaleo del carro no había roto nada después de todo, el chapoteo había sido otra cosa, algo que entró en el pozo después de haber hecho con el pobre Nahum...

Cuando Ammi llegó a su casa se encontró con que el caballo y la calesa ya estaban allí y que su esposa le esperaba llena de ansiedad. Después de tranquilizarla, sin darle ninguna explicación, se dirigió a Arkham y notificó a las autoridades que la familia Gardner ya no existía. No entró en detalles, limitándose a hablar de las muertes de Nahum y de Nabby, la de Thaddeus era ya conocida, y dijo que la causa de la muerte parecía ser la misma extraña dolencia que había atacado al ganado. También dijo que Mernie y Zenas habían desaparecido. En la Jefatura de Policía le interrogaron ampliamente y, al final, se vio obligado a acompañar a tres agentes a la granja de Gardner, con el juez de instrucción, el médico forense y el veterinario que había atendido a los animales enfermos. Ammi fue con ellos de muy mala gana, ya que la tarde estaba muy avanzada y temía que la noche le cogiera en aquel lugar maldito, aunque era un consuelo saber que iba a estar acompañado de tantos hombres.

Los seis hombres montaron en un carro, siguiendo a la calesa de Ammi y llegaron a la granja alrededor de las cuatro. A pesar de que los agentes estaban acostumbrados a presenciar espectáculos horripilantes, todos se estremecieron a la vista de lo que fue encontrado debajo del mantel a cuadros rojos y blancos y en la habitación del ático. El aspecto de la granja, con su desolación gris, era ya bastante terrible, pero aquellos dos retorcidos objetos sobrepasaban toda medida de horror. Nadie pudo contemplarlos más allá de un par de segundos y hasta el forense dijo que allí había muy poco que examinar. Podían analizarse unas muestras, desde luego, de modo que él mismo se encargó de tomarlas... Y al parecer aquellas muestras provocaron el más inextricable rompecabezas con que se enfrentara nunca el laboratorio de la universidad. Bajo el espectroscopio, las muestras revelaron un espectro desconocido, muchas de cuyas bandas eran iguales que las que había revelado el extraño meteoro al ser analizado. La propiedad de emitir aquel espectro se desvaneció en un mes, y el polvo consistía principalmente en fosfatos y carbonatos alcalinos.

De haber sabido que actuarían de inmediato, Ammi no les habría mencionado el pozo. Se acercaba la puesta de sol y estaba ansioso por marcharse de allí. Pero no pudo evitar dirigir miradas nerviosas al pozo, cosa que fue observada por uno de los policías, el cual le interrogó Ammi admitió que Nahum había temido a algo que estaba escondido en el pozo... Hasta el punto de que no se había atrevido a comprobar si Mernie o Zenas se habían caído dentro. La Policía decidió vaciar el pozo y explorarlo inmediatamente, de modo que Ammi tuvo que esperar, temblando, mientras el pozo era vaciado cubo a cubo. El agua hedía de un modo insoportable, y los hombres tuvieron que taparse las narices con sus pañuelos para poder terminar la tarea. Menos mal que el trabajo no fue tan largo como habían creído, ya que el nivel del agua era sorprendentemente bajo. No es necesario dar demasiados detalles de lo que encontraron. Mernie y Zenas estaban allí, los dos, aunque de sus restos no quedaba prácticamente nada más que el esqueleto. Había también un pequeño cordero y un perro grande en el mismo estado de descomposición, aproximadamente, y cierta cantidad de huesos de animales más pequeños. El limo del fondo parecía inexplicablemente poroso y burbujeante, y un hombre que bajó atado a una cuerda y provisto de una larga pértiga se encontró con que podía hundir la pértiga en el fango en toda su longitud sin encontrar ningún obstáculo.

El sol acabó de ponerse y entraron en la casa en busca de faroles. Luego, cuando vieron que no podían sacar nada más del pozo, volvieron a entrar en la casa y discutieron en la antigua sala de estar mientras la intermitente claridad de una espectral media luna iluminaba a intervalos la gris desolación del exterior. Estaban francamente perplejos ante aquel caso y no podían encontrar ningún elemento convincente que relacionara las extrañas condiciones de los vegetales, la desconocida enfermedad del ganado y de las personas, y las inexplicables muertes de Mernie y Zenas en el pozo. Habían oído los comentarios y las habladurías de la gente, desde luego, pero no podían dar crédito a que nada de lo ocurrido allí hubiera sido por causas contrarias a las leyes naturales. Era evidente que el meteoro había emponzoñado el suelo, pero la enfermedad de personas y animales que no habían comido nada crecido en aquel suelo era harina de otro costal. ¿Se trataba del agua del pozo? Posiblemente. No sería mala idea analizarla. Pero ¿por qué singular locura se habían arrojado los dos muchachos dentro? Habían actuado de un modo muy similar... Y sus restos demostraban que los dos habían padecido la muerte quebradiza y gris. ¿Por qué todas las cosas se volvían grises y quebradizas?

El primero que vio la extraña luz que irradiaba el pozo fue el juez, que estaba sentado junto a la ventana que daba al patio. Ya era noche cerrada y alrededor de la granja la tierra parecía brillar débilmente con un resplandor que no venía de los rayos de la luna, pero aquella nueva fosforescencia era algo definido y distinto, y parecía surgir del pozo como el resto de claridad de un faro recién apagado, reflejándose amortiguadamente en las pequeñas charcas que el agua vaciada del pozo había formado en el suelo. La fosforescencia tenía un color muy raro, y mientras todos los hombres se acercaban a la ventana para contemplar el fenómeno, Ammi lanzó una violenta exclamación. El color de aquella luz fantasmal le resultaba familiar. Lo había visto antes y se sintió lleno de temor ante lo que podía significar. Era el de aquel horrendo glóbulo de hacía dos veranos, lo había visto en la vegetación durante la primavera y había creído verlo por un instante aquella misma mañana contra la pequeña ventana enrejada de la horrible habitación del ático donde habían ocurrido cosas que no tenían explicación. Había brillado allí por espacio de un segundo y una espantosa corriente de vapor le había rozado... Y, luego, el pobre Nahum había sido arrastrado por algo de aquel color. Nahum lo había dicho al final... había dicho que era como el glóbulo y las plantas. Después se había producido la fuga en el patio y el chapoteo en el pozo... Y ahora aquel pozo estaba proyectando a la noche un pálido e insidioso destello de ese mismo diabólico color.

Una prueba que da fe de lo viva que era la inteligencia de Ammi es, precisamente, que en un momento de tanta tensión se preguntó por algo que más bien habría despertado un interés científico. ¿Cómo era posible recibir la misma impresión de una corriente de vapor deslizándose en pleno día por una ventana abierta al cielo matinal y de un resplandor nocturno proyectándose contra el negro y desolado paisaje? No era lógico... Resultaba antinatural... Y entonces recordó las últimas palabras pronunciadas por su desdichado amigo «Procede de algún lugar donde las cosas no son como aquí... uno de los profesores lo dijo...».

Los tres caballos que se encontraban en el exterior de la casa, atados a unos árboles junto al camino, estaban ahora relinchando y piafando con frenesí. El conductor del carro se dirigió hacia la puerta para ver qué sucedía, pero Ammi lo sujetó con una mano en su hombro. «No salga usted», susurró. «No sabemos lo que sucede ahí afuera. Nahum dijo que en el pozo vivía algo que sorbía la vida. Dijo que era algo que había surgido de una bola redonda como la que vimos dentro del meteorito que cayó aquí hace más de un año. Dijo que quemaba y sorbía, y que era una nube de color como la fosforescencia que ahora sale del pozo, y que nadie puede saber lo que es. Nahum creía que se alimentaba de todo lo viviente y afirmó que lo había visto la pasada semana. Tiene que ser algo caído del cielo, igual que el meteorito, tal como dijeron los profesores de la universidad. Su forma y sus actos no tienen nada que ver con el mundo de Dios. Es algo que procede del más allá».

El hombre se detuvo, indeciso, mientras la fosforescencia que brotaba del pozo se hacía más intensa y los caballos coceaban y relinchaban con creciente furia. Fue realmente un espantoso momento: con los restos monstruosos de cuatro personas —dos en la casa y dos en el pozo— y aquella desconocida luz que surgía de las fangosas profundidades. Ammi había cerrado el paso al conductor del carro llevado por un repentino impulso, olvidando que a él mismo no le había sucedido nada después de ser rozado por aquella horrible columna de vapor en la habitación del ático, pero no se arrepentía de haberlo hecho. Nadie podía saber lo que había aquella noche en el exterior; nadie podía conocer la índole de los peligros que podían acechar a un hombre enfrentado con una amenaza completamente desconocida.

De repente, uno de los policías que estaba en la ventana profirió un grito. Todos se le quedaron mirando, pero, después, siguieron la dirección de los ojos de su compañero. No había necesidad de palabras. Lo que había de dudoso en los chismes de los campesinos ya no podría ser discutido en adelante porque allí había seis testigos de excepción, media docena de hombres que, por razón de sus profesiones, no creían más que lo que veían con sus propios ojos. Es preciso señalar en este punto que a esa hora de la noche no soplaba ningún viento. Poco después, sí empezaría a soplar, pero en aquel momento el aire estaba completamente inmóvil. Y, sin embargo, en medio de aquella tensa y absoluta calma, los árboles del patio se movían morbosa y espasmódicamente, agitando sus desnudas ramas, en convulsivas y epilépticas sacudidas, hacia las nubes bañadas por la luz de la luna; arañando con impotencia el aire inmóvil, como empujados por una misteriosa fuerza subterránea que ascendiera desde debajo de las negras raíces.

Todos contuvieron el aliento por unos segundos. Después, una nube más oscura que las demás veló la luna y la silueta de las agitadas ramas se disipó momentáneamente. En aquel instante un grito de espanto brotó de todas las gargantas, ya que el horror no se había desvanecido con la silueta, y en un pavoroso momento de oscuridad más profunda los hombres vieron retorcerse en la copa del más alto de los árboles un millar de diminutos puntos fosforescentes, brillando como el fuego de san Telmo o como las lenguas de fuego que descendieron sobre las cabezas de los apóstoles el día de Pentecostés. Era una monstruosa constelación de luces sobrenaturales, como un enjambre de luciérnagas necrófagas bailando una infernal danza sobre la ciénaga maldita y su color era el mismo que Ammi había llegado a reconocer y a temer. Entretanto, el resplandor del pozo se hacía cada vez más brillante, infundiendo en los hombres reunidos en la granja una sensación de anormalidad que anulaba cualquier imagen que sus mentes conscientes pudieran formar. Ya no brillaba: estaba vertiéndose hacia afuera. Y mientras el chorro informe de indescriptible color abandonaba el pozo, parecía flotar directamente hacia el cielo.

El veterinario se acercó a la puerta temblando para echar la doble barra. Ammi estaba también muy impresionado y tuvo que limitarse a señalar con la mano, por falta de voz, cuando quiso llamar la atención de los demás sobre la creciente luminosidad de los árboles. Los relinchos de los caballos se habían convertido en algo espantoso, pero ni uno sólo de aquellos hombres se hubiese aventurado a salir por nada del mundo. El brillo de los árboles fue en aumento, mientras sus inquietas ramas parecían extenderse más y más hacia la verticalidad. De pronto se produjo una intensa conmoción en el camino, y cuando Ammi alzó la lámpara para que proyectara un poco más de claridad al exterior, comprobaron que los atemorizados caballos habían roto sus ataduras y huían enloquecidos con el carro.

El susto fue suficiente como para soltar las lenguas y que se produjera un intercambio de susurros: «Se extiende sobre todas las cosas orgánicas que hay por aquí», murmuró el forense. Nadie contestó, pero el hombre que había bajado al pozo aventuró la opinión de que su pértiga debió de haber removido algo intangible. «Algo terrible», añadió. «No había fondo de ninguna clase. Únicamente fango y burbujas, y la sensación de algo oculto debajo...».

El caballo de Ammi seguía coceando y relinchando desesperadamente en el camino exterior y casi ahogó el débil sonido de la voz de su dueño mientras este murmuraba sus deshilvanadas reflexiones. «Salió de aquella piedra... Fue creciendo y alimentándose de todas las cosas vivas... Se alimentaba de ellas, alma y cuerpo... Thad y Mernie, Zenas y Nabby... Nahum fue el último... Todos bebieron agua del... Se apoderó de ellos... Procede del más allá, donde las cosas no son como aquí... Y ahora regresa al lugar de donde vino...».

En aquel momento, mientras la columna de desconocido color brillaba con repentina intensidad y empezaba a entrelazase, con fantásticas sugerencias de forma que cada uno de los espectadores describió más tarde de un modo distinto, el desdichado Hero profirió un aullido que ningún hombre había oído nunca salir de la garganta de un caballo. Todos los que estaban en la casa se taparon los oídos y Ammi se apartó de la ventana horrorizado. Cuando miró de nuevo hacia el exterior, el pobre animal yacía inerte en el suelo bañado por la luz de la luna entre las astilladas varas de la calesa. Y allí se quedó hasta que lo enterraron al día siguiente. Pero el momento presente no permitía entregarse a lamentaciones, ya que casi en el mismo instante uno de los policías les llamó silenciosamente la atención sobre algo terrible que estaba sucediendo en el interior de la habitación donde se encontraban. Donde no alcanzaba la claridad de la lámpara podía verse una débil fosforescencia que había empezado a invadir toda la estancia. Brillaba en el suelo de tablas y en la raída alfombra, y resplandecía débilmente en los marcos de las pequeñas ventanas. Corría de un lado para otro, llenando puertas y muebles. A cada momento se hacía más intensa y, al final, se hizo evidente que todo ser viviente debía abandonar enseguida aquella casa.

Ammi les mostró la puerta trasera y el camino que conducía a las tierras altas. Caminaron tropezando como en un sueño y no se atrevieron a mirar hacia atrás hasta que estuvieron lejos, en el terreno elevado. Sintieron alivio al llegar a aquel sendero, ya que ninguno se habría atrevido a pasar por el camino principal junto al pozo. Ya había sido suficiente impresión atravesar el granero y los cobertizos resplandecientes, y pasar junto a los brillantes árboles del huerto con sus contornos nudosos y diabólicos. La luna se había ocultado tras unas oscuras nubes cuando cruzaron el puente rústico sobre el arroyo Chapman, y desde allí caminaron a tientas hasta campo abierto.

Cuando miraron atrás, hacia el valle y la distante granja de Gardner, contemplaron un horrible espectáculo. Toda la granja brillaba con el espantoso y desconocido color, árboles, edificaciones e incluso la hierba que no había sido transformada aún en quebradiza y gris. Todas las ramas estaban extendidas hacia el cielo, coronadas con lenguas de fuego y radiantes rescoldos de ese mismo monstruoso fuego ardían sobre la casa, el granero y los cobertizos. Era una escena de una visión de Fuseli[3] y, sobre el resto, reinaba aquella borrachera de luminoso amorfismo, aquel extraño arcoíris de misterioso veneno del pozo... Hirviendo, saltando, centelleando y burbujeando malignamente en su cósmico e irreconocible cromatismo.

De pronto, sin previo aviso, aquella horrible cosa salió disparada verticalmente hacia el cielo, igual que un cohete o un meteoro, sin dejar ningún rastro detrás de ella y desapareciendo a través de un redondo y curiosamente simétrico agujero abierto en las nubes, antes de que ninguno de los hombres pudiera asombrarse o gritar. Ningún espectador podría olvidar nunca aquella visión y Ammi se quedó mirando estúpidamente las constelaciones de Cisne y Deneb, que brillaban más que el resto, por las que el color había cruzado para fundirse con la Vía Láctea. Pero su mirada fue atraída inmediatamente hacia la tierra por el estrépito que acababa de producirse en el valle. Había sido un estrépito, y no una explosión, como afirmaron algunos de los componentes del grupo. Pero el resultado fue el mismo, ya que en un caleidoscópico instante la granja y sus alrededores parecieron estallar, enviando hacia el cenit una nube de coloreados y fantásticos fragmentos. Los fragmentos se desvanecieron en el aire, dejando una nube de vapor que al cabo de un segundo se había desvanecido también. Los asombrados espectadores decidieron que no valía la pena esperar a que volviera a salir la luna para comprobar los efectos de aquel cataclismo en la granja de Nahum.

Demasiado asustados incluso para aventurar alguna teoría, los siete hombres regresaron a Arkham por el camino del norte. Ammi estaba peor que sus compañeros y les suplicó que le acompañaran hasta su casa en vez de dirigirse directamente al pueblo. Por nada del mundo hubiera cruzado el bosque solo a aquella hora de la noche. Estaba más asustado que los demás porque había sufrido una impresión que los otros se habían ahorrado, y se sentía oprimido por un temor que por espacio de muchos años no se atrevió a mencionar. Mientras el resto de los espectadores en aquella tempestuosa colina había vuelto estólidamente sus rostros al camino, Ammi había mirado hacia atrás por un

---

[3] HEINRICH FÜSLI (1741-1825), pintor al que se hace referencia en *El modelo de Pickman,* cuento de Lovecraft. *(N. del T.)*

instante para contemplar el sombrío valle de desolación al que tantas veces había acudido para ayudar a su amigo y había visto algo que se alzaba débilmente para hundirse de nuevo en el lugar desde el cual el informe horror había salido disparado hacia el cielo. Era solamente un color... Aunque no era ningún color de nuestra tierra ni de los cielos. Y porque Ammi reconoció aquel color, y supo que sus últimos y débiles restos seguían ocultos en el pozo y nunca ha estado completamente cuerdo desde.entonces.

Ammi no se acercaría a aquel lugar por nada del mundo. Hace cuarenta y cuatro años que sucedieron los hechos que acabo de narrar, pero Ammi no ha vuelto a pisar aquellas tierras y le alegra saber que pronto quedarán anegadas por las aguas del embalse. También a mí me alegra la idea, ya que no me gustó nada ver cómo cambiaba de color la luz del sol al reflejarse en aquel abandonado pozo. Espero que el embalse tenga siempre mucha profundidad, pero, aunque así sea, nunca la beberé. No creo que regrese a la región de Arkham. Tres de los hombres que habían estado con Ammi volvieron al día siguiente para ver las ruinas a la luz del día, pero en realidad no había ruinas. Únicamente los ladrillos de la chimenea, las piedras de la bodega, algunos restos minerales y metálicos, y el brocal de aquel nefando pozo. A excepción del caballo de Ammi, que enterraron aquella misma mañana, y de la calesa, que no tardaron en devolver a su dueño, todas las cosas que habían tenido vida habían desaparecido. Sólo quedaban cinco acres de desierto polvoriento y grisáceo, y desde entonces no ha crecido en aquellos terrenos ni una brizna de hierba. En la actualidad aparece como una gran mancha comida por el ácido en medio de los bosques y campos, y los pocos que se han atrevido a acercarse por allí a pesar de las leyendas campesinas le han dado el nombre de «páramo maldito».

Las leyendas campesinas son muy extrañas. Y podrían ser incluso más extrañas si los hombres de la ciudad y los químicos universitarios tuvieran interés para analizar el agua de aquel pozo olvidado o el polvo gris que ningún viento parece dispersar. Los botánicos podrían estudiar también la sorprendente flora que crece en los límites de aquellos terrenos, ya que de este modo podrían confirmar o refutar lo que dice la gente: que la zona emponzoñada está extendiéndose poco a poco, tal vez sólo unos centímetros al año... La gente dice que el color de la hierba que crece en aquellos alrededores no es el que le corresponde y que los animales salvajes dejan extrañas huellas en la nieve cuando llega el invierno. La nieve no parece cuajar tanto en el páramo maldito como en otros lugares. Los caballos —los pocos que quedan ya en esta época motorizada— se ponen nerviosos en el silencioso valle y los perros de los cazadores no se acercan a las inmediaciones de ese erial.

También dicen que la influencia mental del páramo es muy nociva. Varios de los que se instalaron allí, después de la muerte de Nahum, se volvieron locos y siempre les faltó la fuerza de voluntad para escapar. Sólo aquellos de personalidad más fuerte abandonaron la región y sólo los extranjeros trataron de vivir en las antiguas casas en ruinas. Sin embargo, no pudieron quedarse y uno a veces se pregunta qué visión más allá de la nuestra, les han dado sus salvajes y extrañas reservas de magia susurrada. Ningún viajero ha dejado de experimentar una sensación de extrañeza en aquellas profundas hondonadas y los artistas tiemblan mientras pintan unos bosques cuyo misterio es tanto de la mente como de la vista. Y yo mismo estoy sorprendido de la sensación que me produjo mi único paseo solitario por aquellos lugares antes de que Ammi me contara la historia.

No me pregunten mi opinión. No sé: esto es todo. La única persona que podía ser interrogada acerca de los extraños días es Ammi, ya que la gente de Arkham no quiere hablar de este asunto, y los tres profesores que vieron el meteorito y su coloreado glóbulo están muertos. ¿Había otros glóbulos? Probablemente. Uno de ellos consiguió alimentarse y escapar, en tanto que otro no había podido alimentarse suficientemente y continuaba en el pozo... Los campesinos dicen que la zona emponzoñada se ensancha un poco cada año, de modo que tal vez existe algún tipo de crecimiento o de alimentación incluso ahora. Pero, sea lo que sea lo que haya allí, tiene que verse trabado por algo, ya que de no ser así se extendería rápidamente. ¿Está atado a las raíces de aquellos árboles que arañan el aire?

Lo que es, sólo Dios lo sabe. En términos de materia, supongo que la cosa que Ammi describió puede ser llamada gas, pero aquel gas obedecía a unas leyes que no son de nuestro cosmos. No era fruto de los planetas y soles que brillan en los telescopios y en las placas fotográficas de nuestros observatorios. No era ningún soplo de los cielos cuyos movimientos y dimensiones miden nuestros astrónomos o consideran demasiado vastos para ser medidos. No era más que un color venido del espacio exterior... Un pavoroso mensajero de unos reinos del infinito situados más allá de la naturaleza que nosotros conocemos; de unos reinos cuya simple existencia aturde el cerebro con las inmensas posibilidades cósmicas que ofrece a nuestra imaginación.

Dudo mucho de que Ammi me mintiera deliberadamente y no creo que su historia sea el producto de una mente desequilibrada, como supone la gente de la ciudad. Algo terrible llegó a las colinas y valles en aquel meteoro, y algo terrible —aunque ignoro en qué medida— sigue viviendo allí. Me alegra pensar que todos aquellos terrenos quedarán inundados por las aguas. Entretanto, espero que no le suceda nada a Ammi. Sabe tanto sobre aquella cosa... Y su influencia era tan insidiosa... ¿Por qué no se habrá ido a vivir a otra parte? Evidentemente, recordaba las últimas palabras de Nahum: «...No puedo irme... Te atrae... Sabes que vienen hacia ti, pero no sirve de nada...». Ammí es un anciano muy simpático y muy buena persona, y cuando la brigada de trabajadores empiece su tarea tengo que escribir al ingeniero jefe para que no le pierda de vista. Me disgustaría recordarle como una gris, retorcida y quebradiza monstruosidad de las que turban cada día más mi sueño.

EL QUE SUSURRA
EN LA OSCURIDAD
(1930)

CAPÍTULO PRIMERO

Tengan presente que, al final, no vi horror real alguno. Puede deducir que fue una conmoción mental, causada por la última impresión que me empujó a salir precipitadamente de la solitaria granja de Akeley a través de las salvajes colinas de Vermont, de noche, en un coche que tomé prestado, pero eso es ignorar los hechos más claros de mi experiencia final. A pesar de los acontecimientos fascinantes que tuve ocasión de ver y de oír y la imborrable huella que han dejado en mí, ni siquiera hoy puedo afirmar si estaba o no equivocado por lo que respecta a mi horrible deducción, ya que, después de todo, la desaparición de Akeley no prueba nada. No se encontró nada anormal en su casa, salvo unos orificios de bala que había dentro y fuera de ella. Es como si hubiera salido a dar una vuelta por las montañas y, por algún motivo desconocido, no hubiera regresado. No había la menor indicación de que alguien hubiera pasado por allí, ni de que aquellos horribles cilindros y máquinas hubiesen estado almacenados en el estudio. El hecho de que Akeley profesara un temor reverencial hacia las verdes y abigarradas montañas y los innumerables cursos de agua entre los que había nacido y se había criado, tampoco quería decir nada en absoluto, pues se cuentan por millares las personas sujetas a tan morbosas aprensiones. La extravagancia, además, podía contribuir a explicar los extraños actos y recelos en que incurrió hacia el final.

Todo comenzó, en lo que a mí se refiere, con las históricas inundaciones, antes nunca vistas, de Vermont del 3 de noviembre de 1927. Yo era entonces, y sigo siendo, profesor de literatura en la Universidad de

Miskatonic, en Arkham, Massachusetts, y un entusiasta aficionado al estudio del folclore de Nueva Inglaterra. Poco después de la inundación, entre los numerosos reportajes sobre la calamidad y los auxilios organizados que llenaban las páginas de los periódicos, aparecieron una serie de llamativas historias acerca de objetos que se encontraron flotando en algunos de los ríos desbordados. Fueron noticias que dieron pie a muchos de mis colegas para enfrascarse en un curioso debate al que acabaron invitándome, confiando en que yo podría aclararles algo al respecto. Me sentí halagado al comprobar en qué medida se tomaban en serio mis estudios sobre el folclore e hice lo que pude por reducir a su justo término aquellas infundadas y confusas historias que genuinamente parecían tener su origen en antiguas supersticiones populares. Me divertía mucho encontrar personas cultas convencidas de que debía de haber algún misterio perverso en el fondo de aquellos rumores.

Las noticias que tanto atrajeron su atención procedían, en su mayor parte de los lectores del periódico, aunque una de aquellas increíbles historias tenía una fuente oral y a un amigo mío se la reprodujo su madre en una carta que le envió desde Hardwick, Vermont. Lo que se describía en ellas era en esencia lo mismo, aunque parecía haber tres variantes: una estaba relacionada con el río Winoski, cerca de Montpelier, otra tenía que ver con el río West, en el condado de Windham, más allá de Newfane, y una tercera se centraba en el Passumpsic, condado de Caledonia, al norte de Lyndonville. Desde luego, muchos de los artículos hacían referencia a otros ejemplos, pero en última instancia todos ellos parecían reducirse a estos tres. En todos los casos los campesinos afirmaban haber visto uno o más objetos muy extraños y desconcertantes en las agitadas aguas que bajaban de las poco frecuentadas montañas y había una acusada tendencia a relacionar aquellas visiones con un primitivo y casi olvidado ciclo de leyendas tradicionales que los ancianos revivían para el caso en cuestión.

Parece que aquella gente creía haber visto seres vivos muy distintos de los que estaban habituados a ver. Naturalmente, en aquel suceso trágico, los ríos arrastraban muchos cadáveres de seres humanos. Ahora bien, quienes describían aquellas extrañas formas estaban totalmente convencidos de que no se trataba de seres humanos, a pesar de algunas aparentes semejanzas en tamaño y aspecto general. Tampoco, decían los testigos, podían ser las de ningún animal conocido en Vermont. Eran objetos rosáceos de un metro y medio de largo, con cuerpos revestidos de un caparazón provisto de grandes aletas dorsales o alas membranosas y varios pares de patas articuladas, y con una especie de intrincada forma elipsoide, cubierta con infinidad de antenas, en el lugar en que normalmente se encontraría la cabeza. Resultaba realmente curioso hasta qué punto coincidían los relatos de las diferentes fuentes, aunque en parte se explicaba por el hecho de que las antiguas leyendas, difundidas en otro tiempo por toda la montañosa comarca, aportaban un cuadro morbosamente vívido que podía muy bien teñir la imaginación de todos los testigos implicados. De lo que deduje que los testigos —todos ellos gentes sencillas e ingenuas de comarcas escasamente pobladas— habían vislumbrado los destrozados y abotargados cadáveres de seres humanos y animales domésticos en las turbulentas aguas, y el recuerdo latente de las antiguas leyendas los había llevado a revestir de atributos fantásticos a aquellos cadáveres dignos de la mayor compasión.

Aquellas historias, bastante ambiguas y en gran medida olvidadas por las actuales generaciones, tenían unos rasgos muy singulares y, sin duda, estaban influidas por los primitivos relatos tradicionales indios. Era algo que, aunque jamás había estado en Vermont, conocía bien gracias a la curiosísima monografía de Eli Davenport, en la que se recoge gran parte del material de la tradición oral anterior a 1839, recopilada de entrevistas a las personas más ancianas del Estado. Este material, por otro lado, coincide casi puntualmente con historias que he escuchado personalmente de boca de los ancianos campesinos de la región montañosa de New Hampshire. Brevemente resumidas, hacían referencia a una raza oculta de monstruosos seres que habitaban en algún perdido lugar de las más remotas montañas, en los densos bosques de las más altas cumbres y en los sombríos valles bañados por cursos de agua de origen desconocido. Rara vez eran avistados estos seres, pero había testimonios de su presencia, aportados por quienes se habían adentrado más allá de lo normal en las vertientes de determinada montaña o aventurado en las profundidades de determinados barrancos que hasta los lobos rehuían.

Se habían encontrado, en ocasiones, unas extrañas huellas, que no podía decirse si eran de pies o de zarpas, en el limo de los arroyos y en algunos yermos parajes, y unos curiosos círculos de piedras, con la hierba arrancada a su alrededor, que no parecían haber sido colocados allí ni configurados por un fenómeno natural. Había también unas cuevas de dudosa profundidad en las laderas de las montañas, cuyas bocas de acceso estaban cerradas por grandes piedras dispuestas de forma nada casual y con más extrañas huellas de lo normal, las cuales se encaminaban tanto hacia el interior como hacia el exterior de la cueva... En el supuesto de que su dirección pudiera determinarse exactamente. Y lo peor de todo era lo que algunas personas arriesgadas habían visto, ocasionalmente a la luz del crepúsculo, en los más remotos valles y en los frondosos y empinados bosques por encima de los límites normales de ascensión.

Todo sería mucho más tranquilizador si los relatos aislados de estos acontecimientos no hubiesen coincidido en tal grado. En efecto, casi todos los rumores que circulaban tenían algo en común: sostenían que aquellas criaturas eran una especie de grandes cangrejos de color rojizo, con muchos pares de patas y dos grandes alas como de murciélago en medio del lomo. Unas veces caminaban sobre todas sus patas y otras solamente sobre el tren trasero, utilizando las restantes para transportar grandes objetos de naturaleza desconocida. En una ocasión fueron vistos en gran número, al tiempo que un destacamento suyo vadeaba, en línea de a tres, como si fuera una formación militar, una corriente de agua poco profunda que discurría entre frondosos bosques. En otra ocasión, se vio volando a uno de aquellos seres, tras arrojarse de la cima de una colina pelada y solitaria, y desaparecer en el cielo después que sus grandes alas batientes reflejaron por un instante su silueta contra la luna llena.

En general, aquellos seres no parecían tener la menor intención de atacar a los hombres, aunque a veces se les hizo responsables de la desaparición de algún que otro osado individuo, gente que había construido su casa demasiado cerca de ciertos valles o próximas a las cumbres de determinadas montañas. El asentamiento en aquellos parajes se hizo poco recomendable, creencia que ha perdurado incluso mucho después de olvidarse la causa. Un escalofrío se apoderaba de la gente al dirigir la mirada hacia algunos barrancos próximos en las estribaciones de aquellos siniestros y verdes centinelas, aun cuando no recordaran cuántos colonos habían desaparecido y cuántas granjas habían ardido hasta reducirse a cenizas.

Las más antiguas leyendas indicaban, por tanto, que las criaturas sólo atacaban al hombre en defensa de su intimidad, pero también había relatos posteriores que dejaban constancia de que sentían curiosidad por los hombres y de sus tentativas por establecer avanzadillas secretas en el mundo de los seres humanos. Circulaban historias de extrañas huellas de zarpas vistas en las proximidades de las ventanas de alguna solitaria granja al despuntar el día y de alguna que otra desaparición en comarcas alejadas de los núcleos que se hallaban, evidentemente bajo los efectos del hechizo. Historias, por lo demás, de susurrantes voces imitadoras del lenguaje humano que hacían sorprendentes ofrecimientos a los solitarios viajeros que se aventuraban por caminos y senderos abiertos en los frondosos bosques y de niños aterrorizados por cosas vistas u oídas en los mismos linderos del bosque. En la etapa final de estas leyendas, cuando la superstición declinó, en parte, por el abandono de los temidos lugares, se encuentran sorprendentes referencias a ermitaños y solitarios colonos que, en algún momento de su vida, experimentaron un repulsivo cambio de actitud mental, por lo que se les rehuía y rumoreaba de ellos que se habían vendido a aquellos extraños seres. En uno de los condados del noreste parece que, hacia 1800, hubo una ola de acusaciones dirigidas a todas aquellas personas que llevaban una vida retraída o excéntrica de ser aliados o representantes de las detestables criaturas.

Por lo que se refiere a su naturaleza, las explicaciones diferían mucho. Por lo general se les designaba con el nombre de «esos» o «los antiguos», aunque otras denominaciones tuvieron un uso local y transitorio. Es muy posible que el grueso de los colonos puritanos viese en ellos, lisa y llanamente, a la parentela del diablo, hasta el punto de hacer de aquellos seres el fundamento de una especulación teológica inspirada en el terror. Los de ascendencia céltica, sobre todo escoceses e irlandeses de New Hampshire, y sus descendientes, asentados en Vermont gracias a los privilegios otorgados a los colonos en tiempos del gobernador Wentworth, los relacionaban vagamente con genios malignos y faunos que habitaban en las tierras pantanosas y en las fortificaciones naturales que proporciona la orografía, y se protegían de ellos por medio de fórmulas mágicas transmitidas de generación en generación. Pero las teorías más fantásticas eran, con gran diferencia, las de los indios. Si bien diferían según las tribus, había una acusada tendencia a creer en ciertos rasgos característicos, estando unánimemente de acuerdo en que aquellas criaturas no pertenecían a este mundo.

Los mitos de los pennacook[4], que por otro lado eran los más coherentes y pintorescos, indicaban que los seres alados procedían de la Osa Mayor y tenían minas en las montañas de la tierra de las que extraían una clase de piedra que no existía en ningún otro planeta. No vivían aquí, decían, sino que se limitaban a mantener avanzadillas y regresaban volando con grandes cargamentos de tierra a sus septentrionales estrellas. Sólo atacaban a los seres terrestres que se acercaban demasiado a ellos o les espiaban. Los animales los rehuían por un temor instintivo, y no por miedo a que intentaran cazarlos. No podían comer ni cosas ni animales terrestres, por lo que se veían forzados a traer sus víveres de las estrellas. Era peligroso acercarse a aquellos seres y, en ocasiones, jóvenes cazadores que se habían aventurado demasiado en sus montañas, no regresaron. También era peligroso escuchar lo que susurraban al caer la noche sobre el bosque con voces semejantes a las de una abeja que tratara de imitar la voz humana. Conocían las lenguas de todas las tribus —pennacooks, hurones, cinco naciones...—, pero no parecían tener ni necesitar una lengua propia. Hablaban con la cabeza, la cual experimentaba cambios de color conforme a lo que quisieran expresar.

Fueran del origen que fueran, todas estas historias desaparecieron en el siglo XIX, a excepción de algún atávico y asilado resurgimiento. El Estado de Vermont se fue poblando de colonos y una vez construidos los habituales caminos y viviendas según un plan fijado de antemano, sus habitantes fueron olvidando poco a poco los temores y prevenciones que les impulsaron a poner en marcha aquel plan e, incluso, que hubieran existido tales temores y prevenciones. Lo único que se sabía era que ciertas comarcas montañosas tenían fama de insalubres, improductivas y, por lo general, que era poco aconsejable vivir en ellas, y que cuanto más lejos se estuviera de ellas, mejor mar-

---

[4] Los pennacook eran una confederación de tribus de indios unidos por la lengua algonquina, que estaban repartidos por varias partes de Estados Unidos y Canadá, entre ellas el Estado de New Hampshire y Maine. *(N. del T.)*

charían las cosas. Con el transcurso del tiempo, los trillados caminos que imponían la costumbre y los intereses económicos acabaron por arraigar tanto en los lugares en que se asentaron que no había por qué salir de ellos, y así, más por accidente que por designio, las montañas frecuentadas por aquellos seres permanecieron desiertas. Salvo alguna que otra alarma local, sólo las parlanchinas abuelitas y los meditabundos nonagenarios hablaban ocasionalmente en voz baja de los seres que habitaban en aquellas montañas; e incluso en aquellos entrecortados susurros se reconocía que no había mucho que temer de ellos, ahora que ya estaban acostumbrados a la presencia de casas y poblados y que los seres humanos no les importunaban para nada en el territorio elegido por ellos.

Todo esto, lo sabía yo desde hacía tiempo gracias a mis lecturas y a ciertas tradiciones populares que recogí en New Hampshire, por lo que, cuando empezaron a correr los rumores después de la gran inundación, pude fácilmente deducir el trasfondo imaginativo sobre el que se habían levantado. Me esforcé en explicárselo a mis amigos, y, a su vez, me divertía bastante cuando algunos de ellos, de esos a los que les gusta llevar siempre la contraria, siguieron insistiendo en la posibilidad de que hubiera algo de cierto en aquellos rumores. Tales personas trataban de poner de relieve que las primitivas leyendas tenían una persistencia y uniformidad significativas, y que la naturaleza de las montañas de Vermont, prácticamente aún por explorar; no hacía aconsejable mostrarse dogmático acerca de lo que pudiera habitar o no en ellas. Tampoco se acallaron cuando les aseguré que todos los mitos tenían unos conocidos rasgos característicos en común con los de la mayor parte del género humano, ya que venían prefigurados por las fases iniciales de la experiencia imaginativa que siempre producía idéntico tipo de ilusión. De nada sirvió demostrar a mis opositores que los mitos de Vermont apenas diferían en esencia de las leyendas universales sobre la personificación natural que llenaron el mundo antiguo de faunos, dríadas y sátiros, inspiraron los kallikantzaros[5] de la Grecia moderna y confirieron a las tierras incivilizadas, como el País de Gales e Irlanda, esas sombrías alusiones a extrañas, pequeñas y terribles razas ocultas de trogloditas y moradores de ma-

---

[5] Los kallikantzaros son duendes malignos del folclore balcánico, griego y de Anatolia, probablemente de tradición turca, seres humanos con patas de animal. *(N. del T.)*

drigueras. Resultó inútil, igualmente, señalar la aún más sorprendente similitud que guardaban con la creencia común entre los habitantes de las tribus montañosas del Nepal en el temible Mi-Go o abominable hombre de las nieves, que está espeluznantemente al acecho entre las cimas de hielo y roca de las altas cumbres del Himalaya. Cuando saqué a colación este dato, mis contrarios lo volvieron contra mí, alegando que ello no hacía sino demostrar una cierta historicidad real de las antiguas leyendas y que era un argumento más a favor de la efectiva existencia de alguna extraña y primitiva raza terrestre, que se vio obligada a ocultarse tras la aparición y dominio del género humano, y que era muy posible que hubiese logrado sobrevivir en número reducido hasta épocas relativamente recientes... O, incluso, hasta nuestros mismos días.

Cuanto más se burlaban de tales teorías, más se aferraban a ellas mis empecinados amigos, llegando a añadir que incluso sin la ascendencia de la leyenda los rumores que corrían eran demasiado claros, coherentes, detallados y sensatamente prosaicos en su exposición, como para ser completamente ignoradas. Dos o tres fanáticos extremistas llegaron al punto de querer encontrar posibles significados en las antiguas leyendas indias, que atribuían un origen extraterrestre a los seres ocultos, al tiempo que citaban en apoyo de sus argumentos los increíbles libros de Charles Fort[6] en los que se pretende demostrar que viajeros de otros mundos y del espacio exterior hacían frecuentes visitas a la tierra. La mayoría de mis adversarios, no obstante, eran simples románticos que no hacían sino transferir a la vida real las fantásticas tradiciones de «faunos» al acecho popularizadas por ese excelente autor de relatos de terror que es Arthur Machen.

CAPÍTULO II

Como suele suceder en este tipo de debates, hubo un pique final que acabó trasladándose a la letra impresa, en forma de cartas al Arkham Advertiser, algunas de las cuales fueron después reproducidas en la prensa de Vermont, de donde vinieron las historias de las

---

[6] CHARLES FORT (1874-1932) fue un investigador norteamericano de fenómenos anómalos, coetáneo de Lovecraft y fuente de inspiración, sobre todo su gran obra: *El libro de los condenados. (N. del T.)*

inundaciones. El Rutland Herald dio media página de extractos de las cartas de ambas opiniones, mientras que el Brattleboro Reformer reimprimió uno de mis resúmenes históricos y mitológicos por completo, con algunos comentarios en la columna reflexiva de «El Divagador» que apoyaba y aplaudía mi escepticismo. En la primavera de 1928, yo era una figura casi conocida en Vermont, a pesar del hecho de que nunca había puesto un pie en ese Estado. Después, publicaron las desafiantes cartas de Henry Akeley que me impresionaron profundamente y que motivaron que pusiera el pie, por primera y última vez, en ese fascinante reino de atestados precipicios verdes y bosques rumorosos.

Casi todo lo que sé de Henry Wentworth Akeley fue recopilado por correspondencia con sus vecinos y con su único hijo, que vive en California, después de la experiencia vivida en su granja solitaria. Descubrí que era el último representante en su tierra natal de una larga y distinguida línea de juristas, administradores y caballeros agricultores. Con él, sin embargo, la tradición familiar se había desviado de los asuntos puramente prácticos a la mera erudición, hasta el punto de que él había sido un notable estudiante de matemáticas, astronomía, biología, antropología y folclore en la Universidad de Vermont. Nunca había oído hablar de él, y él no me dio muchos detalles autobiográficos en sus comunicaciones, pero desde el principio me di cuenta de que era un hombre de carácter, educación e inteligencia, aunque un solitario muy poco amigo de la sofisticación mundana.

A pesar de la increíble naturaleza de lo que afirmaba, no pude evitar tomarme inmediatamente en serio a Akeley, más de lo que había hecho con los otros retadores de mis puntos de vista. Por un lado, vivía realmente cerca de los fenómenos que, según aseguraba, eran «reales, visibles y tangibles» sobre los que especulaba de manera tan grotesca; por otra parte, como un verdadero hombre de ciencia, estaba increíblemente dispuesto a poner sus conclusiones en fase de comprobación. No se dejaba llevar por sus inclinaciones personales, guiándose siempre por lo que consideraba datos contrastados. Desde luego, al principio creí que estaba equivocado, si bien le di cierto crédito por estimar inteligente su error, y en ningún momento se me ocurrió emular a unos conocidos suyos que atribuían sus ideas a la locura y al miedo que infundían las solitarias y verdes cumbres. Pude advertir que era un hombre que hablaba con conocimiento de causa y comprobé que lo que decía debía de proceder, casi con toda seguridad, de extrañas circunstancias que merecían consideración, aun cuando no creía que tuvieran que ver con las fantásticas causas a las cuales él las atribuía. Finalmente, me remitió por carta ciertas pruebas pertinentes que venían a plantear la cuestión sobre bases algo distintas y sorprendentemente extrañas.

Lo mejor que puedo hacer es transcribir íntegra, en lo posible, la larga carta en que Akeley se dio a conocer, y que constituye un importante hito en mi vida intelectual. Ya no la tengo en mi poder, pero mi memoria retiene casi palabra por palabra su asombroso mensaje. Una vez más afirmo mi creencia en la cordura del hombre que la escribió. Aquí está el texto... Un texto que me llegó en los ilegibles y arcaizantes garabatos de alguien que evidentemente no ha tenido mucho contacto con el mundo durante su apacible vida de estudioso.

RFD # 2,
Townshend, Windham Co.,
Vermont.
5 de mayo de 1928.
Sr. D. Albert N. Wilmarth,
118 Saltonstall St.,
Arkham, Massachusetts.

Muy sr. mío,

He leído con gran interés en el Brattleboro Reformer del 23 de abril su carta sobre las historias que circulan últimamente sobre extraños cuerpos que se han visto flotando en nuestros ríos durante las inundaciones del pasado otoño y sobre las curiosas tradiciones populares con las que tan perfectamente concuerdan. Es comprensible que un forastero adopte una postura como la suya, e incluso que «El Divagador» se muestre de acuerdo con usted. Tal es la actitud de las personas educadas, sean o no de Vermont, y fue la mía en mi juventud (ahora tengo 57 años), antes de que mis estudios, tanto generales como del libro de Eli Davenport, me indujeran a recorrer algunos rincones poco frecuentados de las montañas de la comarca.

Aunque a menudo pienso que habría sido mejor dejar las cosas como estaban, emprendí tales estudios estimulado por las extrañas historias que oía de boca de ancianos granjeros sin la menor formación. Modestia aparte, diré que la antropología y las tradiciones populares no me son en absoluto desconocidas. Las estudié a fondo en la universidad, y estoy familiarizado con la mayoría de las autoridades en la materia: Tylor, Lubbock, Frazer, Quatrefages, Murray, Osborn, Keith, Boule, G. Elliott Smith, etcétera. Para mí no es ninguna novedad que las leyendas sobre razas ocultas son tan antiguas como la vida misma. He visto las reproducciones de sus cartas, y de quienes participan de su opinión, en el Rutland Herald, y creo saber cuál es el estado actual de la polémica.

Lo que trato de explicarle es que mucho me temo que sus opositores se acercan más a la verdad que usted, aun cuando la razón parezca estar de su parte. Están incluso más cerca de la verdad de lo que ellos mismos creen... Pues se basan únicamente en la teoría y, naturalmente, no pueden saber todo lo que yo sé. Si yo supiera tan poco como ellos, no vería tampoco justificada su postura. Estaría completamente de su parte.

Estoy dando un gran rodeo hasta llegar al objeto de mi carta, como puede comprobar, probablemente porque temo llegar a él. En resumidas cuentas, tengo pruebas fidedignas de que unos seres monstruosos viven realmente en los bosques de las altas cumbres por las que no transita nadie. No he visto a ninguno de esos seres flotando en las aguas de los ríos, como se ha dicho, pero he visto seres semejantes en circunstancias que casi no me atrevo a repetir. He visto huellas, últimamente las he visto tan cerca de mi casa —vivo en la vieja casa de los Akeley, al sur de Townshend Village, en las estribaciones de Dark Mountain— que no me atrevo siquiera a contárselo y he escuchado voces en determinados lugares de los bosques que ni siquiera osaría describir sobre el papel.

En cierto lugar, las oí con tal claridad que me llevé un fonógrafo, junto con un dictáfono y un cilindro de cera para grabarlas. Ya veré cómo me las arreglo para que pueda usted oír la grabación que conseguí. Se la hice escuchar a algunos de los ancianos que habitan por estos contornos y algunas de esas voces les impresionó tanto que parecían no salir de su estupor debido a su semejanza con cierta voz —un susurro que se oye en los bosques y que Davenpont menciona en su libro— de la que sus abuelas les habían hablado, al tiempo que trataban de imitarla. Sé lo que la mayoría de la gente piensa que un hombre que dice «oír voces»... Pero antes de sacar conclusiones le pediría que escuchara la grabación y que preguntase a los ancianos del lugar lo que piensan al respecto. Si usted halla una explicación racional, mejor. Pero, sin duda, debe haber algo detrás de todo ello. Pues, como usted bien sabe, « »[7].

Mi propósito, al escribirle, no es entablar con usted una polémica, sino proporcionarle una información que creo que un hombre de sus inquietudes encontrará del mayor interés, pero esto se lo digo en privado. En público estoy de su lado, pues hay ciertas cosas que me han demostrado que es mejor que la gente no sepa demasiado de este asunto. Mis estudios son absolutamente a título particular, y no creo que sea bueno publicar algo que pueda atraer la atención de la gente o que les induzca a visitar los lugares que he explorado. Es cierto, terriblemente, que en aquellos parajes hay criaturas no humanas que no cesan de observarnos, que cuentan con espías entre nosotros con vistas a recabar información. Gran parte de mi información proviene de un pobre desgraciado que, si estaba en su sano juicio —y yo pienso que lo estaba—, era uno de sus espías. Aquel hombre acabó suicidándose, pero tengo fundadas razones para creer que hay otros.

Son seres que proceden de otro planeta, que viven en el espacio interestelar y pueden volar por él gracias a unas toscas y potentes alas resistentes a la atmósfera, pero que resultan ingobernables para pensar en utilizarlas cuando están en la Tierra. Le hablaré de ello más adelante, si es que no me toma por loco. Vienen aquí para extraer metales de unas minas que hay en las entrañas de los montes y hasta creo saber de dónde proceden. No nos harán ningún daño si les dejamos en paz, pero nadie puede predecir lo que ocurriría si les importunáramos. Es posible que un ejército pueda arrasar sin mucho esfuerzo su colonia minera y es eso justo lo que ellos temen. Pero si llegara a suceder, otros vendrían del exterior... En número incalculable. Y no les sería difícil conquistar la Tierra, pero hasta el momento no lo han intentado

---

[7] «Ex nihilo nihil fit», es decir, «De la nada, nada se hace» es un principio de la metafísica que se atribuye, a pesar de su enunciado latino, al filósofo griego presocrático Parménides. *(N. del T.)*

porque no tienen necesidad de hacerlo. Prefieren dejar las cosas como están y evitarse complicaciones.

Ahora tengo la sospecha de que quieren desembarazarse de mí, porque sé demasiadas cosas acerca de ellos. En los bosques de Round Hill, al este de aquí, he encontrado una gran piedra negra con jeroglíficos indescifrables y a medio borrar. Pues bien, una vez que me la llevé a casa, empezó a cambiar todo. Si llegan a la conclusión de que sé demasiado me matarán o me llevarán consigo al planeta de donde proceden. De cuando en cuando les gusta llevarse hombres instruidos para estar al corriente de cómo marchan las cosas en el mundo de los humanos.

Dicho esto, mi segundo propósito al escribirle esta carta es rogarle que, en lugar de añadir más leña al fuego, procure acallar la polémica. Hay que mantener a la gente alejada de estas montañas y para lograrlo lo mejor es no despertar más su curiosidad. Bien saben los cielos que ya es bastante el peligro que se corre con promotores y agentes inmobiliarios dispuestos a inundar Vermont con tropeles de veraneantes que infesten las zonas despobladas y cubran las montañas de casitas del peor gusto.

Me encantaría poder seguir en contacto con usted, y si quiere trataré de enviarle por correo urgente la grabación fonográfica y la piedra negra —tan desgastada está que si le mando fotografías apenas podrá ver algo—. Y digo «trataré», porque creo que estas criaturas se las arreglan para enterarse de cuanto aquí sucede. En una granja próxima al pueblo hay un tipo llamado Brown, de siniestra catadura y peor talante, que creo es un espía suyo. Poco a poco tratan de incomunicarme con el mundo porque sé demasiado acerca de ellos.

Se sirven de los más increíbles medios para enterarse de todo lo que hago. Es posible que ni siquiera esta carta llegue a sus manos. Creo que lo mejor sería que abandonara esta parte del país y me fuera a vivir en compañía de mi hijo a San Diego, California, si las cosas se ponen peor, pero no es nada fácil abandonar el lugar en que uno ha nacido y donde ha vivido su familia durante seis generaciones. Y, además, difícilmente me atrevería a vender esta casa a nadie ahora que esas criaturas se han fijado en ella. Al parecer, quieren recuperar la piedra negra y destruir la grabación fonográfica, pero no lo conseguirán mientras yo pueda evitarlo. De momento, mis perros policía los mantienen a raya, pues todavía son pocos y aún no se mueven bien por estos parajes. Como le he dicho, sus alas no sirven de mucho cuando se trata de vuelos cortos sobre la tierra. Estoy a punto de descifrar la piedra —todo apunta a terribles revelaciones— y creo que con los conocimientos que usted posee del folclore tradicional podría ayudarme a encontrar los eslabones perdidos. Le supongo al corriente de los espeluznantes mitos anteriores a la aparición del hombre sobre la tierra —los ciclos de Yog-Sothoth y Cthulhu—, a los que se alude en el *Necronomicón*. En cierta ocasión tuve acceso a un ejemplar del libro y, según tengo entendido, ustedes poseen otro, guardado bajo siete llaves, en la biblioteca de su universidad.

Para terminar, señor Wilmarth, creo que dados nuestros estudios podemos aportarnos mucho el uno al otro. No quiero que usted corra ningún peligro y me veo en la obligación de advertirle que la posesión de la piedra y de la grabación entraña ciertos riesgos, pero estoy seguro de que usted no dudará en que merece la pena correrlos en aras de la ciencia. Si me autoriza a mandárselo, se lo acercaré en coche hasta Newfane o Brattleboro, pues confío más en las estafetas de correos de allí. Le diré que vivo solo, pues ya no puedo tener a nadie a mi servicio. No quieren quedarse debido a los seres que tratan de acercarse a casa por las noches y que hacen que los perros no cesen de ladrar. Me alegro de no haber ahondado en mis pesquisas mientras vivía mi mujer, pues se habría vuelto loca con todo esto.

Confío en no haberle importunado demasiado y que usted decida mantener comunicación conmigo en lugar de arrojar la carta a la papelera por creerla el desvarío de un loco.

Atentamente suyo,

Henry W. Akeley.

P. D. Estoy sacando copias de algunas fotografías hechas por mí y que creo pueden contribuir a demostrar varios de los extremos aquí mencionados. Los ancianos del lugar creen que se trata de algo tremendamente verídico. Se las enviaré inmediatamente si le parece bien.

H. W. A.

No me resulta fácil expresar lo que sentí al leer la extraña carta por primera vez. Otras teorías más plausibles me habían provocado risa y lo normal es que con tamañas incoherencias, la carta me hubiera producido hilaridad, pero había algo en el tono de aquella carta que me indujo a considerarla con paradójica seriedad. No es que me creyera, ni por un instante, la historia de la oculta raza procedente de las estrellas de la que hablaba mi corresponsal, pero lo cierto es que, después de algunas serias dudas en un primer momento, llegué sorprendentemente a convencerme de su cordura y sinceridad, inclinándome a creer que su autor se había enfrentado con algún fenómeno real, aunque singular y anormal, que no acertaba a explicar si no era recurriendo a la imaginación. Estaba seguro de que la verdad distaba mucho de lo que me decía mi comunicante, pero por otro lado quizá mereciera la pena investigar qué es lo que había detrás de todo aquello. Aquel hombre parecía tremendamente excitado y alarmado por algo, pero resultaba difícil pensar que su actitud era injustificada del todo. En ciertos aspectos, era tan puntual y lógico... Y, después de todo, su historia encajaba increíblemente bien con ciertos mitos antiguos... incluso con las más inverosímiles leyendas indias.

Era perfectamente posible que hubiese alcanzado a oír voces nada tranquilizadoras en las montañas y que hubiese en verdad encontrado la piedra negra de la que hablaba, a pesar de sus descabelladas elucubraciones, deducciones disparatadas que a buen seguro le había inducido el hombre al que señalaba como espía de los extraterrestres y que, finalmente, puso fin a su vida. Era fácil deducir que este hombre estaba loco de atar, pero probablemente le quedara una vena de perversa lógica que indujo al ingenuo de Akeley —ya de por sí predispuesto a tales cosas por sus estudios sobre el folclore— a creer toda aquella historia. En cuanto a los últimos acontecimientos, en concreto a la imposibilidad de tener a nadie a su servicio, parecía que los modestos y sencillos vecinos de Akeley estaban tan convencidos como él de que su casa era asediada por algo siniestro durante la noche. Que los perros ladraban era algo que no podía ponerse en duda.

Con respecto a la cuestión de la grabación fonográfica, que no pude sino creer que la había obtenido tal como dijo. Tenía que tratarse de algo, pero no sabría decir qué: ruidos animales que engañosamente recordaban al lenguaje humano, el habla de algún ser humano oculto y al acecho al caer la noche, postrado en un estado no muy por encima del de los animales inferiores. De la grabación, mi pensamiento pasó a los jeroglíficos de la piedra negra y a especular acerca de cuál podría ser su posible significado. Y, por otro lado, estaban las fotografías que Akeley hablaba de enviarme y que tan convincentemente los ancianos del lugar encontraban espeluznantes.

Al releer aquella letra abigarrada, pensé más que nunca que mis crédulos adversarios podían estar más en lo cierto de lo que yo había admitido en un primer momento. Después de todo, aquellas montañas por las que se rehuía el paso podían ser el reducto de seres extraños y quizá con deformidades hereditarias, aun cuando no hubiese ninguna raza de monstruos nacidos en estrellas tal como pretendía la tradición. En tal supuesto, no resultaría del todo descabellada la presencia de cuerpos extraños en los ríos desbordados. ¿Acaso era excesivamente descabellado suponer que tanto las antiguas leyendas como los recientes relatos descansaban sobre un fundamento real? Pero incluso albergando tales dudas, me sentía avergonzado de que tan grotesca muestra de incoherencia como era la increíble carta de Henry Akeley, hubiera podido suscitarlas.

Al final, contesté la carta de Akeley, adoptando un tono de cordial interés y solicitando información más detallada. Su respuesta me llegó casi a vuelta de correo, y en ella incluía, tal como me había prometido, una serie de instantáneas de escenas y objetos ilustrativos de lo que tenía que contarme. Eché una mirada a las fotografías al tiempo de sacarlas del sobre y experimenté la extraña sensación de espanto que se siente ante la inmediatez de lo prohibido, pues, a pesar de lo borrosas que estaban la mayoría de ellas, poseían un endiablado poder de sugestión, intensificado además por el hecho de tratarse de auténticas fotografías: verdaderos eslabones ópticos de lo que reproducían, y el producto de un proceso de transmisión impersonal sin sombra alguna de prejuicios, falibilidad ni falsedad.

Cuanto más las miraba, más cuenta me daba de que no me era un error tomarse en serio a Akeley y su historia. Desde luego, aquellas fotografías aportaban pruebas concluyentes de que en las montañas de Vermont había algo que, cuando menos, estaba fuera del alcance de nuestros conocimientos y creencias. Lo peor de todo eran las huellas de pisadas: una instantánea tomada en un lugar donde relucía el sol, en un sendero totalmente enfangado en medio de una desierta altiplanicie. Una sola mirada me bastó para cerciorarme de que allí no había trucaje alguno, pues los guijarros y briznas de hierba nítidamente perfilados que se apreciaban en el campo de visión eran la mejor garantía de la corrección de la escala y hacían imposible cualquier intento de doble exposición trucada. Por darle un nombre lo califiqué de «huella de pie», pero creo que sería más exacto decir «huella de zarpa». Aún hoy me resulta difícil intentar describirla, y lo único que puedo decir es que era algo horrible, de rasgos similares a los cangrejos, y que no sabría precisar qué dirección seguía. No era una huella muy profunda ni reciente, pero su tamaño era aproximadamente el del pie de un hombre de estatura normal. A partir de un rastro central, se proyectaban en direcciones opuestas varios pares de pinzas dentadas; algo de todo punto desconcertante, si es que, como parecía, aquello era exclusivamente un órgano de locomoción.

En otra de las fotografías, una instantánea tomada con muy poca luz, se veía la entrada de una cueva en un terreno muy frondoso, obstruida con una piedra esférica. En la superficie pelada que había justo delante podía distinguirse perfectamente una densa red de extrañas huellas, y al examinar la fotografía con una lupa comprobé con cierto desasosiego que eran similares a las de la otra instantánea. Una tercera fotografía mostraba un círculo de estilo druídico de piedras levantadas en las cumbres de una desolada montaña. En torno al críptico círculo la hierba estaba muy aplastada y arrancada, si bien no pude detectar ninguna pisada, m siquiera con ayuda de la lente. Se advertía fácilmente que se trataba de un lugar perdido en el auténtico mar de deshabitadas montañas que se divisaba en segundo plano y se perdían en un horizonte neblinoso.

Si la fotografía de la «huella» era espeluznante, las de la gran piedra negra encontrada en los bosques de Round Hill eran sugerentes. Akeley la había fotografiado desde lo que debía ser su mesa de trabajo, pues podían verse hileras de libros y un busto de Milton en segundo término. Por lo visto, la cámara había enfocado verticalmente la imagen con una superficie algo curvada e irregular de medio metro, pero decir algo más preciso sobre aquella superficie, o sobre el aspecto general de la piedra entera, casi excede los límites del lenguaje. Ni síquiera podía imaginar los rarísimos principios geométricos en que se habían inspirado para su corte, pues no cabía duda de que se trataba de un corte artificial, ya que jamás había visto nada tan extraño e inequívocamente ajeno a este mundo. Apenas pude distinguir alguno de los jeroglíficos esculpidos en la superficie, pero uno o dos de los que vi me dejaron atónito. Claro que muy bien podía tratarse de una falsificación, pues yo no era la única persona que había leído el monstruoso y abominable *Necronomicón,* del árabe loco Abdul Alhazred. Con todo, me hizo estremecerme al reconocer ciertos ideogramas que mis estudios me habían enseñado a poner en relación con los misterios más espeluznantes e implacables de seres que habían tenido una semiexistencia descabellada antes de formarse la tierra y los otros planetas del sistema solar.

Tres de las cinco fotografías restantes mostraban terrenos pantanosos y montañosos que parecían evidenciar huellas de ocultos y perniciosos moradores. En otra se veía una extraña huella en el suelo, muy cerca de la casa de Akeley, que, según decía este, había fotografiado de mañana tras una noche en que los perros habían ladrado con mayor intensidad que de costumbre. Estaba muy borrosa, y difícilmente podían extraerse conclusiones de ella, pero tenía un detestable parecido con aquella otra huella de pie o zarpa fotografiada en la desierta altiplanicie. En la última fotografía se veía la casa de Akeley: un elegante edificio blanco de dos pisos y buhardilla, construida haría algo más de un siglo, y con un césped bien cuidado y una vereda bordeada de piedras que conducía a una puerta de estilo georgiano labrada con exquisito gusto. En el césped había varios perros policía de gran tamaño, tendidos junto a un hombre de aspecto agradable con una barba gris recién cortada que debía ser el propio Akeley fotografiándose a sí mismo, a juzgar por la perilla conectada a un tubo que empuñaba en su mano derecha.

Dejé de lado las fotografías y me dispuse a leer aquella extensa carta de letra apretujada, que me sumió durante las tres horas siguientes en un abismo de inexpresable horror. Aquello que Akeley no había hecho sino esbozar someramente en su anterior carta, lo describía ahora con todo lujo de detalles, ofreciendo largas transcripciones de palabras oídas en los bosques durante la noche, largas descripciones de monstruosas formas rosáceas avistadas en medio de la frondosa espesura en el crepúsculo sobre las montañas, y una terrible narración cósmica derivada de la aplicación de una profunda y diversificada erudición a los interminables discursos de antaño del demente y fingido espía que acabó suicidándose. Me encontré ante nombres y voces que había oído en otros lugares relacionados con los más espantosos que cabe imaginar —Yuggoth, Gran Cthulhu, Tsathoggna, Yog-Sothoth, R'lyeh, Nyarlathotep, Azathoth, Hastur, Yian, Leng, el lago de Hali, Bethmoora, la Señal Amarilla, L'mur-Kathulos, Bran y el *Magnum Innominandum*[8]—, y me vi transportado a través de infinitos eones e inconcebibles dimensiones a mundos antiguos y exteriores que el demente autor del *Necronomicón* no había sino empezado a intuir. Allí se me hablaba de los pozos de vida primigenia, de los ríos que descendían de aquel manantial y, finalmente, del riachuelo que, procedente de uno de aquellos ríos, se había fundido inextricablemente con los destinos de nuestro planeta.

Mi cerebro no dejó de dar vueltas como un remolino y si antes había intentado encontrar una explicación a las cosas, ahora empezaba a creer en los más anormales y fantásticos prodigios. Las pruebas eran abrumadoras y aplastantes, y la fría y científica actitud de Akeley —que distaba siglos de lo demencial, fanático, histérico y hasta de lo simplemente especulativo—, tuvo un tremendo impacto sobre mis facultades críticas. Cuando acabé de leer aquella espantosa carta pude comprender los temores que Akeley había llegado a albergar, y me dispuse a hacer lo que estuviera en mis manos por mantener alejada a la gente de aquellas despobladas y encantadas montañas. Incluso hoy, cuando el transcurso del tiempo ha mitigado la impresión experimentada y me ha hecho replantearme mis acciones y horribles dudas, hay cosas de aquella carta de Akeley que no me atrevería a mencionar, ni siquiera expresándolas en palabras sobre el papel. Casi me alegro de que hayan desaparecido la carta, la grabación y las fotografías... Y sólo deseo, por razones que no tardaré en explicar, que no llegue a descubrirse el planeta que existe más allá de Neptuno.

La lectura de aquella carta me llevó a terminar definitivamente con mis polémicas sobre los horrores de Vermont. Las argumentaciones de mis contrarios quedaron sin respuesta o postergadas tras algunas disculpas, y con el tiempo la controversia cayó en el olvido. Durante los últimos días de mayo y a todo lo largo de junio mantuve una correspondencia ininterrumpida con Akeley, si bien, debido a que de vez en cuando se extraviaba una carta, teníamos que volver sobre

---

[8] Evidentemente, no son reales. Son sólo una parte de la larga lista de personajes fantásticos que componen la mitología de Lovecraft y su Círculo. *(N. del T.)*

nuestros pasos y efectuar una ingente labor de reproducción. Lo que hacíamos, en términos generales, era comparar nuestras notas en los puntos oscuros de la mitología con el fin de llegar a establecer una precisa correlación de los horrores de Vermont con el corpus general de leyendas primitivas de todo el universo.

De entrada, acordamos prácticamente que aquellas morbosidades y el infernal Mi-Go de las cumbres del Himalaya pertenecían a la misma categoría de monstruosidades encarnadas. Hicimos también interesantísimas conjeturas de carácter zoológico que me habría gustado consultar a mi colega universitario, el profesor Dexter, de no mediar la tajante orden de Akeley de no hacer partícipe a nadie, fuera de nosotros, de lo que sucedía. Si desobedezco ahora esa orden, es porque creo que, tal y como se están desarrollando hoy las cosas, una advertencia acerca de aquellas remotas montañas de Vermont —y acerca de aquellas cumbres del Himalaya que algunos intrépidos exploradores cada vez están más empeñados en escalar— pueden favorecer más a la seguridad pública que guardar silencio. Algo concreto que estábamos a punto de desentrañar era el significado de los jeroglíficos de la ignominiosa piedra negra: algo que muy bien podría hacernos entrar en posesión de secretos más arcanos y asombrosos que cualquier otro hasta entonces conocido por el hombre.

CAPÍTULO III

Hacia fines de junio llegó el registro del fonógrafo, enviado desde Brattleboro, ya que Akeley no estaba dispuesto a confiar en las condiciones de la línea de correos de allí. Había empezado a sentir una mayor sensación de espionaje, agravada por la inexplicable pérdida de algunas de nuestras cartas que parecía señalar a la acción insidiosa de ciertos hombres a quienes consideraba herramientas y agentes de los seres ocultos. De quien más sospechas albergaba era del huraño Walter Brown, que vivía solo en una ruinosa vivienda de la ladera que daba a los frondosos bosques y que era visto a menudo haraganeando por las esquinas de Brattleboro, Bellows Falls, Newfane y South Londonderry, del modo más inexplicable y sin razón aparente alguna. Akeley estaba convencido de que la voz de Brown era una de las que en cierta ocasión oyó en el curso de una horripilante conversación.

Además, en otro momento vio una huella de pisada o de zarpa en los aledaños de la casa de Brown, lo que juzgó un siniestro presagio, ya que, curiosamente, cerca de ella había huellas de pisadas de Brown... pisadas que se dirigían hacia la casa.

Así pues, envío la grabación a través de la estafeta de correos de Brattleboro, a donde la llevó Akeley tras conducir su Ford a lo largo de las solitarias carreteras secundarias de Vermont. En la nota que acompañaba a la grabación, confesaba que empezaba a tener miedo de aquellas carreteras, y que ni siquiera se atrevía a ir a Townshend a hacer compras si no era a plena luz del día. Era peligroso, repetía una y otra vez, saber demasiado, a menos que uno se encontrara a remota distancia de aquellas silenciosas y siniestras montañas. Pensaba trasladarse lo antes posible a California a vivir con su hijo, por muy duro que resultara abandonar el lugar donde se centraban todos sus recuerdos y sentimientos ancestrales.

Antes de reproducir la grabación en un aparato que me había prestado el Rectorado de la Universidad, repasé cuidadosamente todas las explicaciones aparecidas en las diversas cartas de Akeley. La grabación, decía, fue obtenida hacia la una de la mañana del 1 de mayo de 1915, cerca de la boca cerrada de una gruta en la frondosa vertiente occidental de Dark Mountain, justo encima de los terrenos pantanosos de Lee. De siempre, el lugar había estado extrañamente plagado de curiosas voces, siendo este el motivo de que hubiese llevado hasta allí el fonógrafo, el dictáfono y unos cilindros para grabar en espera de obtener resultados positivos. Anteriores experiencias le habían inducido a confiar en que la víspera del uno de mayo —la horrible noche de Walpurgis de las leyendas esotéricas europeas— sería con toda probabilidad una fecha mucho más fructífera que cualquier otra... Y, efectivamente, no quedó decepcionado de su elección. Ahora bien, era de destacar que en adelante jamás volvió a oír voces en aquel lugar.

A diferencia de otras ocasiones en que había oído voces en el bosque, lo esencial de esta grabación era lo que parecía un ritual y contenía una voz innegablemente humana, si bien Akeley no lograba identificarla. Desde luego, no era la de Brown, más bien parecía corresponder a un hombre con mayor nivel de educación. La segunda voz, empero, constituía un auténtico enigma, pues se trataba de un maldito susurro que no guardaba la menor semejanza con el lenguaje humano, a pesar de expresarse con palabras que denotaban un excelente inglés y un acento académico.

Por lo visto, fonógrafo y dictáfono no debieron de funcionar por igual a lo largo de toda la grabación y evidentemente aquello era un gran inconveniente debido a la lejana y encubierta naturaleza del ritual, por lo que el registro de las voces era en realidad muy fragmentario. Akeley me había facilitado una transcripción de lo que él creía eran las palabras pronunciadas, y volví a repasarla mientras me disponía a escuchar la grabación. El texto tenía más de tenebroso y enigmático que de decididamente horrible, aunque el conocimiento de su origen y procedimiento de reproducción le infundía un halo de horror superior a cualquier palabra que pudiera pronunciarse. Trataré de reproducirlo aquí en su integridad en la medida que lo recuerde, aun cuando estoy convencido de que me lo sé de memoria, no sólo por la lectura de la transcripción, sino por haber escuchado la grabación infinidad de veces. ¡No es algo que uno pueda olvidar fácilmente!

(SONIDOS INDISTINGUIBLES)

(UNA VOZ HUMANA MASCULINA CULTA)

... Es el señor de los bosques, incluso para... y las ofrendas de los hombres de Leng... así, desde los pozos de la noche hasta los abismos del espacio y desde los abismos del espacio hasta los pozos de la noche, siempre las alabanzas de Gran Cthulhu, de Tsathoggua y de Aquel que no debe ser nombrado. Siempre Sus alabanzas y abundancia a la Cabra Negra del Bosque. ¡Iä! ¡Shub-Niggurath! ¡La cabra con mil crías!

(ZUMBIDO QUE IMITA LA VOZ HUMANA)

¡Iä! ¡Shub-Niggurath! ¡La cabra con mil crías!

(VOZ HUMANA)

Y ha llegado a pasar que el señor de los bosques, siendo... Siete y nueve, bajan los escalones de ónix... (tri) butos a Él en el abismo,

Azathoth, Él de quien nos has enseñado marav (illas)... en las alas de la noche más allá del espacio, más allá d... Para eso de lo cual Yuggoth es el niño más pequeño, rodando sólo en éter negro en el borde...

(ZUMBIDO)

... Sal entre los hombres y encuentra sus caminos, que Él en el Abismo pueda conocer. A Nyarlathotep, Poderoso Mensajero, hay que decirle todo. Y se pondrá el semblante de los hombres, la máscara de cera y la túnica que se esconde, y bajará del mundo de los Siete Soles para burlarse...

(VOZ HUMANA)

... (Nyarl) athotep, Gran Mensajero, que trajo una extraña alegría a Yuggoth a través del vacío, Padre de los Millones de Favorecidos, caminante entre...

(FIN DEL REGISTRO)

Esas eran las palabras que debía escuchar cuando pusiera en marcha el fonógrafo. Sentí un temor genuino y una gran renuencia al presionar la palanca y escuchar el rasguño preliminar del punto de zafiro, y me alegré de que las primeras palabras débiles y fragmentarias fueran de una voz humana, una voz suave y educada de alguien que parecía vagamente bostoniano por el acento y que ciertamente no era el de ningún nativo de las colinas de Vermont. Mientras escuchaba la fascinante y débil reproducción, me daba cuenta de que el discurso era idéntico al de la transcripción cuidadosamente preparada de Akeley. En ella, la suave voz bostoniana cantaba: «¡Iä! Shub-Niggurath! La cabra con mil crías!».

Después escuché la otra voz. A esta hora, me estremezco de forma retrospectiva cuando pienso en cómo me llamó la atención, aunque estaba preparado por las cartas de Akeley. Aquellos a quienes posteriormente he descrito la grabación afirman no hallar en ella sino una burda patraña o la mejor prueba de un estado de locura, pero estoy convencido de que pensarían de forma diferente si hubieran oído la maldita grabación o leído el grueso de la correspondencia de Akeley —sobre todo, esa terrible y enciclopédica segunda carta—. Después de todo, es una verdadera lástima que no me atreviera a desobedecer a Akeley y les dejara escuchar la grabación a otros... y no menos lástima es, asimismo, que todas sus cartas se perdieran. A mí, que tenía una impresión de primera mano de los sonidos reales y que era conocedor del trasfondo y de las circunstancias en que se efectuó la grabación, aquella voz me pareció algo monstruoso. Siguió inmediatamente a la voz humana en ritual respuesta, pero tuve la sensación de que era un morboso eco que se reproducía a través de insondables abismos en inimaginables infiernos exteriores. Hace ya más de dos años que escuché por última vez aquel espeluznante cilindro de cera, pero aún hoy, y estoy convencido de que, en cualquier otro momento, puedo percibir en mis oídos aquel tenue y diabólico susurro, tal como alcancé a escucharlo por vez primera:

« ».

Sin embargo, aunque aquella voz no abandona mis oídos, no he logrado aún analizarla lo suficientemente bien como para dar una descripción gráfica de ella. Era como el zumbido de algún repugnante y gigantesco insecto transformado tediosamente en el lenguaje articulado de una rara especie y estoy plenamente convencido de que los órganos que lo producían no guardan la menor semejanza con los órganos vocales del hombre, ni incluso con los de ningún mamífero conocido. Tenía ciertas peculiaridades de timbre, duración y armonía que hacían de este fenómeno algo totalmente ajeno a lo propiamente humano y a la vida terrenal misma. Nada más captarlo mis oídos aquella primera vez casi quedé aturdido, por lo que el resto de la grabación la oí sumido en una especie de inconsciente letargo. Al llegar el párrafo más largo de la voz susurrante, se intensificó en extremo aquella sensación de implacable infinitud que tanto me chocó al oír el precedente y más breve párrafo. Al final, la grabación terminaba bruscamente, en el momento en que se oía con desacostumbrada claridad la voz humana de acento bostoniano... pero yo seguí sentado con la mirada absurdamente perdida hasta mucho después de detenerse automáticamente el aparato.

No es necesario que diga que escuché muchas más veces aquella increíble grabación, y que hice exhaustivos intentos por analizarla y comentarla tras comparar mis notas con las de Akeley. Sería inútil y alarmista repetir aquí todas las conclusiones que obtuvimos, pero puedo adelantar que creíamos haber dado con una pista del origen de algunas de las más genuinas y repulsivas costumbres de las antiguas y crípticas religiones de la humanidad. Nos parecía, asimismo, evidente que había vínculos antiguos y complejos entre aquellos misteriosos seres extraterrestres y determinados representantes de la raza humana. Hasta dónde llegaban estos vínculos y hasta qué punto puede compararse su actual estado con el de épocas anteriores, no nos atrevíamos a conjeturar, pero en cualquier caso daban pie a un sinfín de escalofriantes especulaciones. Parecía haber una horrorosa e inmemorial relación en determinados períodos entre el hombre y el infinito desconocido. Todo indicaba que los espantosos seres que aparecieron sobre la tierra procedían del misterioso planeta Yuggoth, en los confines del sistema solar, pero no eran sino la vanguardia de una espantosa raza extraterrestre cuyo origen último debe radicar incluso mucho más allá del continuo espacio-tiempo de Einstein o del mayor cosmos conocido.

Mientras, la piedra negra ocupaba nuestras conversaciones y seguíamos pensando en la mejor manera de hacérmela llegar a Arkham, pues Akeley no creía que fuera recomendable una visita mía al escenario mismo de sus alucinantes investigaciones. Por una u otra razón, temía que fuera transportada siguiendo una ruta ordinaria o convencional. Finalmente, decidió que lo mejor sería llevarla campo a través hasta Bellows Falls y, desde allí, enviarla en el ferrocarril de Boston y Maine a través de Keene, Winchendon y Fitchburg, aunque ello significaba tener que conducir por caminos de montaña más solitarios y rodeados de bosques que la carretera principal que conducía a Brattleboro. Dijo haber visto a un hombre merodeando por la oficina de correos de Brattleboro cuando envió la grabación fonográfica, cuyo aspecto y movimientos no eran nada tranquilizadores. Aquel hombre parecía tener un gran interés en hablar con los empleados de correos y tomó el tren en que iba la grabación. Akeley confesó que no se había sentido del todo tranquilo hasta que no recibió noticias mías diciéndole que la grabación estaba a buen recaudo.

Corría la segunda semana de julio y en aquellos días se extravió otra carta mía, según supe por una atribulada comunicación de Akeley que evidenciaba cierto desasosiego. A raíz de aquello, me dijo que no volviera a escribirle a Townshend y que enviase todas mis cartas a un apartado de correos de Brattleboro, donde hacía frecuentes visitas bien en su coche o en un autobús de la línea regular que se había hecho cargo últimamente del servicio de transporte de viajeros que venía prestando el lento ramal de ferrocarril. Me di perfecta cuenta de que su ansiedad iba en aumento, pues entraba en pormenorizado detalle al hablar sobre los ladridos cada vez mayores de los perros en las noches sin luna y las frescas huellas de zarpas que a veces encontraba al amanecer en el camino y en el barro que se formaba en la parte posterior del corral. En cierta ocasión me habló de todo un ejército de pisadas de perros, y para demostrarlo me enviaba una repulsiva e inquietante instantánea kodak[9]. La foto fue tomada a raíz de una noche en que los perros se habían superado a sí mismos en sus aullidos y ladridos.

La mañana del miércoles, 18 de julio, recibí un telegrama de Bellows Falls, en el que Akeley me comunicaba el envío de la piedra negra en el tren 5.508 de la compañía B. & M., que salía de Bellows Falls a las 12:15 horas y tenía anunciada su llegada a la estación del norte de Boston a las 16:12 horas. Calculé que llegaría a Arkham para el mediodía del día siguiente, por lo que permanecí allí toda la mañana del jueves hasta que llegara. Pero viendo que daban las doce y no llegaba nada, llamé por teléfono a la oficina de correos donde me informaron que no se había recibido ningún envío a mi nombre. A renglón seguido, y en medio de una creciente alarma, puse una conferencia al factor de correos de la estación del norte de Boston y no me sorprendió enterarme de que no aparecía ningún envío a mi nombre. El tren 5.508 había llegado con sólo 35 minutos de retraso el día anterior, pero en él no había ningún paquete para mí. Aun así, el agente me prometió realizar una investigación para ver si aparecía. El día concluyó con una carta que le envié a Akeley por la noche en la que le daba cuenta del estado de la situación.

---

[9] La multinacional de fotografía Kodak lanzó en 1900 la primera cámara «instantánea», la Kodak Brownie, que revolucionó el mercado de la fotografía. *(N. del T.)*

Con encomiable prontitud, al día siguiente recibió noticias de la oficina de Boston: el agente me telefoneó en cuanto se informó al respecto. Al parecer, el empleado de servicio en el tren 5.508 recordaba un incidente que tal vez tuviera que ver con la pérdida de mi paquete: una discusión con un hombre de voz muy extraña, aspecto campesino, de contextura delgada y con el pelo de color arena, mientras el tren estaba estacionado en Keene, New Hampshire, poco después de la una de la tarde.

El hombre, siguió explicando el empleado, se hallaba muy excitado a propósito de una pesada caja que aguardaba, pero que no estaba en el tren ni figuraba en los libros de la compañía. Decía llamarse Stanley Adams y tenía un tono de voz tan extrañamente pastoso y monótono que el empleado se quedó aturdido y adormecido mientras la escuchaba. El empleado no podía recordar el final de la conversación, aunque sí que se despertó al tiempo que el tren volvía a ponerse en marcha. El agente de Boston añadió que aquel empleado era un joven de una probidad y confianza a toda prueba, de buenos antecedentes y con mucho tiempo de servicio en la compañía.

Esa misma tarde me fui a Boston a entrevistarme con el empleado en cuestión, tras obtener su nombre y dirección en la oficina. Era un tipo abierto y simpático, pero no tardé en darme cuenta de que no iba a añadir nada nuevo a lo dicho. Por raro que parezca, ni siquiera estaba seguro de poder identificar al extraño que le hizo la pregunta. Tras darme cuenta de que no tenía más que decir, regresé a Arkham y me pasé la noche entera escribiendo cartas a Akeley, a la compañía de transportes, a la comisaría de Policía y al jefe de estación de Keene. A mi juicio, ese hombre de singular voz que tan extrañamente había afectado al empleado debía desempeñar un papel fundamental en todo aquel desagradable asunto, y esperaba que los empleados de la estación de Keene y los archivos de la oficina de telégrafos pudieran decirme algo acerca de su persona y de los motivos que le impulsaron a preguntar cuándo y dónde lo hizo.

Debo admitir, sin embargo, que mi investigación resultó infructuosa. Al hombre de la voz rara se le había visto efectivamente en las inmediaciones de la estación de Keene a primera hora de la tarde del 18 de julio, y un viajero le asociaba vagamente con una caja pesada, pero era alguien completamente desconocido para él y no había vuelto a verle desde entonces. El desconocido no había pasado por la oficina de telégrafos ni recibido ningún mensaje y a la oficina no había llegado ningún telegrama que pudiera relacionarse con la presencia de la piedra negra en el tren 5.508. Naturalmente, Akeley colaboró conmigo en las investigaciones y hasta se desplazó a Keene para interrogar al personal de servicio en la estación, pero su actitud era más fatalista que la mía. Para él, la pérdida de la caja era el síntoma inconfundible de algo portentoso y amenazador que nada bueno presagiaba y no tenía la menor esperanza de recuperarla. Hablaba de los indudables poderes telepáticos e hipnóticos de los seres de las montañas y de sus intermediarios, y en una carta expresaba su convencimiento de que la piedra no se encontraba ya en nuestro planeta. Por mi parte, estaba enfurecido y con razón, pues me había hecho a la idea de que al menos se me presentaba una oportunidad para enterarme de cosas profundas y sorprendentes sobre los antiguos e indescifrables jeroglíficos. Aquello me habría dejado mal sabor de boca por algún tiempo de no ser porque las cartas que seguía recibiendo de Akeley hicieron que el horrible problema de la montaña entrara en una nueva fase que acaparó inmediatamente toda mi atención.

CAPÍTULO IV

Los seres desconocidos, me escribió Akeley en una carta con el trazo cada vez más trémulo, habían comenzado a acercarse a él con un grado de determinación completamente nuevo. El ladrido nocturno de los perros cuando la luna brillaba poco o estaba ausente era espantoso ahora y había presentido intentos de molestarlo en los caminos solitarios que tenía que atravesar durante el día. El 2 de agosto, mientras se dirigía a la aldea en su automóvil, había encontrado un tronco de árbol atravesado en el camino en un punto en que la carretera discurre por entre una frondosa arboleda; los furiosos ladridos de los dos grandes perros que le acompañaban le indicaron muy a las claras que alguno de aquellos seres debía de estar merodeando por allí. No quería ni pensar lo que hubiese sucedido de no ser por los perros... Así que en lo sucesivo no se atrevería a salir más sin dos ejemplares, por lo menos, de su fiel y poderosa jauría. Hubo otros dos incidentes en la carretera los días 5 y 6 del mismo mes. En el primero, un proyectil le pasó rozando el coche y, en el otro, los ladridos de los perros le advirtieron de peligros ocultos en el bosque.

El 15 de agosto recibí una desesperada carta que me intranquilizó mucho, hasta el punto de hacerme desear que Akeley dejase a un lado su pertinaz reticencia y acudiese a la justicia en busca de ayuda. En la noche del 12 al 13 se habían producido unos espantosos hechos: se oyeron varios disparos en el exterior de la granja y tres de los doce grandes perros fueron encontrados muertos a la mañana siguiente. Las huellas de zarpas que había en el camino se contaban por miles y, entre ellas, podían verse las huellas humanas de Walter Brown. Akeley intentó telefonear a Brattleboro para que le enviasen más perros, pero la comunicación se cortó al poco de empezar a hablar. Entonces, se fue en coche a Brattleboro, donde se enteró de que los instaladores de líneas telefónicas habían encontrado el cable principal cortado con suma limpieza en un lugar de las despobladas montañas al norte de Newfane. Pero Akeley lo dispuso todo para regresar a casa con cuatro nuevos y excelentes perros y varias cajas de munición para su rifle de repetición de gran calibre. La carta, escrita en la oficina de correos de Brattleboro, llegó a mis manos sin ningún retraso.

En poco tiempo, mi interés por todo aquello había pasado de una actitud meramente científica a personal y alarmista. Tenía miedo por Akeley, solo en su remota granja e, incluso, albergaba temores por mí mismo, por todo lo que ya sabía en relación con el extraño caso de la montaña. Aquello trascendía toda lógica. ¿Acabaría también por absorberme y engullirme a mí? Al contestar a la carta de Akeley, le insté a que buscara ayuda, insinuándole que si no lo hacía él podría intentarlo yo. Le hablé de mi intención de ir a Vermont en persona a pesar de sus deseos en contra y de ayudarle a explicar el caso a las autoridades competentes. Por toda contestación, sin embargo, recibí un telegrama desde Bellows Falls que decía así:

APRECIO SU DISPOSICIÓN PERO NO PUEDE HACER NADA. NO TOME NINGUNA RESOLUCIÓN. PUEDE DAÑARNOS A AMBOS. ESPERE LA EXPLICACIÓN. HENRY AKELY.

Pero el asunto se agravaba por momentos. Tras responder al telegrama, recibí una nota temblorosa de Akeley con la asombrosa noticia de que no sólo él no había enviado ningún telegrama, sino que tampoco había recibido la carta de la que obviamente era la respuesta. Tras unas apresuradas pesquisas en Bellows Falls se comprobó que el telegrama fue cursado por un extraño individuo de cabello color arena y voz curiosamente pastosa y susurrante, y eso fue prácticamente todo lo que Akeley pudo sacar en claro. El funcionario de telégrafos le enseñó el texto original garrapateado a lápiz por el remitente, pero la caligrafía resultaba completamente desconocida. Se apreciaba un error en la firma «AKELY», escrito sin la segunda «E». Hacer conjeturas era inevitable a partir de aquello, pero esta crisis no le había afectado tanto como para detenerse a meditar al respecto.

En la carta, además, me hablaba de la muerte de más perros, de la compra de otros nuevos y de los intercambios de disparos que habían acabado siendo habituales en las noches sin luna. Las huellas de Brown y de, al menos, uno o dos seres humanos más, que iban calzados, podían verse casi siempre entre las huellas de zarpas que había en el camino y en la parte trasera de la granja. La situación, reconocía Akeley, se había vuelto insoportable y lo más probable es que muy pronto se marchara a vivir a California con su hijo, vendiera o no la vieja casa. Pero no resultaba nada fácil abandonar el único lugar que uno podía considerar realmente su hogar. Trataría de seguir allí algo más. Tal vez, si pudiera demostrarles que abandonaba todo intento de profundizar en sus secretos, conseguiría que le dejaran en paz.

Contesté inmediatamente a Akeley, renovando mi ofrecimiento de ayuda e insistí de nuevo en ir a visitarle y ayudarle a convencer a las autoridades del extremo peligro que corría. En su respuesta, parecía menos predispuesto contra el plan de lo que su anterior actitud me habría hecho suponer, aunque dijo que le gustaría aplazar su salida unos días más... El tiempo para poner en orden sus cosas y hacerse a la idea de que tenía que abandonar el casi morbosamente querido suelo natal. La gente albergaba sospechas sobre sus estudios e investigaciones, y lo mejor sería salir sin ruido de la comarca, sin provocar alborotos ni dar pie a que circularan rumores sobre su salud mental. Ya había hecho demasiado ruido, afirmaba, pero querría marcharse del modo más digno posible.

La carta llegó a mis manos el 28 de agosto e, inmediatamente, le escribí y eché al correo la contestación animándole en su plan. A lo que se vio, mis palabras de ánimo surtieron efecto, pues Akeley parecía más tranquilo cuando contestó. No obstante, no se hacía muchas ilusiones pues creía que lo único que retenía a aquellas criaturas era que había luna llena. Confiaba que no hubiese muchas noches nubladas y, de pasada, mencionaba la posibilidad de irse a vivir a una pensión a Brattleboro cuando la luna empezara a menguar. Volví a escribirle en tono animoso, pero el 5 de septiembre me llegó una carta que sin duda debió cruzarse con la mía en el correo... y esta vez sí que me fue imposible darle ninguna respuesta alentadora. En vista de su importancia creo que lo mejor será transcribirla íntegramente, todo lo mejor que mi memoria me permita recordar aquella temblorosa letra. Poco más o menos, decía así:

Lunes.
Querido Wilmarth,
Una posdata bastante desalentadora a mi última carta. Anoche el cielo estaba tan lleno de nubes —aunque no llovió— que el resplandor de la luna no iluminaba. La situación empeoró tremendamente, y mucho me temo que se acerque el final, en contra de todo lo que esperábamos. Pasada la medianoche, algo se posó en el tejado de la casa y los perros se precipitaron fuera a ver qué pasaba. Oí cómo ladraban y aullaban y, como, de pronto, uno de ellos consiguió encaramarse al tejado saltando desde un cobertizo bajo. Se entabló una feroz lucha allí arriba y escuché un espantoso susurro que jamás olvidaré. Luego me llegó un tufo irresistible. Casi al mismo tiempo unos proyectiles atravesaron la ventana y a punto estuvieron de alcanzarme. En mi opinión, una avanzadilla de las criaturas de la montaña se acercó a la casa mientras los perros estaban entretenidos con lo que sucedía en el tejado. Ignoro qué pasaría allí, pero me temo que esos seres están aprendiendo a gobernar mejor sus alas espaciales. Apagué la luz y, usando las ventanas a modo de troneras, barrí los alrededores de la casa con fuego de rifle apuntando alto a fin de no herir a los perros, tras lo cual se puso fin a la contienda. Pero, a la mañana siguiente, descubrí grandes charcos de sangre en el patio, además de otros de una sustancia verde y viscosa que despedían el olor más nauseabundo

que mi memoria recuerda. Me encaramé al tejado en donde encontré más restos de aquella sustancia viscosa. Cinco de los perros estaban muertos... Me temo que a uno lo maté yo por apuntar muy alto, pues tenía un tiro en el lomo. Ahora estoy cambiando los cristales que se rompieron a causa de los disparos y dentro de unos momentos salgo para Brattleboro en busca de más perros. Los hombres de las perreras deben creer que estoy loco. Le pondré otra nota a la vuelta. Espero poder mudarme dentro de una o dos semanas, aunque casi me mata sólo pensar en ello.

Apresuradamente suyo,
Akeley.

Pero fue esta la única carta de Akeley que se cruzó con la mía. A la mañana siguiente, el 6 de septiembre, llegó otra; esta vez escrita con un frenético garabato que me desconcertó por completo y me dejó sin saber qué decir o hacer a continuación. Nuevamente, no puedo hacer nada más que citar el texto tan fielmente como me lo permita la memoria.

Martes.
Las nubes no se han disipado, por lo que me espera otra noche sin luna, aunque de todas formas ya está en fase menguante. Tendría la casa conectada a la red eléctrica y colocaría un reflector si no supiera que cortarían los cables tan rápido como pudieran ser instalados.

Creo que me estoy volviendo loco. Es posible que todo lo que le he escrito no sea más que un delirio o locura. Ya estaban mal las cosas antes, pero esta vez sobrepasan todo lo imaginable. Anoche hablaron conmigo... Me habló aquella horrible y susurrante voz, para decirme cosas que no me atrevo a repetir aquí. Los oí con toda nitidez a pesar de los ladridos de los perros y, justo en el momento en que parecía que se callaba, se oyó una voz humana de alguien que vino en su ayuda. No se meta en esto, Wilmarth... Es mucho peor de lo que sospechábamos. Ahora no quieren dejarme ir a California: quieren llevarme con ellos vivo o de un modo que teórica y mentalmente equivale a vivo... Quieren que los acompañe no sólo a Yuggoth, sino mucho más allá... Lejos de la galaxia y, posiblemente, más allá del último círculo del anillo espacial. Les dije que no los seguiría a ningún sitio donde quiera que sea, ni mucho menos me dejaría llevar del modo tan terrible que ellos proponen, pero temo que todo sea inútil. Mi casa está tan apartada que dentro de poco podrán presentarse lo mismo de día que de noche. Seis perros más han muerto, y cuando hoy me dirigía a Brattleboro sentía que me observaban desde los bosques que bordean el camino.

Ha sido un error por mi parte tratar de enviarle la piedra negra. Será mejor que destruya la grabación antes de que sea demasiado tarde. Le pondré unas líneas mañana, si es que sigo aquí todavía. Me gustaría poder llevarme a Brattleboro mis libros y otras pertenencias y alojarme en alguna pensión. Si pudiera echaría a correr ahora mismo y lo dejaría todo detrás, pero hay algo dentro de mí que me lo impide. Podría escaparme a Brattleboro, donde estaría a salvo, pero tengo la impresión de que allí me sentiría tan prisionero como en mi casa. Y, a mi juicio, no creo que pudiera ir mucho más lejos ni aunque lo dejara todo y lo intentara. Es realmente horrible... No se mezcle en todo esto.

Atentamente,
Akeley.

No pegué ojo en toda la noche después de recibir esta terrible carta. No sabía qué pensar acerca del estado de salud mental de Akeley. El contenido de la carta era totalmente demencial, pero la forma de expresarlo —habida cuenta de todo lo acontecido hasta entonces— resultaba sombría y tremendamente convincente. Decidí no contestarla, pensando que sería mejor aguardar hasta que Akeley dispusiera de tiempo para responder a mi última carta. Como era de esperar, otra carta llegó al día siguiente, aunque las noticias frescas que se recogían en ella eclipsaron prácticamente las cuestiones que se planteaban en la carta a la que en teoría respondía. A continuación, reproduzco lo que recuerdo de su texto, garrapateado y lleno de tachaduras como si hubiese sido escrito en el curso de un frenético y apresurado impulso.

Miércoles.
W...
Llegó su carta, pero ya no sirve de nada discutir. Estoy totalmente resignado. Me pregunto si tengo suficiente fuerza de voluntad para

luchar contra ellos. No puedo escapar, incluso aunque estuviera dispuesto a renunciar a todo y huir. Me van a atrapar.

Ayer recibí una carta de ellos. Me la entregó un tipo de nombre R. F. D. en Brattleboro. Estaba mecanografiada y llevaba matasellos de Bellows Falís. En ella se dice lo que quieren hacer conmigo... No me atrevo a repetirlo. ¡Tenga cuidado Wilmarth! Destruya la grabación. Quisiera decidirme y pedir ayuda —tal vez me haría recobrar mi fuerza de voluntad—, pero a quienquiera que fuese a pedir ayuda pensaría que estoy loco, a no ser que le presentara pruebas concluyentes. No puedo pedir ayuda a la gente si no tengo un buen motivo... No tengo ni he tenido el menor contacto con nadie en muchos años.

Pero aún no le he contado lo peor, Wilmarth. Prepárese para leer lo que sigue, pues se va a llevar un sobresalto mayúsculo. Pero no hago más que decirle la pura verdad. Prepárese, pues, como le digo: he visto y tocado a uno de los seres, o al menos a parte de uno de los seres. Fue algo horrible, ¡Dios mío! Estaba muerto, naturalmente. Esta mañana me lo encontré junto a la perrera: ¡uno de los perros lo tenía entre sus garras! Traté de esconderlo en la leñera para así poder mostrárselo y convencer a mis vecinos, pero en unas horas se evaporó. No quedó ni el menor rastro de él. Como usted bien sabe, solo la primera mañana tras la inundación se vieron aquellos seres flotando en los ríos. Y aquí viene lo peor. Traté de fotografiarlo para mostrárselo luego, pero cuando revelé la película en ella no se veía más que la leñera. ¿De qué podía estar hecho ese ser? Al menos, puedo decir que vi y palpé uno, y que todos ellos dejan huellas de pisadas. Sin duda están hechos de materia, pero ¿qué clase de materia? No sabría cómo describir su forma. Era un enorme cangrejo, con un montón de anillos piramidales carnosos o ligamentos de una sustancia espesa y viscosa, cubierto de tentáculos en el lugar donde el hombre tiene la cabeza. Aquella sustancia verde y pringosa era su sangre o jugo. Y a cada momento que pasa crece su número sobre la tierra.

Walter Brown ha desaparecido. Hace tiempo que no se le ha visto merodeando por ninguna de las esquinas que solía frecuentar en los pueblos de los alrededores. Uno de mis disparos a ciegas debió de alcanzarle y esas criaturas se llevan siempre consigo sus muertos y heridos.

Esta tarde he ido a la ciudad y no tuve el menor contratiempo, pero temo que comiencen a aflojar el acoso porque ya me conocen muy bien y saben cuándo pueden cogerme. Escribo esta carta en la oficina de correos de Brattleboro. Tal vez sea una despedida. En tal caso, escriba a mi hijo, George Goodenough Akeley, 176 Pleasant St., San Diego, California, pero no venga aquí por lo que más quiera. Escríbale a mi hijo si no vuelve a saber de mí dentro de una semana... Y esté atento a las noticias de los periódicos.

Voy a jugarme las dos últimas cartas que me quedan... Si es que aún tengo arrestos. La primera es tratar de envenenar con gas a esos seres —tengo los productos químicos necesarios y me he fabricado máscaras para mí y para los perros—, y si veo que no da resultado iré a contárselo al sheriff. Es posible que me encierren en un manicomio, pero siempre será preferible eso a lo que las otras criaturas harían conmigo. Tal vez pueda conseguir que presten atención a las huellas que hay en torno a la casa: son borrosas, pero puedo verlas todas las mañanas. Puede suceder también que la Policía diga que trato de engañarles, pues la gente opina de mí que soy un personaje muy extraño.

Tengo que convencer a un policía para que pase una noche aquí y lo vea todo con sus propios ojos... Aunque lo más probable es que las criaturas se enteraran y no aparecieran. Me cortan los cables del teléfono cuando intento telefonear de noche; los empleados de la compañía telefónica creen que es algo muy extraño, quizá puedan testimoniar en favor mío... Si es que creen ya que soy yo mismo el que corta los hilos. Hace ya más de una semana que están sin reparar.

Podría hacer que algún campesino de los aledaños atestiguara en mi nombre la realidad de los horrores, pero todo el mundo se ríe de lo que dicen esas gentes sencillas, y, por otro lado, hace ya tanto que no vienen por aquí que no saben nada de lo que está pasando. Ni uno sólo de esos pobres granjeros se acercaría a menos de un kilómetro de distancia de mi casa, ni por todo el oro del mundo. El cartero los oye hablar y luego viene a contármelo en tono jocoso... ¡Dios mío! Si me atreviera a decirle que no es sino la pura verdad. Creo que lo mejor sería llevarle a ver las huellas, pero siempre viene por la tarde y para entonces, por lo general, ya están borradas. ¿Y si tratara de conservar una poniendo encima una caja o una cazuela? ¡Bah! Entonces creería casi con toda seguridad que se trataba de una patraña o una broma.

Ojalá no llevara una vida tan solitaria. La gente ya no viene a visitarme como solía. Nunca me atreví a mostrar la piedra negra o las fotografías kodak ni dejar escuchar la grabación, pues, salvo los sencillos aldeanos, los demás habrían creído que no era más que una farsa y se habrían echado a reír. Pero aún puedo tratar de enseñarles las fotografías. En ellas pueden apreciarse bien las pisadas, aun cuando no aparezcan los seres que las produjeron. ¡Qué lástima que nadie viese aquel ser esta mañana, antes de que se desvaneciera en el aire!

No sé muy bien por qué me preocupo. Después de todo lo que he pasado, tan bueno es un manicomio como cualquier otro lugar. Los médicos me ayudarán a olvidar los malos momentos que he pasado en esta casa; sólo eso podrá salvarme.

Escriba a mi hijo George si no tiene pronto noticias mías. Destruya la grabación y no se meta para nada en esto.

Atentamente,

Akeley.

Esta carta, decididamente, me hundió en el terror más negro. No sabía qué decir en respuesta, pero emborroné algunas palabras de consejo y aliento incoherentes y las envié por correo certificado. Recuerdo haber instado a Akeley a mudarse a Brattleboro de inmediato y ponerse bajo la protección de las autoridades; agregando que iría a esa ciudad con el registro del fonógrafo y ayudaría a convencer a los tribunales de su cordura. También creo que le dije que ya era hora de alarmar a la gente, en general, contra esas cosas. Como se puede observar, en esos momentos de ansiedad, mi propia creencia en todo lo que Akeley había contado y afirmado era virtualmente completa, aunque creía que su incapacidad para obtener una imagen del monstruo muerto no se debía a ningún fenómeno de la naturaleza sino a algún fallo suyo, fruto de la excitación.

CAPÍTULO V

La tarde del 8 de septiembre, sábado, al parecer cruzándose con la nota en que, de forma tan incoherente, anuncié que iría, recibí una extraña y tranquilizadora carta, mecanografiada con toda pulcritud en una máquina a todas luces nueva. Era una curiosa carta en la que trataba de sosegarme y me hacía una invitación. En ella se operaba una prodigiosa transición en el curso del alucinante drama de las solitarias montañas. De nuevo echo mano de la memoria para reproducirla, y en esta ocasión, por motivos especiales, trataré de atenerme con la mayor fidelidad posible al estilo. Llevaba matasellos de Bellows Falls y tanto el texto de la carta como la firma estaban a máquina, como suele ser corriente entre quienes aprenden mecanografía. El texto, sin embargo, mostraba una gran precisión para tratarse de un aprendiz, de lo que deduje que Akeley debió escribir a máquina en algún momento de su vida... Quizá en sus años de estudiante. Si bien es cierto que la carta me tranquilizó bastante, bajo aquel alivio se ocultaba una sensación de desasosiego. Si Akeley estaba en su sano juicio cuando experimentaba terror, ¿seguía estándolo ahora, con la nueva situación? Y con esas «mejores relaciones» ¿a qué se refería exactamente? Aquello suponía un cambio radical en la actitud que hasta entonces había mantenido Akeley. Pero lo mejor será que reproduzca el texto, minuciosamente transcrito gracias a una memoria de la que, modestamente, me enorgullezco.

Townshend, Vermont,
Jueves, 6 de septiembre de 1928.
ALBERT N. WILMARTH
UNIVERSIDAD DE MISKATONIC
ARKHAM, MASS

Mi querido Wilmarth:
Me da mucho placer poder tranquilizarle con respecto a todas las cosas tontas que le he estado escribiendo. Digo «tonto», aunque lo que trato con ello es de referirme más a mi actitud asustadiza que a mis descripciones de ciertos fenómenos. Tales fenómenos son auténticos y, sin duda, muy importantes. Mi error ha radicado en la anómala actitud que he mantenido respecto a ellos.

Creo haberle dicho que mis extraños visitantes habían empezado a intentar establecer una comunicación conmigo. Anoche se materializó el diálogo. En respuesta a ciertas señales que me hicieron dejé entrar en casa a un mensajero de los del exterior, un ser humano, quiero decir. Me contó cosas que ni usted ni yo nos habríamos atrevido siquiera a imaginar y me demostró bien a las claras que nuestros juicios y conjeturas sobre la razón de mantener el secreto acerca de la colonia que los Exteriores han establecido en nuestro planeta estaban totalmente descaminadas.

Al parecer, las malignas leyendas sobre lo que ofrecen a los hombres y esperan obtener de la tierra, son el resultado de una interpretación errónea y superficial del lenguaje alegórico. Un lenguaje, bien entendido, moldeado por tradiciones culturales y hábitos mentales muy distintos de los nuestros. Mis propias conjeturas, debo reconocerlo, eran tan erróneas como podrían serlo los barruntos de cualquier campesino analfabeto o de un indio salvaje. Lo que en un principio había juzgado morboso, vergonzoso e ignominioso es en realidad algo sorprendente, algo que ensancha los límites de la imaginación y resulta hasta glorioso. El juicio que me merecían antes no era sino una fase de la eterna tendencia humana a odiar, temer y rehuir lo radicalmente distinto.

Ahora lamento el daño que he infligido a esos extraños e increíbles seres en el curso de nuestras escaramuzas nocturnas. ¡Si no hubiera puesto reparos a hablar pacífica y razonablemente con ellos desde un primer momento! Pero no me guardan el menor rencor pues sus movimientos se rigen por un código muy diferente del nuestro. La desgracia suya ha sido que sus agentes humanos en Vermont eran tipos de baja calaña, como el difunto Walter Brown, por ejemplo. Por culpa de Brown he albergado grandes prejuicios contra ellos. Pero lo cierto es que nunca han causado, conscientemente al menos, daño a los hombres, si bien algunos congéneres nuestros les han espiado y juzgado cruelmente. Hay todo un culto secreto practicado por hombres perversos —un hombre con su erudición mitológica me entenderá perfectamente cuando lo relaciono con Hastur y la Señal Amarilla—, cuya finalidad es seguirles la pista e injuriarles en nombre de abominables poderes procedentes de otras galaxias. Las drásticas medidas de precaución que han adoptado los Exteriores van precisamente dirigidas contra tales agresores, y no contra la especie humana en general. A título incidental, me he enterado de que muchas de nuestras cartas perdidas no fueron robadas por los Exteriores sino por emisarios del maligno culto del que le hablo.

Lo único que los Exteriores desean del hombre es paz, no sufrir molestias y unas relaciones a nivel intelectual cada vez mayores. Esto último les es absolutamente imprescindible en estos momentos en que nuestras invenciones y máquinas ensanchan los límites de nuestro conocimiento y acciones, y hacen que cada vez sea más difícil la existencia secreta de las necesarias avanzadillas de los Exteriores en este planeta. Lo que estos extraños seres buscan es tener un conocimiento más profundo del hombre y que los principales filósofos y científicos de la humanidad lleguen a conocerlos mejor. Con semejante intercambio de conocimientos desaparecerían todas las amenazas y podría establecerse un *modus vivendi* que satisficiera a todos. La sola idea de pensar en la posibilidad de esclavizar o degradar a la especie humana resulta de todo punto ridícula.

Para iniciar estas nuevas relaciones con la humanidad, los Exteriores han decidido elegirme a mí por el ya más que considerable conocimiento que de ellos tengo, como su primer intérprete en la tierra. Anoche me revelaron muchas cosas —hechos de la más sorprendente naturaleza, que abren insospechadas perspectivas—, y mucho más se me dará a conocer en lo sucesivo, tanto de palabra como por escrito. Por el momento no se me pedirá que haga ningún viaje al exterior, aunque probablemente desearé hacerlo con el tiempo; en tal supuesto, habré de emplear medios especiales y trascender todo lo que hasta aquí estamos acostumbrados a considerar como experiencia humana. En lo sucesivo no volverán a asediar más mi casa. Todo ha vuelto a la normalidad y los perros no tendrán en qué ocuparse. En lugar de terror se me ofrece un presente rico en conocimientos y con la perspectiva de una aventura intelectual que pocos mortales han podido disfrutar hasta ahora.

Los Exteriores son quizá los seres orgánicos más maravillosos que existen en el espacio y el tiempo y más allá, integrantes de una raza cósmica de la que el resto de las formas con vida no son sino meras variantes degradadas. Son más vegetales que animales, si es que tales términos pueden aplicarse a la materia de que están formados, y tienen un aspecto un tanto fungiforme, aunque la presencia de una sustancia semejante a la clorofila y un sistema nutritivo muy peculiar les distingue de los auténticos hongos cormofíticos. En realidad, están formados de una materia totalmente ajena al sector del espacio en que habitamos, con electrones que cuentan con un número de vibraciones absolutamente distinto. De ahí que estos seres no puedan fotografiarse con los films y placas ordinarios del universo conocido, aun cuando puedan verlos nuestros ojos. No obstante, cualquier buen profesional de la química que tuviera los conocimientos requeridos podría hacer una emulsión fotográfica que reprodujera sus imágenes.

Los Exteriores tienen una extraordinaria capacidad para atravesar en plena forma corpórea el vacío interestelar, en el que no hay aire ni calor, en tanto que algunas variantes suyas no pueden hacerlo si no es gracias a una ayuda mecánica o a curiosos transplantes quirúrgicos. Sólo unas cuantas especies poseen las alas resistentes al éter características de la variedad de Vermont. Las que habitan en ciertas cumbres remotas de Europa llegaron por otros procedimientos. Su semejanza externa con la vida animal, y con la modalidad de estructura que consideramos material, es una cuestión de evolución paralela más que de estrecho parentesco. Su capacidad cerebral sobrepasa a la de cualquier otra forma de vida existente, aunque las especies aladas de nuestra montañosa región distan mucho de ser las de mayor desarrollo. La telepatía es su medio habitual de comunicación, aunque poseen unos órganos vocales rudimentarios que, tras una ligera operación —pues la cirugía ha alcanzado un tremendo desarrollo entre ellos—, pueden facultarles para duplicar el habla de aquellos tipos de organismo que todavía hacen uso de ella.

Su principal morada inmediata es un planeta todavía por descubrir y casi sin luz situado en el confín mismo de nuestro sistema solar: más allá de Neptuno y el noveno a partir del Sol. Es, como suponíamos, el objeto al que, en ciertos antiguos y prohibidos escritos se denomina místicamente «Yuggoth», y pronto será el escenario de una extraña proyección de la mente sobre nuestro mundo con el fin de facilitar las relaciones intelectuales. No me sorprendería que los astrónomos se mostraran lo suficientemente sensibles a estas corrientes mentales y descubrieran Yuggoth cuando a los Exteriores les parezca oportuno. Pero Yuggoth, por supuesto, es sólo el principio. El grueso de los seres habita en abismos dotados de una extraña organización fuera del alcance de toda imaginación humana. El glóbulo espacio-tiempo que reconocemos como la totalidad de toda entidad cósmica no es sino un átomo de la verdadera infinidad en que están insertos, Y a mí se me va a mostrar todo lo que el cerebro humano puede abarcar de esa infinidad, algo que sólo se ha hecho con no más de cincuenta hombres desde los comienzos de la especie humana.

Es posible que al principio todo esto le parezca un desvarío, Wilmarth, pero con el tiempo se dará perfecta cuenta de la increíble oportunidad que se me presenta. Mi deseo es que usted comparta conmigo al máximo posible esta experiencia, y a tal fin tengo que contarle miles de cosas que no puedo reproducir sobre el papel. Hasta hoy le había aconsejado que no viniera a verme. Pero ahora que todo va bien, sería para mí un gran placer que olvidara mi advertencia y aceptase ser mi huésped.

¿No podría usted darse una vuelta por aquí antes de que empiece el curso en la Universidad? Sería realmente maravilloso si pudiera hacerlo. Traiga la grabación fonográfica y todas las cartas que le he escrito para utilizarlas como elemento de consulta: las necesitaremos para reconstruir toda esta impresionante historia. Le agradecería que trajese también las fotografías, pues con la excitación de estos días parece que he extraviado los negativos y mis fotografías. Pero no se imagina la cantidad de datos que voy a añadir a todo este tentador y sugestivo material ¡y mucho menos el sensacional plan que he ideado para complementar mis aportaciones!

Decídase. Nadie me espía ahora, y tampoco encontrará usted nada anormal o que pueda perturbarle. Venga e iré a buscarle en mi coche a la estación de Brattleboro. Dispóngase a pasar aquí una larga temporada y para oír hablar durante largas veladas de cosas que escapan a toda conjetura humana. Naturalmente, no debe decir nada a nadie, pues el asunto en cuestión no debe trascender al público.

El servicio de trenes a Brattleboro no es malo. En Boston puede enterarse del horario. Tome el B. & M. hasta Greenfield y trasborde allí para el corto trayecto que le resta. Le aconsejo que coja el que sale a las 4:10 de la tarde de Boston. Dicho tren llega a Greenfield a las 7:35, de donde a las 9:19 sale otro que pasa por Brattleboro a las 10:01 de la noche. Todo ello entre semana. Comuníqueme la fecha e iré a la estación a esperarle con mi coche.

Disculpe que le escriba a máquina, pero, como usted bien sabe, últimamente me falla el pulso y no me siento capaz de escribir largos párrafos. Ayer compré esta nueva Corona en Brattleboro, y parece que funciona a la perfección.

En espera de sus noticias, y deseando verle muy pronto con la grabación fonográfica, todas mis cartas y las fotografías, atentamente suyo,

Henry W. Akeley.

No soy capaz de describir adecuadamente la complejidad de mis emociones al leer, releer y reflexionar sobre esta carta extraña e inesperada. He dicho que, al mismo tiempo, sentí alivio y desasosiego, pero esto expresa de manera muy cruda las connotaciones de sentimientos diversos y, en gran parte, subconscientes que comprendían tanto el alivio como la inquietud. Para empezar aquella carta estaba tan en las antípodas de toda la cadena de horrores que la precedieron... El cambio de actitud desde el terror más descarnado a aquella fría complacencia, e incluso exaltación, era algo tan imprevisto, meteórico y radical... Me resultaba difícil creer que en un sólo día pudiese cambiar de tal manera la perspectiva psicológica de alguien que había escrito aquella exasperada nota del miércoles, al margen de cualquier descubrimiento esperanzador que hubiera experimentado con la llegada del nuevo día. En ciertos momentos, una sensación de irrealidades en conflicto me hacía preguntarme si todo aquel insólito drama de fantásticas fuerzas del que no era partícipe directo no sería una especie de sueño ilusorio producto en gran medida de mi propia imaginación. Luego mi atención se centró en la grabación fonográfica y mi aturdimiento fue aún mayor.

¡Distaba tanto aquella carta de todo lo que podía esperar! Al analizar mis impresiones comprobé que había dos fases bien diferenciadas. En la primera, en el supuesto de que Akeley hubiera estado y estuviera aún en su sano juicio, el cambio operado en la situación había sido rapidísimo e increíble. En una segunda fase, el cambio experimentado en la actitud, modo de expresarse y lenguaje de Akeley distaba mucho de lo que puede conceptuarse como normal o previsible. Su personalidad entera parecía haber experimentado una sospechosa transformación, una mutación tan radical que difícilmente podían reconciliarse sus dos aspectos, en el supuesto de que ambos representaran idéntico estado de equilibrio mental. Las palabras, la ortografía... todo era sutilmente distinto. Y con mi sensibilidad académica hacia la prosa literaria, pude descubrir profundas divergencias en sus más normales reacciones y en el ritmo de sus respuestas Desde luego, el cataclismo emocional o revelación capaz de producir tan brusca transformación debió de ser tremendo, no cabe la menor duda. Pero también es cierto que la carta tenía todo el estilo de Akeley. La misma pasión por lo infinito, la misma curiosidad intelectual... Ni por un momento —o más de un momento— se me ocurrió la idea de que pudiera ser falsa o hubiera una malintencionada sustitución. ¿Acaso no era la invitación esa buena disposición suya a que comprobara en persona la veracidad de la carta prueba suficiente de su autenticidad?

El sábado por la noche lo pasé en vela dando vueltas a los misterios y prodigios ocultos tras aquella última carta. Mi mente, resentida por la rápida sucesión de monstruosas ideas a que había tenido que hacer frente en los últimos cuatro meses, no dejaba de dar vueltas a este nuevo y sorprendente material que llegaba a mis manos, pasando de la duda a la aceptación en un ciclo que no hacía sino repetir la mayoría de las fases por las que atravesé al enterarme por vez primera de tales prodigios. Hasta que mucho antes del amanecer, el interés y la curiosidad que me embargaban comenzaron a reemplazar el marasmo de perplejidad e inquietud en que me sumí en un primer momento. Loco o cuerdo, metamorfoseado o simplemente aliviado lo cierto es que Akeley había descubierto un impresionante cambio de enfoque en su azarosa investigación. Un cambio que reducía drásticamente el peligro —real o imaginario— en que se encontraba, a la vez que abría nuevas e insospechadas perspectivas al conocimiento de lo cósmico y sobrehumano. Mi fervor por lo desconocido se avivó en mi afán por igualar el suyo, y me sentí contagiado por salvar a aquel mórbido obstáculo que se interponía en mi camino. Liberarme de las enloquecedoras y extenuantes limitaciones que imponen el tiempo, el espacio y la ley natural... entrar en relación con el inmenso espacio exterior... acercarme a los espectrales y abismales secretos de lo infinito y lo esencial... ¡sin duda, valía la pena arriesgar la vida, el alma y hasta el propio juicio! Y, además, Akeley decía que ya no había peligro... Me invitaba a visitarle en lugar de aconsejarme que me mantuviera alejado como había hecho hasta entonces. Una comezón me invadía ante la sola idea de lo que Akeley iba a contarme... Sentía tal fascinación que casi me impedía todo movimiento el imaginarme sentado allí, en aquella solitaria y —en los últimos tiempos— asediada granja, ante un hombre que había hablado con auténticos emisarios del espacio exterior; sentado allí con aquella espeluznante grabación y el montón de cartas en que Akeley había tratado de resumir sus conclusiones previas.

Así que no me lo pensé mucho más y el domingo por la mañana envié un telegrama a Akeley en el que le decía que le encontraría en Brattleboro el miércoles siguiente, 12 de septiembre, si no tenía nada que objetar a aquella fecha. Sólo en una cosa no seguí sus indicaciones: la elección del tren. Con franqueza, no me agradaba nada la idea de llegar bien entrada la noche a aquella encantada región de Vermont, así que, en lugar de ir en el tren que Akeley sugería, telefoneé a la estación e hice otra combinación. Levantándome temprano y cogiendo el tren de las 8:07 con destino a Boston, podía tomar el de las 9:25 que llegaba a Greenfield a las 12:22. Este conectaba exactamente con un tren que llegaba a Brattleboro a la 1:08 de la tarde... hora a todas luces infinitamente mejor que las 10:01 de la noche para encontrar a Akeley y viajar con él por aquella comarca abigarrada de cumbres montañosas y encubridora de tantos secretos.

Le comuniqué la nueva combinación en el telegrama, y me alegró saber en la respuesta que me envió aquella misma noche que estaba de acuerdo con mis planes. Su telegrama decía así:

CONFORME CON EL CAMBIO. LO VERÉ TREN 1:08 MIÉRCOLES. NO OLVIDE REGISTRO, CARTAS Y FOTOS. NO COMENTE EL VIAJE. ESPERE GRANDES REVELACIONES. AKELEY.

La llegada de este mensaje en respuesta inmediata al mío, que necesariamente tuvo que ser enviado a su casa desde la estación de Townshend, ya sea por mensajero oficial o por un servicio telefónico restaurado, eliminó cualquier duda subconsciente que pudiera haber tenido sobre la autoría de la carta desconcertante. Sentí un enorme alivio, de hecho, mayor de lo que soy capaz de explicar en ese momento, ya que todas esas dudas habían sido profundamente enterradas. Esa noche dormí profundamente y por mucho tiempo y, durante los dos siguientes días, estuve frenéticamente ocupado con los preparativos del viaje.

CAPÍTULO VI

Según lo acordado, salí de viaje el miércoles, llevando conmigo una maleta llena de necesidades básicas y datos científicos, incluido el horrible registro del fonógrafo, las fotos Kodak y todo el archivo de la correspondencia de Akeley. Siguiendo las instrucciones, no le dije a nadie adónde iba; me daba perfecta cuenta de que todo aquello requería la máxima discreción, aun por muy favorablemente que evolucionase. La sola idea de un auténtico contacto mental con entes extraños procedentes del mundo exterior no dejaba de resultar prodigiosa para una mente preparada, e incluso un tanto predispuesta, como la mía. ¿Cuál sería, pues, su efecto sobre la masa de profanos sin ningún conocimiento sobre la materia? No sé qué sentimiento predominaba en mí, si el temor o la expectativa ante lo desconocido, cuando, tras cambiar de tren en Boston, me adentré en dirección oeste dejando atrás un territorio conocido. Waltham... Concord... Ayer... Fitchburg... Gardner... Athol...

El tren llegó a Greenfield con siete minutos de retraso, pero aún estaba esperando el expreso que enlazaba en dirección norte. A toda prisa transbordé, y mientras el tren discurría a plena luz del día por territorios de los que había leído mucho, pero jamás había visitado, experimenté una extraña sensación de desasosiego. Me adentraba en una Nueva Inglaterra más primitiva y atrasada que las mecanizadas y urbanizadas regiones meridionales y del litoral en que había pasado toda mi vida; una Nueva Inglaterra ancestral y todavía intacta, sin los extranjeros ni los humos de las fábricas, sin los anuncios ni las carreteras de hormigón que pueden verse allí donde ha llegado la modernidad. Podían apreciarse esporádicos restos de una vida aborigen no abandonada cuyas profundas raíces la convertían en auténtica prolongación del país: esa vida aborigen, transmitida de generación en generación que conserva extrañas y antiguas tradiciones y fertilizan el suelo para que puedan germinar creencias tenebrosas, maravillosas y rara vez mencionadas.

De vez en cuando veía a un lado la azul franja del río Connecticut resplandeciendo bajo la luz del sol, y a la salida de Northfield lo cruzamos. Al frente se vislumbraban unas verdes y enigmáticas montañas, y cuando pasó el revisor me enteré de que nos encontrábamos ya en Vermont. Me dijo este que retrasara el reloj una hora, pues en aquella montañosa región septentrional no querían saber nada de cambios de hora para ahorrar luz solar. Al hacerlo, me pareció como si retrasara el calendario un siglo entero.

El tren se ceñía al curso de las aguas y, en la otra margen, ya en New Hampshire, pude ver la cercana ladera del escarpado Wantastiquet, sobre el que circulaban todo tipo de antiguas y extraordinarias leyendas. Luego aparecieron calles a mi izquierda y una isla verde en medio del río, a mi derecha. La gente se levantó y se encaminó hacia la puerta, y yo les seguí. El tren se detuvo y, de pronto, me encontré bajo la larga marquesina de la estación de Brattleboro.

Mirando la hilera de automóviles que esperaban, vacilé un momento tratando de averiguar cuál sería el Ford de Akeley, pero mi identidad fue descubierta antes de que pudiera tomar ninguna iniciativa. Quien se dirigía hacia mí con la mano tendida y me preguntaba con gran delicadeza si yo era Albert N. Wilmarth, de Arkham, no era, desde luego, Akeley. Aquel hombre no se parecía en nada al barbudo y entrecano Akeley de la fotografía. Era una persona mucho más joven y más de ciudad, vestida a la moda y sólo con un bigote negro recortado. Su refinada voz me produjo una sensación extraña y casi inquietante de vaga familiaridad, aunque no pude precisar a quién me recordaba.

Mientras le observaba, me explicó que era un amigo de mi presunto anfitrión y que había venido de Townshend en su lugar. Akeley, decía, había sufrido un repentino ataque de la dolencia asmática de que sufría, y no se encontraba en condiciones de hacer el viaje. Pero no era nada grave, y no habría ningún cambio en los planes que me habían llevado hasta allí. No podía columbrar en qué medida el tal señor Noyes —nombre con el que se me presentó— estaba al corriente de las investigaciones y descubrimientos de Akeley, aunque dada su informal apariencia no me los imaginaba juntos. Pensando en la vida solitaria que Akeley llevaba, me sorprendió un tanto el que pudiera recurrir fácilmente a semejante amigo; pero mi perplejidad no me impidió entrar en el automóvil que mi acompañante me señalaba con un gesto. Aquel no era el viejo cochecito que esperaba encontrar por las descripciones que me hizo Akeley, sino un grande e inmaculado modelo de reciente aparición en el mercado, propiedad de Noyes al parecer y con matrícula de Massachusetts, con el curioso emblema del «sagrado bacalao» de aquel año. Mi guía, deduje, podría ser un veraneante de paso en la comarca de Townshend.

Noyes subió al coche y lo puso en marcha al instante. Me alegré de que no se mostrara locuaz pues una extraña tensión en el ambiente me hacía sentir reacio a mantener una conversación. La ciudad parecía tener un singular atractivo bajo la luz vespertina, mientras subíamos una cuesta y girábamos a la derecha para entrar en la calle principal. Brattleboro dormitaba como esas antiguas ciudades de Nueva Inglaterra que uno recuerda de su infancia, y algo había en la disposición de los tejados, chapiteles, chimeneas y fachadas de ladrillos que hacían vibrar en mí las cuerdas de hondas emociones ancestrales. Me pareció encontrarme en el umbral de una región medio encantada por la acumulación de etapas sin discontinuidad temporal, una región en la que podían acontecer y pervivir las cosas más antiguas y extraordinarias porque jamás habían sido avivados sus rescoldos.

Mi sensación opresiva y mis presentimientos fueron en aumento a medida que dejábamos atrás Brattleboro, pues había algo indefinido en aquel abigarrado paisaje montañoso con sus imponentes, amenazadoras y apiñadas vertientes verdes y graníticas que hacían pensar en lóbregos secretos e inmemoriales reliquias del pasado que muy bien podían ser hostiles al género humano. Durante algún tiempo nuestro trayecto discurrió paralelo a un anchuroso río de escaso caudal que descendía desde las remotas montañas del norte, y un estremecimiento recorrió mi cuerpo cuando mi acompañante me dijo que aquel era el río West. Fue en estas aguas precisamente donde, según recordaba haber leído en un artículo periodístico, se vio flotar a raíz de las inundaciones uno de aquellos morbosos seres de rasgos semejantes a cangrejos.

El paisaje se fue haciendo poco a poco más abrupto y desolado en torno nuestro. Arcaicos puentes cubiertos resistían temerosamente el paso de los años en las cavidades montañosas y la medio abandonada vía del ferrocarril que discurría a lo largo del río parecía exhalar un aire de desolación difusamente visible. Podían verse, en todo su esplendor, inmensas extensiones del valle con grandes despeñaderos, y el granito virgen de Nueva Inglaterra tenía un aspecto gris y austero por entre la vegetación que trepaba hasta las cuestas montañosas. Había gargantas por las que brincaban aguas bravías, vertiendo en el río los inimaginables secretos de millares de cumbres sin hollar. De vez en cuando se bifurcaban estrechas y semiocultas carreteras que se abrían paso a través de macizas y frondosas masas de bosques, entre cuyos ancestrales árboles podrían muy bien estar al acecho ejércitos enteros de espíritus elementales. Al contemplar aquel insólito paisaje, me vino a la memoria el acoso a que se veía sometido Akeley por seres invisibles cuando viajaba por aquella misma carretera, y no me extrañó lo más mínimo que tales cosas pudieran acaecerle.

En menos de una hora, llegamos al pintoresco y precioso pueblo de Newfane, nuestro último contacto con el mundo que el hombre puede llamar decididamente suyo por derecho de conquista y ocupación. Tras atravesarlo abandonamos toda relación con lo inmediato, tangible y temporal, y nos adentramos en un fantástico mundo de sosegada irrealidad por el que la angosta y serpenteante carretera subía, bajaba y se retorcía, con un casi consciente e intencional capricho, por entre las desoladas cumbres cubiertas de una verde pátina y los casi despoblados valles. Con la única excepción del ruido del coche y algún que otro leve murmullo en las escasas granjas por las que pasábamos muy de vez en cuando, el único sonido que llegaba a mis oídos era el incesante gorgoteo y discurrir de misteriosas aguas que brotaban de innumerables manantiales ocultos en los sombríos bosques.

La inmediatez de las majestuosas montañas resultaba ahora un espectáculo verdaderamente impresionante. La pendiente y lo escarpado de aquellos picos era aún mucho mayor de lo que me había imaginado, y no parecían tener nada en común con el mundo prosaico y objetivo que conocemos. Los frondosos y no hollados bosques que cubrían aquellas inaccesibles laderas parecían ocultar misteriosos e increíbles secretos, y hasta llegué a creer que el perfil mismo de las montañas tenía un significado extraño que el paso del tiempo hubiera relegado al olvido, como si se tratara de imponentes jeroglíficos legados por una supuesta raza de titanes cuyas hazañas sólo se conservan en raros y profundos sueños. Aquella atmósfera de tensión y amenaza inminente se vio reforzada por todas las leyendas del pasado y todas las asombrosas revelaciones contenidas en las cartas y fotografías de Henry Akeley que mi memoria avivó. El objeto de mi visita y las tenebrosas anomalías que presuponía, se me hicieron de repente presentes causándome un estremecimiento que casi apagó mi ardor por ahondar en las profundidades de lo arcano.

Sin duda, mi guía advirtió mi inquietud, pues a medida que la carretera era más irregular y discurría por parajes más abruptos, haciendo nuestra marcha más lenta y traqueteante, sus ocasionales observaciones de cumplido adquirieron una continuidad, hasta constituir un discurso fluido. Se puso a hablar de la singular belleza y hechizo de la comarca, al tiempo que demostraba no ser ajeno a los estudios sobre el folclore de mi anfitrión. Por las preguntas que con sumo tacto me hacía era evidente que conocía la finalidad científica de mi viaje y sabía que traía información de cierta importancia, pero no dio muestras de saber apreciar el extraordinario grado de profundidad a que habían llegado las investigaciones de Akeley.

Sus modales eran tan agradables, normales y educados, que sus observaciones deberían haberme tranquilizado y devuelto la confianza, pero, extrañamente, su efecto era justo el contrario: mi inquietud iba en aumento a medida que sorteábamos curvas y traqueteábamos por aquellas carreteras para adentramos en desolados parajes en que todo eran montañas y bosques. A veces daba la impresión de que mi acompañante intentaba tirarme de la lengua para ver qué sabía de los espeluznantes secretos que encerraba aquel lugar, y cuanto más hablaba mayor era aquella vaga, molesta y desconcertante familiaridad que encontraba en su voz. No se trataba de una familiaridad que pudiera calificarse de normal o agradable, a pesar del tono tan prudente y educado de su voz. De alguna manera, la relacionaba con pesadillas ya olvidadas, y tenía la impresión de que si la identificaba me volvería loco. De haber contado con un buen pretexto, creo que habría renunciado a seguir adelante. Pero tal como estaban las cosas no podía hacerlo...

Y pensé que una conversación fría y científica con el propio Akeley nada más llegar me ayudaría mucho a calmar mis nervios.

Además, había un elemento extrañamente tranquilizador, de belleza propiamente cósmica, en aquel hipnótico paisaje por el que subíamos y bajábamos como en sueños. La noción del tiempo se había perdido en los laberintos que quedaban atrás, y alrededor sólo se divisaban las florecientes olas de lo mágico y el renacido encanto de siglos ya pasados: las venerables arboledas, los inmaculados pastos cercados de festivos capullos otoñales y, a grandes intervalos, las pequeñas granjas de color marrón cobijadas entre grandes árboles bajo precipicios verticales cubiertos de fragantes brezos y tupidas hierbas. Hasta la misma luz del sol tenía un supremo encanto, como si una atmósfera o exhalación especial cubriese la comarca entera. Jamás había visto nada parecido, excepto en los paisajes mágicos que en ocasiones constituyen el trasfondo de los primitivos italianos. Sodoma[10] y Leonardo concibieron tales espacios, pero sólo a distancia y a través de las bóvedas de las arcadas renacentistas. Ahora, en cambio, nos hallábamos inmersos en carne y hueso en el centro del cuadro, y en medio de aquella nigromancia me pareció ver algo que había heredado o conocía de forma innata y que siempre había buscado en vano.

De pronto, a la salida de una pronunciada curva en lo alto de una empinada pendiente, el coche se detuvo. A mi izquierda, en medio de un césped bien cuidado que se extendía hasta la carretera y lucía un cerco de piedras encaladas, se levantaba una blanca casa de dos pisos más buhardilla, de unas dimensiones y esbeltez nada comunes en la comarca, con una serie de cobertizos y heniles contiguos o unidos por arcadas, y un molino de viento en la parte posterior, a la derecha. La reconocí al instante gracias a la fotografía que recibí en su día, y no me extrañó nada ver el nombre de Henry Akeley en el buzón de hierro galvanizado que había a orillas de la carretera. En la parte trasera de la casa, y a una cierta distancia, se extendía una franja llana de terreno pantanoso y con escasa vegetación arbórea, detrás del cual se erguía una ladera, muy boscosa y con una pronunciada pendiente, que culminaba en una frondosa cresta en forma de diente. Posteriormente me

---

[10] «Il Sodoma», GIOVANNI ANTONIO BAZZI (1477-1549), pintor italiano representante de la corriente renacentista manierista. *(N. del T.)*

enteré de que aquella era la cima de Dark Mountain, de la cual debíamos encontrarnos a medio camino.

Noyes se apeó del coche, cogió mi maleta y me rogó que aguardase mientras iba a notificarle a Akeley mi llegada. Él, añadió, tenía algo importante que hacer en otra parte y no podía detenerse más que un momento. Mientras Noyes avanzaba a paso ligero por el sendero que llevaba a la casa, bajé del coche pues quería estirar un momento las piernas antes de disponerme para la sedentaria y larga conversación que me esperaba. Mi nerviosismo y tensión habían vuelto a dispararse, ahora que me encontraba en el escenario de los espeluznantes acosos que tan repetidas veces describió Akeley en sus cartas, y honradamente confieso que temblé de pensar en las conversaciones que íbamos a mantener y que iban a ponerme en contacto con aquellos extraños y prohibidos mundos.

La proximidad de lo extraordinario es con frecuencia más terrorífica que estimulante y no me reconfortó lo más mínimo pensar que aquel pequeño trecho de polvoriento camino era el lugar donde se habían encontrado aquellas monstruosas huellas y aquella fétida sustancia verde tras varias noches sin luna en que el temor y la muerte impusieron su ley. Advertí de pasada que ningún perro de Akeley había venido a nuestro encuentro. ¿Los habría vendido en cuanto los Exteriores hicieron las paces con él? Por más que lo intentaba, no podía albergar la misma confianza en la sinceridad de aquella paz que intentaba transmitirme Akeley en su última y sorprendente carta. Después de todo, Akeley era un hombre de una extraordinaria sencillez y con escasa, por no decir nula, experiencia mundana. ¿No habría quizás alguna profunda y siniestra segunda intención bajo la superficie de aquella nueva alianza?

Llevado por mis pensamientos, mis ojos se dirigieron hacia la polvorienta superficie del camino en la que se habían recogido tan horribles testimonios. No había llovido los últimos días, y huellas de toda suerte se amontonaban en los surcos del irregular camino a pesar de la naturaleza poco frecuentada de la comarca. Con una vaga curiosidad, empecé a reconstruir el perfil de las heterogéneas impresiones que experimentaba, tratando de contener al tiempo las macabras fantasías que el lugar y sus recuerdos sugerían. Había algo de amenazador y desapacible en aquella fúnebre quietud, en aquel apagado y tenue rumor de lejanos arroyos y en aquella infinidad de cimas verdes y precipicios de tupido arbolado que obstruían la visión del horizonte.

Y justo en ese momento, una imagen penetró en mi conciencia haciendo que aquellas vagas amenazas y fantasías parecieran leves e insignificantes. Como he dicho, estaba examinando las heterogéneas huellas que había en el camino con una especie de indolente curiosidad, pero de repente aquella curiosidad se desvaneció sorprendentemente ante un repentino y paralizador acceso de terror activo. Aunque las huellas que se veían en el polvo eran en general confusas y estaban unas encima de otras y no parecía que mereciera detener la atención en ellas, mis inquietos ojos habían captado ciertos detalles en las proximidades del lugar donde el sendero que conducía a la casa se juntaba con la carretera, y había reconocido, a sabiendas de que no podía equivocarme, el espantoso significado que encerraban aquellos detalles. De algo me tenía que valer, a la postre, el haber pasado horas enteras examinando las fotografías kodak que Akeley me envió de las huellas en forma de zarpa de los Exteriores. Demasiado bien conocía las huellas de aquellas horribles pinzas y aquella apariencia de ambigüedad en la dirección evocaba horrores que ninguna otra criatura sobre la tierra podría suscitar. No había siquiera la menor posibilidad de que hubiese incurrido en un desgraciado error. Delante de mí, en forma objetiva y seguramente dejadas no hacía muchas horas, había al menos tres huellas que destacaban ominosamente entre la sorprendente plétora dc borrosas pisadas que iban y venían de la granja de Akeley. ¡Eran las endemoniadas huellas de los hongos vivientes de Yuggoth!

Me recobré a tiempo de contener el grito en mi garganta. Después de todo, ¿que había allí que no esperase encontrar, en el supuesto de que hubiese creído realmente lo que Akeley decía en sus cartas? Últimamente hablaba de hacer la paz con aquellos seres. ¿Qué de extraño había, pues, en que alguno fuera a visitarle? Pero el terror era más fuerte que cualquier intento por devolverme la confianza. ¿Cabe esperar de un hombre que permanezca impasible cuando ve por vez primera las huellas de unos seres animados procedentes de los abismos exteriores del espacio? En aquel preciso instante vi a Noyes que salía de la casa y se dirigía hacia mí con paso rápido. Me dije a mí mismo que debía controlarme, pues lo más probable era que tan cordial amigo no supiera nada de las asombrosas y trascendentales investigaciones de Akeley en el mundo de lo prohibido.

Noyes se apresuró a comunicarme que Akeley se alegraba de mi llegada y quería verme, aunque el ataque de asma que acababa de sufrir le imposibilitaría ser el anfitrión que hubiese deseado por espacio de uno o dos días. Aquellos ataques le afectaban mucho cuando le sobrevenían y siempre iban acompañados de una fiebre que le dejaba postrado en cama y con una debilidad general. Apenas podía hacer nada mientras se encontraba en tal estado: sólo podía hablar en voz muy baja y se encontraba muy torpe y débil para intentar moverse. Además, se le hinchaban los pies y los tobillos, hasta el punto de tener que vendárselos como si fuera un gotoso y grueso anciano. Aquel día se encontraba en bastante mal estado, por lo que me vería obligado a arreglármelas de momento como pudiera, si bien ardía en deseos de conversar conmigo. Le encontraría en su estudio, justo a la izquierda del vestíbulo; era la habitación con las cortinas echadas. Los ojos de Akeley eran muy sensibles y no podían soportar la luz del sol cuando estaba enfermo.

Noyes se despidió de mí y se alejó en su coche en dirección norte y yo emprendí camino con paso lento hacia la casa. La puerta estaba entreabierta para que yo pudiera pasar, pero antes de seguir adelante y entrar lancé una escrutadora mirada a mi alrededor, tratando de averiguar el porqué de la indescifrable y extraña sensación que experimentaba. Los cobertizos y heniles tenían un aspecto de lo más normal y en uno amplio y desguarnecido pude ver el baqueteado Ford de Akeley. De repente, comprendí el secreto que se ocultaba tras aquella extraña sensación. Era el absoluto silencio que reinaba. Por lo general, en toda granja se oye cuando menos algún que otro ligero ruido producido por el ganado, pero en esta no se percibía el menor signo de vida. ¿Dónde estaban las gallinas y los cerdos? Las vacas, de las que Akeley había dicho tener varias, podían encontrarse en los pastos, y los perros podían haber sido vendidos, pero la ausencia total de cloqueos y gruñidos resultaba ciertamente extraña.

No me entretuve mucho en la puerta de la casa, la abrí resueltamente y la cerré a mi paso. Confieso que me costó un gran esfuerzo mental hacerlo y, una vez dentro, me invadió un instantáneo deseo de salir precipitadamente de allí. Y no es que el lugar tuviese un aspecto siniestro a primera vista, muy al contrario, encontré sumamente atractivo y estiloso el encantador vestíbulo de finales del período colonial y admiré el evidente buen gusto del hombre que lo había amueblado. Lo que me hacía desear alejarme de allí era algo muy enrarecido e indefinible. Quizá cierto extraño olor que creí percibir... Aunque sé exactamente hasta qué punto es normal el olor a humedad en las granjas antiguas. Incluso, en las mejores.

CAPÍTULO VII

Me negué a dejar que mi nublada aprensión me dominara. Recordé las instrucciones de Noyes y abrí la puerta blanca con seis paneles y pestillo de latón que había a mi izquierda. Al otro lado, la habitación, como me habían dicho, estaba a oscuras y cuando entré noté que el extraño olor era más fuerte allí. Me pareció percibir un ritmo débil, medio imaginario, o una vibración en el aire. Las persianas estaban cerradas y, durante un momento, no podía distinguir nada, pero luego me llegó una especie de tos susurrada que atrajo mi atención hacia una gran butaca que estaba en la esquina más oscura de la habitación. En sus profundidades sombrías, vi la mancha blanca de la cara y las manos de un hombre y, en un momento, había cruzado la sala para saludar a la figura que había tratado de hablar. Aunque la luz era débil, percibí que era mi anfitrión. Había estudiado la imagen kodak repetidamente y no podía haber ningún error acerca de esta cara firme y golpeada por el clima, con la barba recortada y canosa.

Pero cuando volví a mirar, mi reconocimiento se mezcló con tristeza y ansiedad. Ciertamente, era la cara de un hombre muy enfermo. Sentí que debía haber algo más que asma detrás de esa expresión tensa, rígida e inmóvil, y esa mirada vidriosa que no parpadeaba. Me di perfecta cuenta de hasta qué punto le había afectado la tensión de sus tenebrosas experiencias. ¿Acaso era suficiente para destrozar la vida de cualquier ser humano, incluso de hombres más jóvenes que este intrépido explorador de mundos prohibidos? El extraño y repentino alivio, me temí, debió llegarle demasiado tarde como para librarle de aquella suerte de crisis total en que se hallaba sumido. Había algo digno de compasión en la forma flácida e inerte de aquellas esqueléticas manos postradas sobre el regazo. Akeley llevaba encima un amplio batín, y se cubría la cabeza y la parte superior del cuello con una bufanda de color amarillo vivo, aunque tal vez pudiera ser una capucha.

Después vi que hacía un intento de hablarme, en el mismo tono susurrante y entrecortado con que me había recibido. Era un susurro difícil de captar al principio, pues el bigote entrecano hacía imposible ver los movimientos de sus labios, y al mismo tiempo había algo en el timbre de su voz que no me agradaba en absoluto; pero, concentrando la atención, pronto pude entender sorprendentemente bien lo que intentaba decirme. El acento distaba mucho de ser el de un hombre del campo y su forma de expresión era, incluso, más refinada de la que cabía esperar por la correspondencia mantenida.

—El señor Wilmarth, supongo. Disculpe si no me levanto. Me encuentro muy mal, como le habrá contado el señor Noyes, pero pensé que no era motivo para que usted no viniera. ¿Recuerda lo que le conté en la última carta? ¡Tengo tantísimas cosas que decirle mañana cuando me encuentre mejor! No puede imaginarse cuánto me alegro de verle en persona, después de todas las cartas que nos hemos cruzado. Supongo que habrá traído toda la correspondencia ¿no? ¿Y las fotografías y la grabación? Noyes dejó su maleta en el vestíbulo, no sé si la ha visto. Esta noche, me temo, tendrá que arreglárselas usted mismo. Su habitación está en el piso de arriba. Es justo la que hay encima de esta y al final de la escalera verá el cuarto de baño con la puerta abierta. En el comedor, saliendo de este cuarto a la derecha, hay una comida esperándole cuando usted guste. Mañana haré mejor las veces de anfitrión, pero ahora no puedo hacer nada a causa de esta dolencia que sufro.

»Siéntase como si estuviera en su casa... Lo mejor será que saque las cartas, las fotografías y la grabación y las ponga encima de la mesa antes de subir el equipaje a su habitación. Aquí hablaremos de todo ello... en aquel estante del rincón puede ver un fonógrafo.

»No, gracias... No puede ayudarme. Estoy acostumbrado desde hace mucho a estos ataques. Baje a verme un momento antes de que anochezca, y luego vaya a acostarse cuando guste. Yo me quedaré donde estoy... Quizá pase aquí la noche, como suelo hacer con frecuencia. Por la mañana me sentiré con muchas más fuerzas para hablar de las cosas que debemos tratar. Espero que sea consciente de la naturaleza increíblemente fascinante de todo este asunto. Ante nosotros, como ha sucedido con muy pocos más hombres sobre la tierra, se abrirán inmensas simas de tiempo, espacio y conocimientos que sobrepasan cualquier límite de la ciencia y filosofía humanas.

»¿Sabía que Einstein está equivocado, y que ciertas fuerzas y objetos pueden moverse a una velocidad superior a la de la luz? Con la ayuda debida, espero retroceder y avanzar en el tiempo, y ver y sentir la tierra en el pasado remoto y en futuras épocas. No puede imaginarse el nivel científico que han alcanzado estos seres. No hay nada que no puedan hacer con la mente y el cuerpo de los organismos vivos. Espero visitar otros planetas e, incluso, otras estrellas y galaxias. El primer viaje será a Yuggoth, el planeta más cercano en que habitan los seres. Es una extraña y oscura esfera en el límite mismo de nuestro sistema solar, aún desconocido para los astrónomos de la Tierra. Pero... Creo que ya le he dicho algo anteriormente al respecto. En el momento oportuno, los Exteriores nos enviarán corrientes mentales, gracias a las cuales podremos descubrir Yuggoth... O quizá dejen que alguno de sus aliados humanos dé pistas a nuestros científicos.

»En Yuggoth hay inmensas ciudades... Interminables hileras de torres construidas en terrazas de piedra negra, como la muestra que traté de enviarle. Procedía de Yuggoth. La luz del sol no es más fuerte que la de una estrella, pero los seres no precisan luz. Poseen otros sentidos más sutiles, y en sus mansiones y templos no hay ventanas. La luz incluso les hiere, molesta y entorpece sus movimientos, pues no existe la menor traza de ella en el oscuro cosmos allende el tiempo y el espacio del que son originarios. Bastaría una visita a Yuggoth para volver loco a un hombre débil... Pero yo voy a ir allá. Los ríos negros de alquitrán que discurren bajo esos misteriosos puentes ciclópeos —obra de una antigua raza extinguida y olvidada antes de que estos seres llegaran a Yuggoth procedentes de los últimos vacíos—, debieran bastar para hacer un Dante o un Poe de cualquier hombre... si conserva el juicio el tiempo suficiente para contar lo que ha visto.

»Pero recuerde: no hay nada de terrible en ese oscuro mundo de jardines fungiformes y ciudades sin ventanas... aunque así nos lo parezca a nosotros. Probablemente nuestro mundo les pareció igual de terrible a los seres cuando lo exploraron por vez primera en épocas remotas. Como sabe, ya estaban aquí mucho antes de que llegara a su fin el fabuloso período de Cthulhu, y recuerdan lo que le sucedió al sumergido R'lyeh cuando surgió de entre las aguas. Han estado en el interior de la tierra —hay hendiduras de las que nada saben los seres humanos, algunas de ellas bajo estas mismas montañas de Vermont— y en los grandes mundos de misteriosa vida que hay bajo nosotros: el azulado K'u-yan, el rojizo Yoth y el negro y tenebroso N'kai. De N'kai vino el terrible Tsathoggua... Ya sabe, la amorfa y repelente deidad que se menciona en los *Manuscritos Pnakoticos,* en el *Necronomicón* y en el ciclo mitológico de *Commoriom* conservado por Klarkash-Ton, sumo sacerdote de los atlantes[11].

»Ya tendremos tiempo de hablar de todo esto. Deben ser ya las cuatro o las cinco. Será mejor que saque las cosas de su equipaje, coma algo y regrese luego para que hablemos con más calma».

Lentamente, me di la vuelta y obedecí a mi anfitrión: cogí la maleta, saqué los objetos que me pedía y los puse encima de la mesa, y, finalmente, subí a la habitación que me había asignado. Tenía presente el recuerdo de la huella reciente a orillas de la carretera, las palabras musitadas por Akeley dejaron en mí una extraña sensación, y las insinuaciones de familiaridad con aquel mundo de vida fungiforme —el prohibido Yuggoth— me hizo estremecerme más de lo que podía imaginar. Estaba muy preocupado por la enfermedad de Akeley, pero debo confesar que su ronco susurro me causaba más repugnancia que compasión. ¡Si al menos no hubiera experimentado tan siniestro placer respecto a mencionar Yuggoth y sus tenebrosos secretos!

Mi habitación era muy agradable y estaba bien amueblada, sin el menor olor a humedad ni molestas vibraciones. Dejé la maleta y volví a bajar para hablar a Akeley y comer lo que me había preparado. El comedor estaba pasado el estudio, y siguiendo en la misma dirección pude ver un ala de la cocina. Sobre la mesa del comedor me estaba esperando un extenso surtido de sandwiches, dulces y quesos; un termo colocado junto a un platillo y una taza eran buena prueba de que no se había olvidado el café caliente. Tras un reconfortante refrigerio me serví una buena taza de café, aunque por desgracia, el

---

[11] De nuevo, Lovecraft hace una lista de lugares, personajes y objetivos mencionados en muchas ocasiones en su obra y que forman parte de la fantasía lovecraftiana. *(N. del T.)*

café no estaba a la altura del resto: el primer sorbo me dio un sabor desagradablemente acre, así que no tomé más. Durante la comida no pude dejar de pensar en Akeley sentado en silencio en el butacón de la oscura habitación contigua. Una vez fui a rogarle que compartiera conmigo aquellos alimentos, pero en voz baja me dijo que aún no podía comer nada. Más tarde, antes de dormirse, tomaría algo de leche con malta: lo único que podía ingerir en todo el día.

Después de comer, recogí la mesa y lavé los platos en la pila de la cocina, donde tiré el resto del café que no había tomado. Luego, volviendo al lóbrego estudio acerqué una silla al rincón donde se encontraba mi anfitrión y me dispuse a seguir una conversación sobre el tema que él quisiera proponer. Las cartas, fotografías y la grabación seguían aún encima de la gran mesa, pero por el momento no las necesitábamos. Al cabo de un rato, había incluso olvidado el extraño olor y las curiosas sensaciones vibratorias.

Como ya dije antes, había cosas en algunas de las cartas de Akeley —sobre todo en la segunda y más voluminosa— que no me atrevía a mencionar, ni siquiera a expresar en palabras sobre el papel. Esta duda se aplica aún con más fuerza a lo que, en un tono susurrante, oí aquel atardecer en aquella oscura habitación entre las solitarias montañas encantadas. No me atrevo ni a insinuar hasta dónde llegaban los horrores cósmicos que aquella ronca voz me ponía al descubierto. Akeley conocía cosas espeluznantes con anterioridad, pero lo que descubrió desde que firmó el pacto con los Seres Exteriores sobrepasaba con mucho lo que una mente en su sano juicio puede soportar. Incluso ahora me resisto en redondo a creer lo que me contó sobre la constitución del infinito elemental, la yuxtaposición de las dimensiones y la espantosa situación de nuestro cosmos conocido de espacio y tiempo en la interminable cadena de cosmos-átomos que configura el inmediato supercosmos de curvas, ángulos y organización electrónica material y semimaterial.

Nunca un hombre en sus cabales estuvo tan peligrosamente cerca de los arcanos de la sustancia originaria... Jamás un cerebro orgánico estuvo más cerca de la total desintegración en el caos que trasciende toda forma, fuerza y simetría. Me enteré de dónde vino originariamente Cthulhu, y del motivo por el que la mitad de las grandes estrellas temporales de la historia habían seguido resplandeciendo.

Intuí —por las veladas alusiones que incluso hacían interrumpirse temerosamente a mi interlocutor— el secreto existente tras las Nubes de Magallanes y las nebulosas globulares, y la siniestra verdad que ocultaba la inmemorial alegoría del Tao. La naturaleza de los Doels me fue expuesta claramente, y se me informó de la esencia —aunque no del origen— de los Sabuesos de Tíndalos. La leyenda de Yig, Padre de las Serpientes, dejó de ser para mí algo figurado, y experimenté una cierta aversión cuando se me puso al corriente del horripilante caos nuclear existente allende el espacio angular que el *Necronomicón* había benignamente encubierto bajo el nombre de Azathoth. Resultaba sorprendente desentrañar las más espeluznantes pesadillas de los secretos mitos en términos concretos, cuya desnuda y morbosa malevolencia sobrepasaba las más atrevidas insinuaciones de la mística antigua y medieval. Llegué a la inevitable conclusión de que los primeros que hicieron alusión a tan execrables historias debían estar en contacto con los Exteriores de Akeley, y hasta era posible que hubiesen visitado algún reino cósmico exterior, tal como Akeley se proponía hacer.

Me habló de la piedra negra perdida y de lo que significaba, y me alegré sinceramente de que no hubiera llegado a mis manos. ¡Mis elucubraciones acerca de aquellos jeroglíficos se confirmaron en su totalidad! No obstante, Akeley parecía haberse reconciliado con todo aquel diabólico sistema contra el que tan arduamente había combatido, reconciliado a la vez que decidido a proseguir sus investigaciones en aquellas abismales simas. Me pregunté con qué seres habría hablado desde la última carta que me escribió, y si serían tan humanos como aquel primer emisario que mencionó. La tensión a que me veía sometido llegó a hacerse insoportable, y elaboré toda clase de absurdas teorías sobre aquel extraño y persistente olor y aquellas sensaciones vibratorias de la lóbrega estancia que no me abandonaban.

Empezaba a oscurecer, y al recordar lo que Akeley me dijo sobre aquellas primeras noches me estremecí sólo de pensar que no habría luna. Además, no me gustaba nada el emplazamiento de la granja al socaire de aquella imponente y frondosa ladera que conducía a la no hollada cima de Dark Mountain. Con permiso de Akeley, encendí una lamparilla de petróleo, bajé la mecha y la coloqué sobre una estantería algo alejada junto al espectral busto de Milton. Al cabo de un rato lo lamenté pues daba al terso e inmóvil rostro y manos inertes de mi anfitrión una horrible apariencia, como si de algo anormal y cadavérico se tratara. Daba la impresión de que no pudiera hacer movimiento alguno, aunque le vi cabecear rígidamente de vez en cuando.

Después de todo lo que me había contado, se me antojaba difícil imaginar qué secretos más arcanos pensaría guardarme para el día siguiente, pero a la postre me enteré de que hablaríamos de su viaje a Yuggoth y a otros mundos más lejanos... Y de mi posible participación en el mismo. Debió divertirle el respingo de sobresalto que di al oír hablar de mi participación en un viaje cósmico, pues su cabeza se agitó violentamente ante mi expresión de horror. A continuación, me habló en un tono extremadamente delicado de cómo los seres humanos pueden efectuar —cosa que él ya había hecho en varias ocasiones—, aunque parezca increíble, vuelos por el espacio interestelar. Por lo visto, el viaje no lo hacía todo el cuerpo humano: los Exteriores —gracias a sus prodigiosos adelantos en los campos de la cirugía, biología, química e ingeniería— habían encontrado la forma de que sólo viajara el cerebro humano, sin su estructura física correspondiente.

Los Seres Exteriores se valían de un procedimiento inofensivo para extraer el cerebro y conservar con vida el resto del organismo durante su ausencia. La desnuda y compacta masa encefálica se sumergía en un líquido que se cambiaba de vez en cuando y se alojaba dentro de un cilindro al vacío, hecho de un metal extraído en las minas de Yuggoth, que estaba conectado a través de unos electrodos a una serie de sofisticados instrumentos capaces de duplicar las tres facultades vitales, a saber, vista, oído y habla. Para aquellos seres fungiformes y alados no era problema alguno transportar, sin el menor riesgo, cerebros envasados a través de los espacios siderales. En cada planeta al que se extiende su civilización encontrarán un sinfín de instrumentos adaptables que pueden conectarse a los cerebros así envasados. Así pues, basta con unas mínimas correcciones para que las inteligencias viajeras puedan disfrutar de una vida sensorial y articulada plena —aunque incorpórea y mecánica— en cada etapa de su viajar por el continuo espacio-tiempo. Era algo tan sencillo como si uno llevara siempre consigo una grabación y la escuchara allí donde hubiera un fonógrafo en el que reproducirla. De sus buenos resultados no cabía la menor duda. Akeley no albergaba ningún temor. ¿Acaso no se había realizado con éxito en repetidas ocasiones?

Por vez primera, alzó una de sus inertes y marchitas manos y apuntó rígidamente a un estante alto que había en la pared más alejada de la estancia. Allí, perfectamente alineados, podían verse más de una docena de cilindros de un metal que no había visto hasta entonces: cilindros de aproximadamente treinta centímetros de altura y algo menos de diámetro, con tres curiosos enchufes dispuestos en forma de triángulos isósceles sobre la convexa superficie de cada uno de ellos. Uno de los cilindros tenía dos de los enchufes conectados a un par de máquinas de singular apariencia que se divisaban al fondo. No hizo falta que me explicaran su finalidad, pues al instante un escalofrío me recorrió todo el cuerpo. Luego vi que la mano apuntaba a un rincón más próximo en donde podían verse amontonados varios intrincados instrumentos provistos de cables y enchufes, algunos de los cuales guardaban un extraordinario parecido con los dos dispositivos que había detrás de los cilindros.

—Ahí hay cuatro clases de instrumentos, Wilmarth— susurró la voz—. Cuatro clases, a tres facultades cada una, hacen un total de doce piezas. En esos cilindros que se ven ahí se hallan representadas cuatro clases distintas de seres: tres hombres, seis fungiformes que no pueden navegar corporalmente por el espacio, dos seres de Neptuno —¡Dios mío! ¡Si pudiera ver usted el cuerpo que tienen en su planeta!— y, el resto, entes procedentes de las cavernas centrales de una estrella sin brillo y particularmente interesante situada allende los confines de la galaxia. En el puesto principal de observación, en el interior de Round Hill, no es difícil ver desperdigados más cilindros y máquinas: cilindros de cerebros extra-cósmicos con otros sentidos de los que conocemos —que hacen de aliados y exploradores del Exterior más remoto— y máquinas especiales que les transmiten impresiones y les facultan la expresión del modo más conveniente para ellos y para su comprensión por parte de los diversos tipos de oyentes. Round Hill, al igual que casi todos los puestos de observación importantes que tienen los seres en los diferentes universos, es un lugar muy cosmopolita. Naturalmente, a mí sólo me han cedido, los tipos más corrientes para mis experimentos.

»Haga el favor... Coja las tres máquinas que le señalo y póngalas encima de la mesa. Aquella más alta con las dos lentes de cristal en la cara anterior... La caja con los tubos en vacío y la caja de resonancia... y, por último, la que tiene el disco metálico encima. Ahora, coja el cilindro que lleva pegada la etiqueta «B-67». Súbase a esa silla para alcanzarlo. ¿Pesa? Vamos, ¡haga un esfuerzo! Compruebe el número: «B-67». No toque el cilindro nuevo y resplandeciente conectado a los dos instrumentos de ensayo... El que lleva mi nombre. Coloque el «B-67» sobre la mesa donde ha puesto las máquinas y compruebe que los interruptores de las tres máquinas están girados todo lo que dan de sí a la izquierda.

»Ahora, conecte el cable de la máquina con las lentes al enchufe superior del cilindro... ¡Eso es! Conecte la máquina con los tubos al enchufe inferior izquierdo, y el aparato con el disco al otro enchufe. Ahora gire todo lo que pueda a la derecha los interruptores de las máquinas... primero la de las lentes, luego la del disco y, por último, la de los tubos. ¡Perfecto! Le adelanto que se trata de un ser humano... Igual que cualquiera de nosotros. Mañana podrá oír alguno de los otros».

Todavía hoy desconozco por qué obedecí tan servilmente a aquella susurrante voz, ni si se me pasó por la cabeza preguntarme si Akeley estaría loco o cuerdo. Después de todo lo que había pasado, nada podía extrañarme. Pero aquellos artilugios se asemejaban tanto a las extravagantes creaciones propias de inventores y científicos chiflados, que hicieron vibrar en mí una cuerda de duda que ni siquiera la anterior disertación había pulsado. Lo que aquel ser que tenía ante mí quería dar a entender traspasaba los límites de la credulidad humana, pero ¿acaso no eran las otras cosas aún más absurdas, y si resultaban menos descabelladas ello se debía únicamente a la imposibilidad de recurrir a toda prueba tangible y concreta?

En medio del caos de mi cabeza, no dejaba de dar vueltas, llegó a mis oídos un estridente chirrido procedente de las tres máquinas conectadas al cilindro, un chirrido que pronto remitió hasta acabar prácticamente en un silencio total. ¿Qué ocurriría? ¿Iba a escuchar una voz? Y, en tal caso, ¿qué pruebas había de que no se trataba de un dispositivo de radio ingeniosamente ideado a través del cual hablaba un oculto locutor que nos observaba de cerca? Incluso hoy no me atrevería a asegurar qué es lo que oí o, simplemente, qué es lo que realmente sucedió en mi presencia. Pero lo que es seguro es que algo pasó allí.

Por decirlo en breves y sencillas palabras: la máquina con los tubos y la caja sonora se puso a hablar, de modo tal que no cabía la menor duda de que el locutor se encontraba efectivamente allí y nos observaba. Era una voz recia, metálica, inexpresiva y totalmente mecánica. Carecía de toda modulación o expresividad, pero traqueteaba y chirriaba con una precisión y deliberación implacables.

—Señor Wilmarth —dijo la voz— espero que no se asuste. Soy un ser humano igual que usted, aunque mi cuerpo se encuentra ahora descansando y a buen recaudo, sometido a un eficaz tratamiento vitalizador, en Round Hill, a dos kilómetros al este de aquí. Estoy con usted: mi cerebro está en el interior de ese cilindro, y veo, oigo y hablo a través de esos vibradores electrónicos. Dentro de una semana voy a atravesar el vacío, al igual que ya he hecho en muchas otras ocasiones, y espero poder disfrutar de la compañía del señor Akeley. Me gustaría también que usted nos acompañara. Le conozco de vista y de oídas, y he seguido muy de cerca su correspondencia con nuestro común amigo Akeley. Soy uno de los hombres que se han aliado a los Seres Exteriores que están de visita en nuestro planeta. Los conocí en el Himalaya, y desde entonces he procurado ayudarles. A cambio, ellos me han permitido vivir experiencias que pocos hombres han podido disfrutar.

»¿Se da usted cuenta de lo que significa cuando digo que he visitado treinta y siete diferentes cuerpos celestes —planetas, estrellas apagadas y otros objetos menos definibles— ocho de los cuales no pertenecen a nuestra galaxia y dos se hallan fuera del cosmos circular del espacio-tiempo? ¡Y no he sufrido el menor daño! Me han extraído el cerebro del cuerpo por medio de unas fisuras ejecutadas con tal destreza que sería tosco calificar de operación quirúrgica. Los seres que nos visitan disponen de métodos que hacen estas extracciones sencillas y casi podría decirse que algo habitual y el cuerpo no envejece cuando el cerebro se desprende de él. El cerebro, debo añadir, es prácticamente inmortal conservando sus facultades mecánicas y bastándole con una limitada dosis alimenticia que se administra mediante cambios intermitentes del líquido protector.

»En definitiva, me gustaría de todo corazón que se decidiera y nos acompañara al señor Akeley y a mí. Los seres que nos visitan están muy interesados en conocer a hombres cultos como usted para hablarles de los grandes abismos que la mayoría de nosotros hemos imaginado en nuestra supina ignorancia. Puede que al principio le parezcan extraños, pero estoy seguro de que esa impresión se le pasará enseguida. Creo que también vendrá Noyes... El hombre que supongo le ha traído hasta aquí en automóvil. Desde hace años es uno de los nuestros: supongo que habrá reconocido su voz, pues es una de las que se oyen en la grabación que le envió el señor Akeley».

Al notar mi violento sobresalto, el locutor tomó un respiro antes de finalizar.

—Así pues, señor Wilmarth, a usted le toca decidir. Permítame únicamente añadirle que un hombre con su extraordinaria afición por los temas de lo desconocido y el folclore no debiera jamás perder la oportunidad que ahora se le brinda. No hay nada que temer. Todas las transiciones son sin dolor y hay mucho de qué disfrutar en un estado de sensación totalmente mecanizado. Cuando se desconectan los electrodos, uno queda simplemente sumido en un estado de sopor y le invaden sueños de singular intensidad y fantasía.

«Y ahora, si no le importa, debemos levantar la sesión hasta mañana. Buenas noches... Haga girar todos los interruptores hacia la izquierda, hasta dejarlos donde estaban, es lo mismo el orden en que lo haga, aunque puede dejar para el final la máquina de las lentes. Buenas noches, señor Akeley. ¡Trate usted bien a nuestro huésped! Gire los interruptores».

Eso fue todo. Obedecí mecánicamente y cerré los tres interruptores, aunque no salía de mi estupor ante lo que acababa de presenciar. La cabeza me seguía dando vueltas al tiempo que oía la susurrante voz de Akeley diciendo que dejara el instrumental tal y como estaba sobre la mesa. No hizo ningún comentario al respecto, aunque poco hubiera importado porque tenía embotadas mis facultades mentales. Le oí decirme que podía llevarme la lámpara a mi habitación, por lo que deduje que deseaba quedarse solo a oscuras. Sin duda, quería descansar, pues su disertación a lo largo de la tarde habría bastado para agotar a hombres incluso mejor dotados físicamente. Aun sin salir de mi aturdimiento, di las buenas noches a mi anfitrión y subí a mi habitación con la lámpara, aunque siempre llevaba conmigo una excelente linterna.

Me alegró poder salir de aquel estudio con tan extraño olor e indefinidas sensaciones vibratorias, pero no logré evitar una estremecedora sensación de temor, amenaza y anomalía cósmica al pensar en el lugar en que me encontraba. Aquella desolada y despoblada comarca, aquella sombría y misteriosamente frondosa ladera montañosa que se erguía justo detrás de la casa, aquellas huellas del camino, aquel susurrador enfermizo e inmóvil en la penumbra, aquellos infernales cilindros y máquinas, y, por encima de todo, aquella invitación a participar en la increíble operación quirúrgica y en los aún más increíbles viajes... Todo ello, tan nuevo y en tan rápida sucesión, se vino de tal modo encima de mí que me arrebató mi voluntad y casi me dejó sin recursos físicos.

El descubrimiento de que mi guía, Noyes, era el celebrante humano de aquel monstruoso aquelarre recogido en la grabación fonográfica me produjo una tremenda impresión. Aunque ya había creído percibir una lóbrega y repulsiva familiaridad en su voz. Otra impresión digna de reseñar era la que me producía mi actitud hacia mi anfitrión siempre que me detenía a analizarla; por más que hasta entonces había experimentado una instintiva atracción hacia Akeley, como se desprendía de la correspondencia que habíamos cruzado, ahora descubría que me inspiraba una marcada aversión. Su enfermedad debería haber despertado un sentimiento de compasión en mí, pero, por el contrario, me producía una especie de escalofrío. Tenía un semblante tan rígido, inerte y cadavérico... ¡Y aquel incesante susurro resultaba tan insoportable e inhumano!

Aquel susurro me pareció completamente distinto de cualquier otro hasta entonces oído. A pesar de la curiosa inmovilidad de los labios del orador, cubiertos por un poblado bigote, tenía una indudable fuerza y poder de atracción, más digno aún de destacar si se tiene en cuenta que se trataba de un asmático. Logré entender perfectamente lo que decía desde el otro extremo de la habitación y una o dos veces me pareció que los débiles, pero penetrantes sonidos no significaban tanto debilidad como una deliberada contención cuyas razones francamente ignoraba. Desde el primer momento percibí algo que no me gustaba nada en el timbre de su voz. Ahora, al pasar revista a todo lo que me había llevado hasta allí, creí poder identificar tal impresión con una especie de familiaridad inconsciente como la siniestra sensación que sentí al oír por vez primera la siniestra voz de Noyes. Pero no sabría decir cuándo o dónde me había tropezado con lo que me traía a la memoria.

Una cosa sí estaba decidida: no pasaría una sola noche más en aquel lugar. Mi fervor científico se había disipado por completo entre el miedo y la repugnancia, y lo único que deseaba era salir cuanto antes de aquel antro de morbosidad y monstruosas revelaciones. Ya sabía lo suficiente. Sin duda, debía ser cierto todo aquello de las extrañas conexiones cósmicas... pero era algo en lo que cualquier ser humano normal no tiene por qué meterse.

Tenía la impresión de estar rodeado por una maléfica influencia que asfixiaba mis sentidos. No cabía ni plantearse la posibilidad de intentar dormir, así que me limité a apagar la lámpara y, sin desvestirme, me dejé caer sobre la cama. Era una precaución absurda, sin duda, pero estaba listo en caso de que se presentase una contingencia inesperada: en la mano derecha tenía el revólver que había traído conmigo y, en la izquierda, la linterna de bolsillo. No llegaba ni el más mínimo ruido de abajo, del sitio en donde había dejado a mi anfitrión sentado en medio de las tinieblas y con aquella rigidez cadavérica con que me recibió.

Hasta mí llegó el tictac de un reloj de pared, y la normalidad del sonido me produjo una especie de sosiego. Pero también me recordó a otra peculiaridad que me sorprendió mientras viajaba por la comarca: la total ausencia de vida animal. No había animales domésticos en la granja, y ahora me percataba de que ni siquiera se oían los habituales ruidos nocturnos de la fauna salvaje. Salvo por el siniestro rumor de algún que otro lejano arroyo, aquella quietud resultaba anómala... Propia de los espacios siderales... Y me pregunté qué intangible infortunio astral se cernía sobre la comarca. Recordé que en las antiguas leyendas los perros y otros animales habían repelido siempre la presencia de los Exteriores y me puse a pensar en qué podrían significar aquellas huellas que se veían en el camino.

CAPÍTULO VIII

No me pregunten cuánto tiempo duró el sopor que me venció inesperadamente o cuánto de lo que siguió fue un puro sueño. Si les cuento lo que, cuando me desperté a cierta hora, escuché y vi, simplemente creerán que, entonces, no me desperté y que todo, hasta el momento de salir corriendo de la casa, era producto del sueño. Fui tropezando hasta el cobertizo, donde había visto el viejo Ford, y me apoderé de él para emprender una carrera loca y sin rumbo sobre las colinas embrujadas que, finalmente, me llevó, después de horas de sacudidas y serpenteos a través de laberintos amenazados por bosques, a un pueblo que resultó ser Townshend.

Asimismo, como es natural, rechazarán el resto de mi relato y dirán que todas las fotografías, grabaciones, sonidos de máquinas y cilindros y otras pruebas por el estilo, no son sino retazos del engaño del que me hizo víctima el desaparecido Henry Akeley. Hasta incluso es posible que piensen que Akeley se puso de acuerdo con otros tipos tan estrafalarios como él para urdir la absurda y retorcida patraña, interceptar el paquete echado al correo en Keene y hacer grabar a Noyes aquel horripilante cilindro de cera. Con todo, resulta raro que no se haya identificado aún a Noyes y que no le conociera nadie en los pueblos cercanos a la granja de Akeley, aunque, al parecer, iba con frecuencia por la comarca. Me gustaría haber retenido en la memoria la matrícula de su coche... Quizás haya sido mejor así después de todo. Pues, a pesar de lo que digan los demás y a pesar de todo lo que a veces trato de decirme yo, sé positivamente que abominables influencias del exterior deben encontrarse aún al acecho en aquellas enigmáticas montañas... Y que cuentan con espías y emisarios entre los hombres. Mantenerme a la mayor distancia posible de tales influencias y emisarios es todo lo que pido de la vida en adelante.

Al oír mi increíble historia, el sheriff envió a un grupo de hombres armados a la granja, pero Akeley se había ido ya sin dejar el menor rastro. Su holgado batín, la bufanda amarilla y las vendas para los pies estaban tirados en el suelo del estudio, cerca del sillón de la esquina y no se pudo averiguar si el resto de su ropa se había esfumado con él. Los perros y el ganado habían desaparecido también, y en la fachada de la casa y en alguna de las paredes interiores podían apreciarse extraños agujeros causados por balas. Pero, por lo demás, no se observaba nada anormal. Ni cilindros, ni máquinas, ni las pruebas que había traído yo en mi maleta, ni ningún extraño olor o sensación vibratoria, ni huellas en el camino, ni ninguno de los objetos que acerté a ver en el último momento.

Tras mi precipitada fuga, me quedé una semana en Brattleboro interrogando a todos cuantos conocían a Akeley. Los resultados de mi investigación me convencieron de que todo aquello no había sido una invención ni un sueño. Las extrañas compras de perros, munición y productos químicos que hizo Akeley, así como el corte del cable telefónico, eran hechos incontestables; y todos los que le conocían —incluso su hijo de California— admitían que sus ocasionales referencias a estudios esotéricos tenían cierta consistencia.

En opinión de los ciudadanos de pro, Akeley estaba loco y unánimemente sostenían que todas las pruebas no eran sino meras patrañas ingeniadas con malsana astucia e inspiradas quizá por algún estrafalario cómplice; pero las gentes sencillas del campo creían firmemente en lo que decía. Akeley había enseñado a algunos campesinos las fotografías y la piedra negra y les había puesto para que la escucharan aquella horrible grabación y, sin excepción alguna, encontraban las huellas y la susurrante voz semejantes a las descritas en las leyendas ancestrales.

Dijeron, además, que desde que encontró la piedra se habían advertido visiones y sonidos sospechosos en torno a la casa de Akeley, por eso todo el mundo evitaba pasar por el lugar, salvo el cartero y alguna que otra persona no fácilmente impresionable. Tanto Dark Mountain como Round Hill eran tradicionalmente considerados lugares encantados, y no logré encontrar a nadie que los hubiera explorado a fondo. A lo largo de la historia de la comarca había testimonios de desapariciones misteriosas, como la del holgazán Walter Brown, a quien Akeley mencionaba en sus cartas. Incluso me tropecé con un granjero que creía haber visto a uno de aquellos extraños cuerpos descender por el desbordado West River cuando las riadas, pero su testimonio era demasiado contradictorio para tomarlo en consideración.

Me marché de Brattleboro y me prometí no volver más a Vermont, y estaba completamente seguro de que cumpliría mi palabra. Aquellas desoladas montañas eran sin duda el puesto de observación de una espantosa raza cósmica... Y mis dudas perdieron consistencia al leer que se había localizado un noveno planeta más allá de Neptuno, tal como aquellos seres habían adelantado. Los astrónomos, con una implacable propiedad lejos de toda sospecha, lo bautizaron «Plutón». Yo estoy convencido de que se trata nada menos que del nocturnal Yuggoth... Y un escalofrío se apodera de mí cuando trato de imaginarme el verdadero motivo por el que sus monstruosos habitantes deseaban que se les conociera por tal nombre en aquellos momentos. En vano trato de convencerme de que estas diabólicas criaturas no están planeando poco a poco realizar actos contra la seguridad de la tierra y de sus habitantes humanos.

Pero aún tengo que contar el final de aquella espantosa noche en la granja de Akeley. Como he dicho, finalmente me quedé sumido en un sopor algo agitado, un sueño lleno de pesadillas en que vi monstruosos paisajes. No podría precisar qué es lo que me despertó, pero sí puedo decir que me desperté llegado a este punto concreto: lo primero que oí vagamente fue el amortiguado crujir de la tarima del rellano junto a mi puerta y alguien que manipulaba desmañadamente y con sigilo el picaporte. El ruido cesó casi al instante, así que en realidad mis primeras impresiones fueron unas voces en el estudio situado debajo de mi cuarto. Eran varios los que hablaban y me pareció que estaban enzarzados en una discusión.

Unos segundos después estaba despierto del todo, ya que la naturaleza de aquellas voces era tal que resultaba absurda toda idea de volver a conciliar el sueño. El tono de las voces era de lo más variopinto, y nadie que hubiera escuchado aquella endiablada grabación fonográfica podía albergar la menor duda acerca de al menos dos de ellas. Por muy horrible que fuese la idea, comprendí que me encontraba bajo el mismo techo que unos desconocidos seres procedentes de los espacios abismales, pues aquellas dos voces eran, sin ningún género de duda, los diabólicos susurros que utilizan los Seres Exteriores cuando se comunican con los hombres. Las dos voces eran completamente distintas —diferían en timbre, acento e intensidad— pero ambas se caracterizaban por el mismo tono estremecedor.

La tercera voz venía, sin duda, de una de aquellas máquinas parlantes conectadas a uno de los cerebros envasados en los cilindros. Tan convencido estaba de ello como de los susurros pues la voz recia, metálica y apagada que había oído la tarde anterior, con sus chirridos y traqueteo sin inflexiones ni matiz alguno, y aquella precisión y ponderación impersonales, resultaban de todo punto inolvidables. En un primer momento no me detuve a preguntarme si la inteligencia que había detrás de aquel chirrido era idéntica a la que me había hablado a mí, pero no tardé en darme cuenta de que cualquier cerebro podría emitir sonidos vocales parecidos a aquellos si se lo conectaba al mismo aparato emisor de palabras, con la única diferencia del idioma, ritmo y forma de pronunciación. Dos voces humanas completaban aquel espectral coloquio: una el habla tosca de un desconocido que tenía todas las trazas de ser un campesino y la otra tenía el suave acento bostoniano del que fuera mi guía Noyes.

Mientras trataba de entender algo de lo que estaban diciendo, que me llegaba de modo tan frustrante interceptado por la gruesa tarima, oí un montón de chirridos, traqueteos y ruidos producidos por algo que se movía en el cuarto de abajo, así que forzosamente saqué la conclusión de que estaba lleno de seres vivos, en número muy superior a los pocos cuya voz podía identificar. La naturaleza exacta de aquellos ruidos resulta extremadamente difícil de describir, pues apenas cuento con elementos de comparación fiables. Los objetos parecían moverse de cuando en cuando en la habitación como si de seres conscientes se tratase; el sonido de sus pisadas se asemejaba al de un chapaleo intermitente sobre algo duro, como si los pies avanzaran por superficies irregulares de asta de toro o caucho resistente. Era, para utilizar una comparación más gráfica pero menos precisa, como si personas calzadas con zuecos sueltos y astillados arrastraran y traquetearan los pies por la barnizada tarima. Preferí no especular sobre la naturaleza y aspecto físico de los autores de aquellos sonidos.

No tardé en comprender que cualquier intento por captar una conversación coherente se vería abocado al más irremediable fracaso. Palabras sueltas —entre las que distinguí el nombre de Akeley y el mío— me llegaban de vez en cuando, sobre todo cuando hablaba la máquina, pero su verdadero significado se me escapaba debido a la falta de un contexto donde encajarlas. Aún hoy me niego a extraer conclusiones definitivas de aquellas palabras, aun cuando el terrible impacto que me causaron tuvo más de sugeridor que de revelador. De lo que estaba convencido era de que justo debajo de mí se hallaba reunido un terrible y monstruoso cónclave, pero no sabría decir el motivo de sus espeluznantes deliberaciones. Resultaba extraño que me invadiera semejante sensación preñada de imágenes incuestionablemente malignas y monstruosas, a pesar de las garantías que me había dado Akeley sobre la cordialidad de los Exteriores.

Tras una paciente escucha comencé a distinguir claramente las voces, si bien apenas podía entender lo que decían. Detrás de algunos de los que hablaban me pareció captar ciertos rasgos temperamentales. Una de las voces susurrantes, por ejemplo, tenía un indiscutible tono autoritario, mientras que la voz metálica, a pesar de su artificiosa estridencia y regularidad, parecía hallarse en una situación subordinada e implorante. La voz de Noyes rezumaba un tono conciliador, en tanto que las otras me fue imposible interpretarlas. No oí el ya familiar susurro de Akeley, pero sabía perfectamente que su voz no podía en modo alguno traspasar la gruesa tarima del suelo de mi habitación.

Trataré de reproducir a continuación algunas de las inconexas palabras y sonidos que llegaron hasta mí, identificando, lo mejor que pueda, a quienes las pronunciaban. Las primeras frases mínimamente inteligibles que reconocí procedían de la máquina parlante.

(MÁQUINA PARLANTE)

«... Lo traje conmigo... Devuelto las cartas y el registro... El final de todo... Tomado en ... ver y oír... maldita sea... La fuerza impersonal, después de todo... Cilindro fresco y brillante... Gran Dios...».

(PRIMERA VOZ QUE SUSURRA)

«... tiempo que nos detuvimos... Pequeño y humano... Akeley... cerebro... diciendo...».

(SEGUNDA VOZ QUE SUSURRA)

«... Nyarlathotep... Wilmarth... registros y cartas... Impostura barata...».

(NOYES)

«... (una palabra o nombre impronunciable, posiblemente N'gah-Kthun)... inofensivo... paz... par de semanas... teatral... Ya se lo advertí...»

(PRIMERA VOZ QUE SUSURRA)

«... ningún motivo... Plan original... efectos... Noyes puede mirar... Round Hill... Cilindro fresco... El coche de Noyes...».

(NOYES)

«... bien... todo tuyo... aquí abajo... descanso... lugar...».

(VARIAS VOCES A LA VEZ EN UN DISCURSO INDISTINGUIBLE)

(MUCHOS PASOS, INCLUYENDO EL PECULIAR SONIDO DE ARRASTRE O TRAQUETEO DE ZUECOS).

(EXTRAÑO BATIR DE ALAS)

(EL SONIDO DE UN AUTOMÓVIL QUE ARRANCA Y RETROCEDE)

(SILENCIO)

Esto fue en esencia lo que me trajeron mis oídos cuando me quedé rígido en esa extraña cama de arriba de la granja encantada perdida entre aquellas endemoniadas montañas. Allí estaba, tumbado y sin desvestirme, con un revólver en la mano derecha y una linterna de bolsillo en la izquierda. Como ya he dicho, me desperté del todo, pero una extraña parálisis me impidió cualquier movimiento hasta mucho después de extinguirse el último eco de aquellos ruidos. Volví a oír el machacón y lejano tictac del antiguo reloj en algún lugar del piso de abajo, y, al cabo de un rato, el sonido intermitente de unos ronquidos.

Akeley debió quedarse adormecido tras aquella increíble sesión... y yo entendí perfectamente su necesidad de descansar.

No sabía qué pensar o hacer en tales circunstancias. Después de todo, ¿qué había de nuevo en todo lo que acababa de oír que no pudiera esperar de lo que ya sabía? ¿Acaso no sabía que los nefandos Exteriores tenían ahora libre acceso a la granja? Sin duda, Akeley debió verse sorprendido por una inesperada visita de aquellos seres. Pero algo había en aquella fragmentaria conversación que me produjo un tremendo escalofrío, suscitando las más grotescas y espantosas dudas y haciéndome desear fervientemente que me despertase y comprobase que no había sido sino un sueño. A mi juicio, mi subconsciente debió captar algo que aún no había reconocido a nivel consciente. Pero, ¿qué pasaba con Akeley? ¿Acaso no era mi amigo y habría tratado de evitar por todos los medios que se me infligiera el menor daño? Los apacibles ronquidos que subían de la planta inferior no hacían sino dejar en ridículo todos los temores que repentinamente se habían apoderado de mí.

¿No sería posible que estuvieran aprovechándose de Akeley y lo utilizaran de cebo para atraerme a las montañas con las cartas, las fotografías y la grabación fonográfica? ¿Buscaban aquellos seres nuestra destrucción porque habíamos llegado a saber demasiado? De nuevo me vino a la cabeza el insólito y abrupto cambio operado entre la penúltima y la última carta de Akeley. Algo, mi instinto me lo decía, no encajaba nada bien en todo aquello. Las cosas no eran lo que parecían. Aquel amargo café que rehusé tomar... ¿no habría sido un intento de drogarme por parte de alguna fuerza oculta y desconocida? Tenía que hablar con Akeley y sin perder un segundo, y hacer que recobrase el sentido de las cosas. Aquellos seres le tenían hipnotizado con sus promesas de revelaciones cósmicas, pero ya era hora de que atendiese a razones. Debíamos salir de allí antes de que fuese demasiado tarde. Si Akeley carecía de la fuerza de voluntad necesaria para recobrar la libertad, trataría de infundírsela yo. Y si no lograba persuadirle para salir de allí, al menos me iría yo. Supongo que podría llevarme su Ford y dejarlo luego en un garaje de Brattleboro. Lo había visto en el cobertizo —la puerta estaba sin cerrar y abierta ahora que el peligro parecía haber pasado— y me imaginé que estaría listo para utilizarlo. La momentánea aversión que me produjo Akeley en el transcurso y después de la conversación que mantuvimos por la tarde había desaparecido por completo. Se hallaba en una situación muy parecida a la mía, y debíamos correr la misma suerte. Sabiendo lo mal que se encontraba, detestaba tener que despertarle en semejante trance, pero no me quedaba otro remedio. Tal como estaban las cosas, no podía permanecer en aquel lugar hasta que amaneciera.

Reuní fuerzas y me desperecé enérgicamente para recobrar el dominio de mis músculos. Me levanté con una precaución más impulsiva que premeditada, me puse el sombrero, cogí mi maleta y comencé a bajar las escaleras con ayuda de la linterna. En mi nerviosismo, seguí sin soltar el revólver que llevaba en la mano derecha y en la izquierda llevaba la maleta y la linterna. En realidad, no sé por qué tomé tales precauciones, pues simplemente me dirigía a despertar a la única persona a excepción de mí mismo que se hallaba en aquella casa.

Mientras bajaba medio de puntillas los crujientes escalones que llevaban al vestíbulo de entrada, pude oír con mayor nitidez que alguien dormía por los ruidos que salían de la habitación que había a mi izquierda: el cuarto de estar en el que no había entrado. A mi derecha se abría la densa oscuridad del estudio en que había oído las voces. Abrí la puerta sin cerrar la del cuarto de estar y dirigí la luz de la linterna hacia el lugar de donde venían los ronquidos, dirigiéndola finalmente a la cara de quien se encontraba allí durmiendo. Pero al instante aparté la luz de aquel rincón e inicié una sigilosa retirada hacia el vestíbulo. Esta vez mi precaución tenía un fundamento racional a la vez que instintivo: quien dormía en el sofá no era ni mucho menos Akeley, sino el que fuera mi guía, Noyes.

No tenía ni idea de lo que realmente pasaba allí, pero el sentido común me dijo que lo más prudente era averiguar cuanto fuese posible antes de despertar a nadie. De vuelta en el vestíbulo, eché silenciosamente el cerrojo de la puerta del cuarto de estar detrás de mí, con lo que se vieron muy reducidas las posibilidades de que Noyes se despertara. Con suma precaución entré seguidamente en el oscuro estudio, donde esperaba encontrar a Akeley, ya fuese dormido o despierto, en la butaca del rincón en que solía descansar. Según avanzaba, el haz de mi linterna se posó en la gran mesa, iluminando uno de los diabólicos cilindros conectado a las máquinas visual y auditiva, a cuyo lado había una máquina parlante, lista para ser conectada en cualquier momento. Me imaginé que debía tratarse del cerebro envasado al que había oído hablar durante la horripilante alocución que hube de aguantar. Incluso se me pasó por la cabeza el perverso impulso de conectarlo a la máquina parlante y ver qué decía.

Seguramente advirtió mi presencia, pues aquellos dispositivos visuales y auditivos no podían dejar de detectar el haz de luz de la linterna ni el débil crujir del suelo bajo mis pies. Pero, finalmente, no me atreví a tocarlo. De pasada, vi que se trataba del nuevo y reluciente cilindro con el nombre de Akeley que había visto encima del estante y que mi anfitrión me rogó que no tocara. Cuando pienso en aquel momento, en parte me arrepiento de mi cobardía por no atreverme a hacer hablar al aparato. ¡Dios sabe qué misterios y espantosas dudas y cuestiones sobre su identidad podría haber despejado! Aunque, después de todo, quizá hice bien en no tocarlo.

De la mesa, dirigí la linterna al rincón donde pensaba que estaría Akeley, pero mi sorpresa fue mayúscula al comprobar que en el butacón no había nadie, ni dormido ni despierto. Por el suelo, junto al asiento, vi el viejo y familiar batín de Akeley y, a su lado, la bufanda amarilla y los grandes vendajes para los pies que tanta extrañeza me causaron. Me quedé en suspenso, haciendo cábalas sobre el paradero de Akeley y por qué se habría desembarazado de repente de sus prendas de enfermo, y entonces me di cuenta de que había desaparecido de la habitación el extraño olor y la vibración que había sentido antes. ¿A qué se debería? ¿Por qué curioso motivo sólo lo había notado cerca de Akeley? Aquellas sensaciones eran más intensas en el rincón donde él estaba sentado, e inexistentes fuera del estudio o de las inmediaciones de su entrada. Me detuve, dejando vagar al haz de la linterna por el estudio a oscuras y devanándome los sesos por tratar de encontrar una explicación ante el nuevo cariz que tomaba el asunto.

¡Ojalá hubiera salido sigilosamente de aquel lugar antes de dejar que la luz de la linterna volviera a recaer sobre el sillón vacío! Por lo que se ve, no obré con excesiva cautela al salir, pues solté una ahogada exclamación que debió sobresaltar, aunque no despertar del todo, al centinela que dormía al otro lado del vestíbulo. Aquel grito, y los ronquidos aún no interrumpidos de Noyes, fueron los últimos sonidos que oí en aquella tenebrosa granja al pie de la oscura y frondosa cima de la montaña encantada ¡todo un foco de horror transcósmico entre las desoladas montañas verdes y los maldicientes arroyos de aquella espectral campiña!

No me explico cómo hice para, en mi precipitada salida, no dejar caer la linterna, la maleta y el revólver, pero lo cierto es que no perdí nada. Conseguí salir de la habitación y de la casa sin hacer más ruidos, llegué con mis pertenencias hasta el viejo Ford que se encontraba en el cobertizo y puse en marcha aquel vejestorio para emprender una loca huida en busca de algún lugar seguro a través de la noche oscura y sin luna. Lo que siguió fue una escena de delirio digna de la pluma de Poe o Rimbaud[12] o del lápiz de un Doré, pero finalmente llegué a Townshend. Eso es todo. Si aún estoy en mi sano juicio, puedo considerarme afortunado. A veces recelo ante lo que nos depara el futuro, sobre todo ahora que tan sorprendentemente ha sido descubierto el nuevo planeta Plutón.

Como he dicho, después de recorrer toda la habitación dejé que la luz de la linterna se posara en el vacío butacón. Por vez primera, advertí la presencia sobre el asiento de varios objetos que apenas dejaban ver los pliegues sueltos del batín. Eran tres objetos, en total, que los investigadores no encontraron en su posterior visita a la granja. Como dije al principio, no tenían nada de horroroso en apariencia. El problema radicaba en lo que dejaban intuir. Incluso ahora hay momentos en que me asaltan dudas... Momentos en los que casi llego a aceptar el escepticismo de quienes atribuyen aquella irrepetible experiencia al sueño, a los nervios o a un simple engaño.

Se trataba de tres dispositivos endiabladamente sofisticados, que iban provistos de unas ingeniosas pinzas metálicas, que se conectaban a articulaciones orgánicas de las que, francamente, prefiero no hacer conjetura alguna. Espero, lo espero con toda mi alma, que se tratara simplemente de las obras en cera de un escultor magistral, no obstante, lo que mis más recónditos temores me inducen a pensar... ¡Dios mío! ¡Aquel susurrador en la oscuridad con su enfermizo olor y sus vibraciones! Brujo, emisario, portavoz del averno, ser ajeno a este mundo... aquel espantoso y amortiguado susurro... y todo el

---

[12]   ARTHUR RIMBAUD (1854-1891) poeta maldito francés, perteneciente al movimiento simbolista. *(N. del T.)*

tiempo en aquel cilindro nuevo y reluciente del estante... pobre hombre... «Prodigiosa destreza quirúrgica, biológica, química, mecánica...».

Lo que había encima del butacón, perfectos en apariencia hasta
el menor y más inimaginable detalle, eran la cara y las manos de
Henry Wentworth Akeley.

EN LAS MONTAÑAS DE LA LOCURA

CAPÍTULO PRIMERO

Me veo en la obligación de hablar, ya que ignoro por qué los hombres de ciencia se niegan a seguir mi consejo. Explico, totalmente en contra de mi voluntad, las razones por las que me opongo a esta invasión de la Antártida —con su extensa búsqueda de fósiles y su minuciosa perforación y fundición del antiguo casquete glacial— y mi reticencia es aún mayor porque es posible que no sirva de nada. Es inevitable que los hechos, tal como debo revelarlos, susciten dudas, pero si suprimiera todo lo que parece extravagante o increíble no quedaría nada. Las fotografías guardadas hasta ahora, tanto las aéreas como las normales, hablarán en mi favor, pues son tremendamente gráficas y elocuentes. Aun así, habrá quien las cuestione por los extremos a que puede llegar una hábil falsificación. Los dibujos hechos a tinta se considerarán, con toda seguridad, claras imposturas, pese a estar hechos con una técnica que despertaría la extrañeza a expertos en arte.

En último extremo tendré que confiar en el razonamiento y el prestigio de los pocos científicos que disponen, por un lado, de independencia suficiente para sopesar mis datos por sus horribles y convincentes méritos o a la luz de ciertos mitos primordiales y ciertamente desconcertantes y, por el otro, de suficiente influencia para disuadir a los exploradores en general de llevar a cabo cualquier programa apresurado y ambicioso en la región de esas montañas de la locura. Es una pena que hombres relativamente desconocidos como yo, vinculados a una universidad pequeña, tengamos tan pocas posibilidades de influir en asuntos de naturaleza tan desquiciada y controvertida.

No ser, en sentido estricto, especialistas en las disciplinas directamente involucradas también es un factor en nuestra contra. Como geólogo, dirigí la expedición de la Universidad Miskatonic con el único objetivo de obtener muestras de roca y del subsuelo de diversos lugares del continente antártico, ayudado por el notable taladro diseñado por el profesor Frank H. Pabodie, de nuestro departamento de ingeniería. No pretendía ser pionero en otro campo que este, pero tenía la esperanza de que el uso de este nuevo artilugio mecánico en distintos puntos a lo largo de caminos ya explorados sacase a la luz materiales de un tipo nunca visto hasta el momento con los métodos de extracción habituales. La máquina perforadora de Pabodie, como se sabe ya por nuestros informes, era única e innovadora por su poco peso, su facilidad de transporte y su capacidad de combinar el principio de las perforadoras artesianas normales con el de los pequeños taladros de roca circulares para atravesar con facilidad estratos de diversa dureza. La barrena de acero, las barras articuladas, el motor de gasolina, la torre desmontable de perforación, el material de dinamitado, las cuerdas, la pala para recoger la escoria, las sondas de doce centímetros de diámetro y hasta trescientos metros de profundidad y todos los accesorios necesarios podían trasladarse en tres trineos de siete perros gracias a la ingeniosa aleación de aluminio con que estaban fabricadas casi todas las partes metálicas. Cuatro grandes aeroplanos Dornier, diseñados especialmente para las enormes altitudes de vuelo necesarias en la meseta antártica y dotados de sistemas de arranque rápido y para calentar el combustible ideados por Pabodie, podían transportar a toda la expedición desde una base en el borde de la gran barrera de hielo hasta diversos puntos del interior, y desde allí utilizaríamos los perros que fuesen necesarios.

El plan era cubrir un área tan extensa como nos lo permitiera una estación antártica completa —o más tiempo, en caso de que fuese absolutamente necesario—, e íbamos a operar sobre todo en las cadenas montañosas y la meseta que hay al sur del mar de Ross, regiones exploradas en diversos grados por Shackleton, Amundsen, Scott y Byrd. El uso del aeroplano para los traslados desde nuestro campamento nos permitiría cubrir distancias lo bastante grandes como para que fuesen geológicamente significativas, por lo que esperábamos extraer una cantidad de material sin precedentes, sobre todo en los estratos precámbricos de los que no se habían obtenido hasta entonces más que unas pocas muestras. También deseábamos obtener la mayor variedad posible de las rocas fosilíferas superiores, pues los ciclos biológicos primigenios en esta desolada región de hielo y muerte son de gran importancia para nuestro conocimiento del pasado de la Tierra. Es bien sabido que el continente antártico fue una vez templado, incluso tropical, con una abundancia de vida animal y vegetal de las que los líquenes, la fauna marina, los arácnidos y los pingüinos de la parte norte son los únicos supervivientes, y esperábamos aumentar la variedad, precisión y detalle de dicha información. Cuando una sonda revelase indicios fosilíferos, aumentaríamos la abertura mediante voladuras para conseguir especímenes de tamaño adecuado y en buen estado de conservación.

Las perforaciones, a diversas profundidades según los indicios proporcionados por la capa exterior de roca, se limitarían a superficies de tierra que estuviesen al aire o casi al aire, inevitablemente situadas en cimas o laderas de montaña, para evitar la capa de hielo sólido de uno a dos kilómetros y medio de espesor que cubre las zonas bajas. No queríamos perder profundidad de perforación por culpa del hielo, aunque Pabodie había ideado un plan para introducir electrodos de cobre en las barrenas y fundir áreas limitadas con la corriente suministrada por una dinamo accionada por un motor de gasolina. Con este mismo plan —que nuestra expedición sólo pudo poner en práctica experimentalmente— se propone llevar a cabo la inminente expedición Starkweather-Moore, a pesar de las advertencias que he publicado desde que regresamos de la Antártida.

La gente conoce los detalles de la expedición Miskatonic por las frecuentes crónicas que enviamos por radio al Arkham Advertiser y a la Associated Press, y por los artículos que publicamos después Pabodie y yo. Estaba integrada por cuatro miembros de la universidad: Pabodie; Lake, del departamento de biología; Atwood, del departamento de física (también meteorólogo), y yo, que iba en representación del departamento de geología y que, en teoría, estaba al mando. Además, había dieciséis ayudantes: siete graduados de Miskatonik y nueve expertos mecánicos. De los dieciséis, doce eran pilotos titulados de aeroplano y todos menos dos eran excelentes operadores de radio. Ocho sabían navegar con brújula y sextante, igual que Pabodie, Atwood y yo. Y, por supuesto, nuestros barcos, dos antiguos balleneros con casco de madera reforzada para las condiciones polares y un sistema de vapor auxiliar, y sus tripulaciones completas. La Fundación Nathaniel Derby Pickman financió la expedición, ayudada por algunas contribuciones particulares. Los preparativos fueron extremadamente minuciosos, pese a la ausencia de publicidad. Los perros, los trineos, las máquinas, el material del campamento y las piezas sin montar de los cinco aeroplanos se entregaron en Boston, donde se cargaron en los barcos. Íbamos muy bien equipados para nuestro propósito, y en todo lo relativo a los suministros, el transporte y la instalación del campamento seguimos el excelente ejemplo de nuestros muchos y brillantes predecesores. Fue precisamente la fama mundial de quienes nos precedieron, el principal motivo de que nuestra expedición, por grande que fuese, pasara desapercibida para casi todo el mundo.

Como publicó la prensa, zarpamos del puerto de Boston el 2 de septiembre de 1930 y seguimos la costa con rumbo sur hacia el canal de Panamá. Hicimos escala en Samoa y en Hobart (Tasmania), donde cargamos los últimos suministros. Ninguno de los exploradores había estado nunca en regiones polares, por lo que confiamos en los capitanes de los barcos —J. B. Douglas, al mando del bergantín *Arkham* y jefe de la flotilla, y Georg Thorfinnssen, al mando del bricbarca *Miskatonic*—, ambos balleneros veteranos en las aguas antárticas. A medida que el mundo habitado iba quedando atrás, el sol iba quedando más bajo en el norte y tardaba más en ocultarse tras el horizonte. A unos 62° de latitud sur avistamos los primeros icebergs, plataformas de hielo de paredes verticales, y justo antes de llegar al Círculo Antártico, que atravesamos el 20 de octubre con la oportuna celebración, tuvimos dificultades con los bancos de hielo. Mi estado de ánimo notó el brusco descenso de las temperaturas, sobre todo después de nuestro largo viaje por los trópicos, pero procuré hacer acopio de moral para afrontar fríos más rigurosos. En muchas ocasiones me fascinaron los extraños fenómenos atmosféricos, sobre todo un espejismo sorprendentemente vívido —el primero que había visto— en el que los lejanos icebergs se convirtieron en las almenas de unos castillos cósmicos inimaginables.

Abriéndonos paso por el hielo, que por fortuna ni era de gran espesor ni estaba demasiado cerrado, llegamos a aguas abiertas a 67° de latitud sur y 175° de longitud este. La mañana del 26 de octubre divisamos al sur un «atisbo de tierra», y antes de mediodía nos embargó la emoción al contemplar una vasta cadena montañosa, alta y cubierta de nieve que se extendía hasta donde alcanzaba la vista. Por fin, habíamos encontrado un indicio del gran continente desconocido y su misterioso mundo de muerte helada. Aquellos picos eran sin duda la cordillera Admiralty descubierta por Ross[13], y ahora tendríamos que doblar el cabo Adare y bajar costeando por Tierra Victoria hasta el lugar donde habíamos planeado instalar la base en la orilla del estrecho de McMurdo, al pie del volcán Erebus, a 77° 9' de latitud sur.

La última etapa de la travesía fue intensa, un acicate para la imaginación, con los grandes y misteriosos picos pelados que surgían constantemente por el oeste mientras el sol de mediodía, por el norte, o el aún más bajo sol de medianoche, por el sur, rozaba el horizonte y derramaba sus rayos rojizos y brumosos sobre la nieve blanca, el hielo azulado, los cursos de agua y las negras áreas graníticas que quedaban al descubierto en las laderas. Entre las cumbres desoladas soplaba a rachas intermitentes el terrible viento antártico; sus cadencias a veces me recordaban un vago silbido musical y casi sensitivo, cuyas notas abarcaban un registro muy amplio, y que por alguna razón mnemónica subconsciente me pareció inquietante e incluso vagamente amenazador. Aquellas escenas me recordaron los extraños y turbadores cuadros asiáticos de Nikolái Roerich[14], y las aún más extrañas y turbadoras descripciones de la maligna y fabulosa meseta de Leng que aparecen en el temido *Necronomicón* del árabe loco Abdul Alhazred. Luego tuve ocasión de lamentar haber hojeado aquel libro monstruoso en la biblioteca de la facultad.

Dejamos atrás la isla de Franklin, tras haber perdido de vista temporalmente la cordillera occidental, el 7 de noviembre, pero al día siguiente pudimos divisar las cimas de los montes Erebus y Terror en la isla de Ross, con la larga línea de las montañas de Parry al fondo. Ahora se extendía hacia el este la larga y blanca línea de la gran barrera de hielo, que se alzaba verticalmente hasta una altura de treinta y cinco metros como los acantilados rocosos de Quebec y señalaba el final de la navegación hacia el sur. Por la tarde cruzamos el estrecho

---

[13] JAMES ROSS (Londres, 1800-Aylesbury, Reino Unido, 1862) fue el primer explorador de la Antártida. Llegó a lo que ahora, en su honor, se llama la isla de Ross en 1841 (en el mar de Ross) donde se encuentran los volcanes Erebus y Terror, que deben sus nombres a los barcos de la expedición. *(N. del T.)*

[14] NIKOLAI ROERICH (San Petersburgo, Rusia, 1874-Himachal Pradesh, India, 1947) fue pintor, escritor, filósofo y aventurero ruso cuyos cuadros de paisajes del Himalaya inspiran a Lovecraft para la descripción de la misteriosa cordillera de *Las montañas de la locura*. *(N. del T.)*

de McMurdo y fondeamos frente a la costa, a sotavento del humeante monte Erebus. El pico cubierto de escoria se alzaba tres mil ochocientos metros contra el cielo por el este, como una estampa japonesa del sagrado Fujiyama, mientras detrás se elevaba el blanco y fantasmal monte Terror, de tres mil trescientos metros de altura y ahora durmiente. Bocanadas de humo brotaban del Erebus de manera intermitente, y uno de los ayudantes graduados —un joven brillante llamado Danforth— nos mostró la lava en la ladera cubierta de nieve, al tiempo que observaba que esa montaña, descubierta en 1840[15], sin duda había inspirado a Poe cuando siete años más tarde escribió:

... las lavas que inquietas vierten
sus torrentes sulfurosos por el Yaanek
en los extremos climas del Polo,
y gimen mientras ruedan por el monte Yaanek
en los reinos del polo boreal.

Danforth era un gran lector de libros raros y nos había hablado mucho de Poe, en quien yo mismo estaba interesado por la escena antártica de su único relato largo, el turbador y enigmático *Las aventuras de Arthur Gordon Pym*[16]. En las desoladas orillas y en la alta barrera de hielo del fondo, miles de grotescos pingüinos graznaban y movían las aletas, y en el agua se veían numerosas focas nadando o tumbadas en los grandes témpanos que el agua arrastraba lentamente.

En la madrugada del día 9 de noviembre, pasada la medianoche, atracamos no sin dificultad en la isla de Ross. Desembarcamos a bordo de los botes más pequeños, tendimos un cabo desde cada barco y descargamos todos los materiales con ayuda de un arnés. A pesar de que las expediciones de Scott y Shackleton nos habían precedido en ese mismo lugar, nuestras sensaciones al pisar por primera vez suelo

---

[15] A pesar de que Lovecraft dice que el Erebus fue descubierto en 1840, lo cierto es que fue el 27 de enero de 1841. *(N. del T.)*

[16] EDGAR ALLAN POE (Boston, 1809-Baltimore, 1849) famosísimo escritor romántico estadounidense, maestro del relato corto y del terror, referente ineludible de H.P. Lovecraft, como se verá más adelante. Entre sus obras, además de *Los cuentos de la calle de la Morgue* o el famoso poema narrativo *El cuervo,* su única novela larga es *Las aventuras de Arthur Gordon Pym,* en la que se cuenta la historia de un polizón embarcado en un ballenero que, después de muchas tribulaciones, llega a la Antártida. *(N. del T.)*

antártico fueron conmovedoras y complejas. Nuestro campamento en la orilla helada, al pie de la falda del volcán, era sólo provisional: el cuartel general seguiría estando a bordo del *Arkham*. Desembarcamos el material de perforación, a los perros, los trineos, las tiendas, las provisiones, los tanques de gasolina, el dispositivo experimental para fundir el hielo, las cámaras tanto aéreas como ordinarias, las piezas de los aeroplanos y los demás accesorios, entre ellos tres emisores portátiles de radio (aparte de los de los aviones) capaces de comunicar con el receptor del *Arkham* desde cualquier lugar del continente antártico. La emisora del *Arkham,* en contacto con el mundo exterior, podría enviar nuestros informes a la potente estación que el Arkham Advertiser tenía en Kingsport Head, Massachusetts. Confiábamos en completar nuestra labor durante el verano antártico; pero, en caso contrario, invernaríamos en el *Arkham* y enviaríamos al norte al *Miskatonic* a por suministros, antes de que los barcos quedasen atrapados por el hielo. No vale la pena repetir lo que ya han publicado los periódicos sobre nuestros primeros pasos: el ascenso al monte Erebus; las exitosas perforaciones minerales en diversos puntos de la isla de Ross y la singular rapidez con que las llevó a cabo el aparato de Pabodie, incluso a través de estratos de roca sólida; las pruebas experimentales con el dispositivo para fundir el hielo; el peligroso ascenso de la gran barrera de hielo con los trineos y los pertrechos, y el montaje de los cinco enormes aeroplanos en el campamento que instalamos en lo alto de la barrera. La salud del equipo de tierra —veinte hombres y cincuenta y cinco perros de trineo de Alaska— era notable, aunque por supuesto hasta el momento no nos habíamos enfrentado con temperaturas ni ventiscas verdaderamente terribles. La mayor parte del tiempo el termómetro oscilaba entre cero y tres o seis grados bajo cero y nuestra experiencia con el invierno de Nueva Inglaterra nos tenía acostumbrados a rigores parecidos. Sobre la barrera instalamos un campamento semipermanente, destinado a almacén de combustible, provisiones, dinamita y demás material. Sólo hacían falta cuatro aviones para trasladar el material de exploración, el quinto se quedaría en el almacén con un piloto y dos tripulantes de los barcos, para que los del *Arkham* pudieran llegar a donde nos hallásemos en caso de que los demás aviones quedaran inutilizados. Después, cuando no estuviésemos utilizándolos para trasladar el equipo, emplearíamos sólo uno o dos para ir y venir entre el almacén y otra base permanente instalada en la gran meseta, alrededor de un kilómetro en dirección sur, más allá del glaciar de Beardmore. En interés del ahorro y la eficacia, a pesar de los relatos casi unánimes sobre la fuerza de los vientos y tempestades que azotan la meseta, decidimos no instalar bases intermedias.

Las crónicas que enviamos detallan el agotador vuelo de cuatro horas sin escalas que hizo nuestra escuadrilla el 21 de noviembre por encima de la alta plataforma de hielo, entre los gigantescos picos que se alzaban al oeste y el inexplorado silencio que nos devolvía el eco de los motores. El viento sólo nos molestó un poco y la brújula nos ayudó a atravesar el único denso banco de niebla que encontramos. Cuando avistamos una enorme elevación entre los 83° y los 84° de latitud, supimos que habíamos llegado al glaciar Beardmore, el mayor valle glaciar del mundo, y que el mar helado daba paso a una costa montañosa. Por fin nos estábamos adentrando en el mundo blanco del extremo sur, muerto desde hacía eones, y antes de darnos cuenta divisamos el pico del monte Nansen, que se alzaba a lo lejos por el este hasta una altura de casi cuatro mil quinientos metros.

Son ya historia el éxito de la instalación de la base sur sobre el glaciar, a 86° 7' de latitud y 174° 23' de longitud este, y las rápidas y eficaces perforaciones y voladuras llevadas a cabo en diversos sitios a los que accedimos en trineo y aeroplano; igual que el ascenso arduo y triunfal al monte Nansen, llevado a cabo por Pabodie y dos estudiantes graduados —Gedney y Carroll— entre los días 13 y 15 de diciembre. Estábamos a dos mil quinientos metros por encima del nivel del mar, y cuando los sondeos revelaron terreno sólido a sólo cuatro metros por debajo de la nieve y el hielo en ciertos puntos, utilizamos el dispositivo para fundir el hielo, colocamos cargas y volamos con dinamita algunos sitios donde ningún explorador había hollado jamás. Los granitos precámbricos y las areniscas de los cerros obtenidas de ese modo confirmaron nuestra teoría de que la meseta era similar a la gran masa del continente que había al oeste, pero ligeramente distinta de las partes que quedaban al este, al sur de Sudamérica, que entonces pensábamos que formaban parte de un continente separado y más pequeño dividido del otro por la franja helada de los mares de Ross y de Weddell, aunque Byrd[17] ha demostrado posteriormente que nuestra hipótesis era falsa.

En algunas de las areniscas dinamitadas y extraídas después de que la perforación revelase su naturaleza hallamos varios fragmentos fósiles muy interesantes, sobre todo helechos, algas, trilobites, crinoideos y moluscos como língulas y gasterópodos, de enorme importancia para arrojar luz sobre la historia primigenia de la región. También encontramos una extraña marca triangular y estriada de unos treinta centímetros de diámetro por la parte más ancha, que Lake reconstruyó a partir de tres fragmentos de pizarra obtenidos con la voladura más profunda. Dichos fragmentos procedían de una punta al oeste, cerca de la cordillera de la Reina Alexandra. Como biólogo, Lake lo consideró extrañamente interesantes y desconcertantes, aunque desde mi punto de vista de geólogo no se diferenciaban de los rizados que dejan las olas y que aparecen con relativa frecuencia en las rocas sedimentarias. Dado que la pizarra es sólo una formación metamórfica en la que se ha incrustado un estrato sedimentario, y puesto que la presión produce peculiares efectos distorsionadores en todos los restos que puedan hallarse en ella, no vi motivos para intrigarse tanto por la depresión estriada.

El 6 de enero de 1931, Lake, Pabodie, Danforth, los seis estudiantes, cuatro mecánicos y yo sobrevolamos el Polo Sur en dos de los aeroplanos y tuvimos que aterrizar bruscamente por un viento repentino que, por suerte, no se convirtió en la típica tormenta. Fue, como han explicado todos los periódicos, uno de los muchos vuelos de reconocimiento, en los que intentamos discernir rasgos topográficos en áreas inexploradas. Nuestros primeros vuelos resultaron decepcionantes, aunque nos proporcionaron algunos ejemplos magníficos de los fantásticos y engañosos espejismos de las regiones polares, que habíamos tenido ocasión de disfrutar brevemente durante la travesía hasta allí. Las montañas flotaban en el cielo a lo lejos como ciudades encantadas, y a menudo todo aquel mundo blanco se disolvía en una

---

[17] RICHARD BYRD Jr. (Winchester, Virginia, 1888-Boston, Massachusetts, 1957) explorador norteamericano de la Antártida, cuyos vuelos por encima del continente helado fueron esenciales para su conocimiento geográfico. *(N. del T.)*

tierra dorada, plateada y escarlata de sueños dunsanianos[18] y expectativas aventureras, bajo la magia del sol de medianoche. Los días nublados teníamos considerables dificultades para volar, pues la tierra nevada y el cielo se fundían en un extraño vacío opalescente en el que ningún horizonte visible parecía señalar la unión de ambos.

Al final, decidimos poner en práctica nuestro plan original de volar mil cien kilómetros al este con los cuatro aeroplanos y establecer una nueva base en un lugar que probablemente se hallaría en lo que habíamos tomado erróneamente por la división continental más pequeña. De ese modo podríamos obtener muestras geológicas para establecer comparaciones. Nuestra salud seguía siendo excelente; el zumo de lima compensaba las carencias de la monótona dieta a base de comida salada y de lata, y las temperaturas, por lo general por encima de cero, nos permitían pasar sin las pieles más gruesas. Estábamos a mitad de verano polar y, si nos dábamos prisa e íbamos con cuidado, podríamos concluir el trabajo en marzo y no tener que pasar el tedioso invierno de la larga noche antártica. Varias ventiscas violentas nos habían azotado desde el oeste, pero no habíamos sufrido grandes daños gracias a la habilidad de Atwood para diseñar rudimentarios cobertizos y cortavientos para los aeroplanos con pesados bloques de hielo y reforzar el campamento principal con nieve. Nuestra buena suerte y nuestra eficacia resultaron de hecho casi extraordinarias.

El mundo exterior sabía, claro, de nuestro programa, y supo también de la extraña y obstinada insistencia de Lake en que hiciésemos un viaje de prospección al oeste —o más bien al noroeste— antes de trasladarnos a la nueva base. Al parecer había meditado mucho y con una osadía radical y alarmante sobre la marca estriada hallada en la pizarra, y había detectado en ella ciertas contradicciones en la naturaleza y el período geológico que habían despertado su curiosidad y su interés por hacer nuevos sondeos y voladuras en la formación que se extendía al oeste y de la que procedían los fragmentos desenterrados. Estaba convencido de que la marca era la huella de algún organismo desconocido, voluminoso, radicalmente inclasificable y muy evolucionado, pese a que la roca que la contenía era lo bastante antigua

---

[18]   De Edward John Moreton Plunkett, lord Dunsany, escritor británico-irlandés nacido en Londres, en 1878, y muerto en Dublín en 1957, cuyos relatos fantásticos admiraba Lovecraft y que ejerció una enorme influencia en él. *(N. del T.)*

—cámbrica o incluso precámbrica— para excluir la existencia no sólo de vida superior y evolucionada, sino de cualquier tipo de vida por encima del estadio unicelular o como mucho del de los trilobites. Dichos fragmentos, con la extraña marca, debían de tener entre quinientos y mil millones de años.

CAPÍTULO II

La imaginación popular, en mi opinión, respondió activamente a las crónicas enviadas por radio de la partida de Lake hacia el noroeste por regiones que nunca había pisado el hombre ni siquiera la fantasía humana, y eso a pesar de que no hicimos mención de sus descabelladas esperanzas de revolucionar por completo la biología y la geología. El viaje preliminar y los sondeos realizados entre los días 11 y el 18 de enero con Pabodie y otros cinco hombres —enturbiados por la pérdida de dos perros en un accidente al cruzar una gran arista de presión en el hielo— habían sacado a la luz más pizarras arqueozoicas, algo que incluso a mí me interesó por la singular abundancia de huellas fósiles evidentes en aquel estrato increíblemente arcaico. No obstante, dichas huellas eran de formas de vida muy antiguas que no implicaban una gran paradoja, excepto por el hecho de aparecer en una roca definitivamente precámbrica como parecía ser aquella; por eso me siguió pareciendo poco razonable la insistencia de Lake en que hiciésemos un paréntesis en nuestro ajustado programa, planeado para el ahorro, porque requeriría el uso de los cuatro aeroplanos, un gran número de hombres y todo el instrumental científico de la expedición. Al final no impedí su plan, pero decidí no acompañar a la expedición al noroeste a pesar de sus ruegos de que le ofreciera mi asesoramiento como geólogo. Mientras estuviesen fuera, yo esperaría en la base con Pabodie y otros cinco hombres y dispondría los últimos planes para trasladarnos al este. Uno de los aviones había empezado ya a transportar una considerable reserva de gasolina desde el estrecho de McMurdo, pero eso podía esperar por el momento. Me reservé uno de los trineos y cuatro perros, pues no conviene quedarse sin medios de transporte en un mundo totalmente deshabitado y muerto desde hace eones.

La expedición de Lake a lo desconocido, como todos recordarán, envió sus propios comunicados con las emisoras de onda corta de los aviones; se recibían al mismo tiempo en nuestro receptor en la base sur y en el *Arkham* fondeado en el estrecho de McMurdo, desde donde se emitían al mundo exterior con longitudes de onda de hasta cincuenta metros. La partida tuvo lugar el 22 de enero a las cuatro de la madrugada, y recibimos el primer mensaje por radio apenas dos horas después, cuando Lake decidió aterrizar y empezar a fundir hielo para tomar muestras en un lugar a unos quinientos kilómetros de distancia. Seis horas después, un segundo y excitado mensaje nos informó de su frenética labor, de la inserción de una sonda con dinamita y de la obtención de fragmentos de pizarra con varias marcas parecidas a las que tanto nos habían sorprendido la primera vez.

Tres horas más tarde, se nos anunció en un breve comunicado la reanudación del vuelo a pesar de la inminencia de una fuerte tempestad, y aunque le advertí en un mensaje que no corriese más riesgos, Lake respondió secamente que los nuevos especímenes hallados hacían que valiera la pena correr cualquier riesgo. Comprendí que su emoción lo había llevado al borde del amotinamiento y que no podía hacer nada por impedir una aventura que podía poner en peligro el éxito de toda la expedición; era espantoso pensar que se estaba internando cada vez más en aquella blanca, siniestra y traicionera inmensidad de tempestades y misterios insondables que se extendían unos dos mil kilómetros hasta la costa intuida y desconocida de las tierras de Knox y la Reina María.

Una hora y media después, llegó un mensaje aún más excitado desde el avión de Lake que casi cambió mis sentimientos e hizo que deseara haberle acompañado.

10:05 p.m. En vuelo. Después de la tormenta de nieve, hemos divisado una cadena montañosa mucho más alta que cualquier otra que hayamos visto hasta ahora. Podría igualar al Himalaya si se tiene en cuenta la altura de la meseta. Probable latitud 76° 15', longitud 113° 10' este. Se extiende a izquierda y derecha hasta que se pierde la vista. Nos ha parecido ver dos conos humeantes. Todos los picos son negros y sin nieve. El viento que sopla de ellos impide la navegación.

Después de eso, Pabodie, los hombres y yo nos quedamos sin aliento junto al receptor. Pensar en aquella titánica cadena montañosa a mil kilómetros de distancia inflamó nuestras ansias de aventura, y nos alegró que la hubiese descubierto nuestra expedición, aunque no hubiésemos sido nosotros personalmente. Al cabo de media hora, Lake envió otro comunicado:

El aeroplano de Moulton se ha visto forzado a aterrizar en la meseta al pie de las montañas, sin heridos, y tal vez puedan repararlo. Trasladaremos lo esencial a los otros tres aviones para regresar o seguir adelante en caso necesario, aunque ahora mismo no veo necesario volar con los aviones tan cargados. Las montañas superan lo imaginable. Haré un vuelo de reconocimiento tras vaciar el avión de Carroll. Es imposible concebir nada igual a esto. Los picos más altos deben de alcanzar los diez mil metros. Superan al Everest. Atwood va a calcular la altura con el teodolito mientras Carroll y yo los sobrevolamos. Probablemente me haya equivocado con respecto a los conos, pues las formaciones parecen estratificadas. Extraños efectos en el horizonte: hay secciones de cubos fijas en los picos más altos. Todo es maravilloso bajo la luz dorada y rojiza del sol de medianoche. Es como una tierra misteriosa en un sueño o la entrada a un mundo prohibido de maravillas nunca vistas. Ojalá estuviese usted aquí para estudiarlo.

Teóricamente era la hora de dormir, pero a ninguno se nos pasó por la cabeza acostarnos. Lo mismo debió de ocurrir en el estrecho de McMurdo, donde también estaban recibiendo los mensajes en el almacén de suministros y en el *Arkham,* pues el capitán Douglas llamó por radio dándonos la enhorabuena por el importante descubrimiento y Sherman, el operador de radio del almacén se unió a sus felicitaciones. Por supuesto, lamentamos lo del avión averiado, pero confiamos en que pudiera arreglarse fácilmente. Luego a las once de la noche llegó otro comunicado de Lake:

He sobrevolado con Carroll las estribaciones más altas. No me atrevo a intentarlo en los picos más altos con este tiempo, pero lo haré más tarde. La ascensión es terriblemente difícil a esta altitud, pero vale la pena. Es una cordillera enorme y muy compacta, por lo que resulta imposible vislumbrar lo que hay al otro lado. La mayoría de las cumbres superan al Himalaya y son muy extrañas. Las montañas parecen precámbricas, con claros indicios de otros muchos plegamientos. Me equivoqué respecto a los volcanes. Se extienden en todas las direcciones. Por encima de los seis mil quinientos metros no hay nieve. Extrañas formaciones en las laderas de las montañas más altas. Grandes bloques cuadrados con paredes verticales y líneas rectangulares con contrafuertes verticales, como los antiguos castillos asiáticos que se aferran a las montañas en los cuadros de Roerich. Desde lejos son impresionantes. Volamos cerca de algunos, y a Carroll le pareció ver que están formados por piezas más pequeñas, aunque probablemente sea efecto de la erosión. La mayor parte de las aristas están rotas y redondeadas, como si llevasen millones de años expuestas a las tormentas y a los cambios climáticos. Hay partes, sobre todo las superiores, que parecen de roca un poco más clara que ningún estrato visible en la ladera y cuyo origen debe de ser cristalino. Al hacer pasadas a corta distancia hemos visto numerosas cuevas, algunas extrañamente regulares, cuadradas o semicirculares. Tiene usted que venir a investigarlas. Creo haber visto un contrafuerte cuadrado en lo alto de un pico. La altura parece oscilar entre los nueve mil y los diez mil metros. Ahora estoy a seis mil quinientos con un frío cortante. El viento sopla y silba en los desfiladeros y la entrada de las cuevas, pero hasta el momento el vuelo no reviste peligro.

A partir de ese momento, y durante otra media hora, Lake no cesó de enviar comunicados, y hasta expresó su intención de escalar a pie algunos de los picos. Respondí que me reuniría con él en cuanto pudiese enviar uno de los aviones, y que Pabodie y yo pensaríamos en el mejor modo posible de disponer del combustible, en vista de que la expedición había cambiado de objetivo. Obviamente, las perforaciones de Lake y sus vuelos de exploración requerirían transportar grandes cantidades a una nueva base que se instalaría al pie de las montañas, y era posible que finalmente no pudiéramos llevar a cabo el traslado al este hasta pasado el invierno. Llamé por radio al capitán Douglas y le pedí que descargara todo el material de los barcos y lo enviara al otro lado de la barrera de hielo con el único trineo que teníamos. La prioridad era establecer una ruta directa entre Lake y el estrecho de McMurdo.

Lake nos anunció por radio algo más tarde que había decidido instalar el campamento en el mismo punto donde había aterrizado el avión de Moulton y que las reparaciones avanzaban lentamente. La capa de hielo era muy fina y antes de emprender ninguna expedición de escalada o en trineo, haría algunos sondeos y voladuras en aquel lugar. Habló de la majestuosidad imponente del paisaje y de la extrañeza de sus sensaciones al hallarse al abrigo de unos pináculos silenciosos que se alzaban hasta el cielo como un muro situado en el fin del mundo. Las observaciones de Atwood con el teodolito habían establecido la altura de los cinco picos más altos entre los nueve mil y los diez mil metros. El aspecto del terreno que parecía batido por el viento inquietaba mucho a Lake, pues revelaba la existencia ocasional de tempestades prodigiosamente violentas que superaban con mucho a cualquiera otra de las que habíamos sufrido hasta la fecha. Su campamento estaba a poco más de siete kilómetros del lugar donde se elevaban bruscamente las estribaciones más altas. De forma subconsciente percibí cierta alarma silenciosa en sus palabras —enviadas a través de un vacío helado de más de mil kilómetros— cuando me apresuró a que termináramos cuanto antes los preparativos para explorar la nueva y desconocida región y regresar lo antes posible. Después, dijo que se disponía a descansar, tras un día de trabajo intenso, con prisas, tensiones y resultados casi sin precedentes.

Por la mañana tuve una conversación por radio con Lake y el capitán, cada cual en su base lejana, y acordamos que uno de los aviones de Lake volvería a recogernos a Pabodie, los cinco hombres y a mí, junto con todo el combustible que pudiera transportar. La cuestión de qué haríamos con el resto del combustible quedaría en suspenso unos días hasta que tomáramos una decisión sobre el viaje al este, pues de momento Lake tendría suficiente para las perforaciones y para calentar el campamento. Con el tiempo habría que reabastecer la vieja base sur, pero si posponíamos el traslado al este no la utilizaríamos hasta el verano siguiente, y entretanto Lake enviaría un avión a explorar una ruta directa entre las nuevas montañas y el estrecho de McMurdo.

Pabodie y yo nos dispusimos a cerrar nuestra base por un período que no sabíamos si iba a ser corto o largo. Si pasábamos el invierno en la Antártida, probablemente volaríamos directamente desde la base de Lake hasta el *Arkham* sin volver a aquel lugar. Ya habíamos reforzado algunas de nuestras tiendas cónicas con bloques de nieve endurecida y decidimos completar la tarea y convertir el campamento en un poblado esquimal permanente. Gracias a que habíamos llevado muchas tiendas, Lake tenía consigo todo lo que necesitaría la base, incluso después de nuestra llegada. Le envié por radio un mensaje diciendo que Pabodie y yo estaríamos listos para viajar al noroeste tras un día de trabajo y una noche de descanso.

No obstante, a partir de las cuatro de la tarde no pudimos trabajar de manera continuada porque más o menos a esa hora Lake empezó a enviar mensajes de lo más extraordinarios y emocionantes. El día había empezado mal, pues un vuelo de reconocimiento sobre la superficie de las rocas más cercanas había mostrado una ausencia total de aquellos estratos arcaicos y primordiales que estaba buscando, y que tanto abundaban en los picos colosales que se alzaban a una tentadora distancia del campamento. La mayor parte de las rocas que había visto eran aparentemente areniscas jurásicas y comanchienses y esquistos del Pérmico y el Triásico, con esporádicos afloramientos de color negro brillante que recordaban a un carbón duro y pizarroso. Eso desanimó bastante a Lake, que había contado con desenterrar especímenes de más de quinientos millones de años de antigüedad. Estaba convencido de que, para encontrar la veta de pizarras arqueozoicas donde había hallado las extrañas marcas, tendría que hacer un largo viaje en trineo por las montañas hasta las empinadas laderas de esas cumbres gigantescas.

Había decidido hacer algunos sondeos en los alrededores como parte del programa general de la expedición, motivo por el cual montó el taladro y puso a trabajar a cinco hombres con él mientras los demás terminaban de instalar el campamento y reparaban el aeroplano averiado. Había escogido la roca visible más blanda —una arenisca situada a medio kilómetro del campamento— para tomar muestras, y el taladro hizo excelentes progresos sin necesidad de muchas voladuras. Sólo tres horas después, tras la primera explosión de importancia, se oyeron los gritos del equipo de perforación y el joven Gedney, que desempeñaba la función de capataz, llegó corriendo al campamento con la sorprendente noticia.

Habían llegado a una cueva. Tras los primeros sondeos, la arenisca había dado paso a una vena caliza comanchiense llena de diminutos fósiles de cefalópodos, corales, equinoideos y espirífero, con indicios ocasionales de esponjas silíceas y huesos de vertebrados marinos, probablemente de teleósteos, tiburones y ganoideos. Eso ya tenía suficiente importancia de por sí, pues eran los primeros fósiles de vertebrados hallados por la expedición, pero cuando poco después la barrena del taladro atravesó el estrato y llegó a una especie de vacío, una nueva oleada de emoción recorrió a los excavadores. Una de las voladuras había puesto al descubierto el secreto subterráneo, y ahora, a través de la mellada abertura de un metro y medio de ancho y un metro de largo, se abría ante los ávidos investigadores una cavidad caliza poco profunda formada hacía más de cincuenta millones de años por el goteo de las aguas superficiales de un mundo tropical desaparecido.

La cavidad a la que habían llegado no tenía más de dos o dos metros y medio de profundidad, pero se extendía indefinidamente en todas las direcciones y una leve corriente de aire parecía indicar que formaba parte de un extenso sistema subterráneo. El techo y el suelo estaban cubiertos de grandes estalactitas y estalagmitas, algunas de las cuales se juntaban para formar columnas, pero lo más importante era el enorme depósito de conchas y huesos que en algunos sitios casi llegaban a tapar la cueva. Arrastrados desde desconocidas selvas de hongos y helechos mesozoicos arborescentes, y de bosques de cicas terciarias, palmeras y primitivas angiospermas, aquella mezcla de huesos contenía restos de más especies animales cretáceas, eocenas y de otros períodos geológicos de los que habría podido clasificar o identificar en un año el mejor de los paleontólogos. Moluscos, caparazones de crustáceos, peces, anfibios, reptiles, pájaros y mamíferos primitivos grandes y pequeños, conocidos y desconocidos. No es de extrañar que Gedney corriera al campamento dando gritos, ni que todos dejaran lo que estaban haciendo y corrieran desafiando el cortante frío hacia el lugar donde la torre de perforación señalaba un nuevo acceso al interior de la tierra y a eones desaparecidos.

Una vez saciada la primera ansia de curiosidad, Lake garabateó un mensaje en su cuaderno y mandó al joven Moulton al campamento a transmitirlo por radio. Fue la primera noticia que tuve del descubrimiento y hablaba de la identificación de conchas primitivas, huesos de ganoideos y placodermos, restos de laberintodontes y tecodontes, grandes fragmentos de cráneo de mosasaurios, vértebras y placas de dinosaurios, dientes y huesos de alas de pterodáctilos, excrementos de arqueoptérix, dientes de tiburón del Mioceno, cráneos de pájaros primitivos y cráneos, vértebras y otros huesos de mamíferos arcaicos como paleoterios, xifodontes, dinoceros, Eohippus, oreodontes y titanoterios. No hallaron restos de fauna más reciente como mastodontes, elefantes, camellos, ciervos o bóvidos, por lo que Lake concluyó que los últimos depósitos se habían producido durante el Oligoceno, y que la cueva llevaba en ese estado muerto e inaccesible al menos treinta millones de años.

Por otro lado, la abundancia de formas de vida primitivas era muy singular. Aunque la formación caliza era, tal como demostraba la presencia de fósiles de ventriculites incrustados, clara e inconfundiblemente comanchiense, y no anterior, los fragmentos sueltos de la cavidad incluían una sorprendente proporción de organismos hasta entonces considerados característicos de períodos mucho más antiguos, entre ellos peces rudimentarios, moluscos y corales de períodos tan remotos como el Silúrico y el Ordovícico. La deducción inevitable era que en esa región del mundo se había producido una continuidad excepcional entre la vida de hace más de trescientos millones de años y la de hace sólo treinta millones de años. Hasta qué punto esa continuidad se había prolongado más allá del Oligoceno, cuando se cerró la cueva, era pura especulación. En cualquier caso, la llegada de la terrible glaciación del Pleistoceno, hacía unos quinientos mil años —como quien dice ayer, si se compara con la edad de la cueva—, debió de poner fin a todas las formas primitivas que se las habían arreglado para sobrevivir más allá de su época.

Pero Lake no se conformó con su primer mensaje, sino que escribió otro comunicado y lo envió a través de la nieve al campamento antes de que regresara Moulton. A partir de ese momento, Moulton se quedó en la radio de uno de los aviones y se dedicó a transmitirnos —a mí y al *Arkham* para informar al mundo exterior— los frecuentes mensajes que Lake le fue enviando con una sucesión de mensajeros. Quienes siguieran los periódicos recordarán la expectación que despertó entre los científicos aquella serie de noticias, que han llevado finalmente, después de todos estos años, a la organización de la Expedición Starkweather-Moore que tanto interés tengo en desalentar. Vale más transcribir los mensajes literalmente, tal como los envió Lake y como los transcribió McTighe, el operador de radio a partir de sus anotaciones taquigráficas.

Fowler ha hecho un descubrimiento de crucial importancia en fragmentos de arenisca y caliza procedentes de las voladuras. Varias huellas triangulares estriadas como las de las pizarras arqueozoicas que demuestran que la fuente sobrevivió desde hace más de seiscientos millones de años hasta el Comanchiense sin apenas sufrir cambios morfológicos ni disminuir su tamaño medio. Las huellas comanchienses son, en todo caso, más primitivas o decadentes que las más antiguas. Conviene subrayar la importancia del descubrimiento en la prensa. Supondrá para la biología lo que Einstein ha sido para las matemáticas y la física. Coincide con mis investigaciones previas y amplía mis conclusiones. Parece indicar, como yo sospechaba, que en la Tierra hubo un ciclo o ciclos de vida orgánica anteriores al que conocemos y que empieza con las células arqueozoicas. Evolucionó y se especializó hace no menos de mil millones de años, cuando el planeta era aún joven y hasta hacía poco inhabitable para cualquier forma de vida de estructura protoplásmica normal. La pregunta es cuándo, dónde y cómo se produjo ese desarrollo.

——————

Más tarde. Examinando ciertos fragmentos de esqueletos de saurios y mamíferos primitivos marinos y terrestres, hemos dado con extrañas heridas o lesiones no atribuibles a ningún depredador o animal carnívoro de época alguna. Son de dos tipos: agujeros rectos y penetrantes e incisiones cortantes. Hay uno o dos casos de huesos seccionados limpiamente. No hay muchos especímenes afectados. He enviado a varios hombres al campamento a buscar linternas. Extenderemos el área de búsqueda bajo tierra cortando las estalactitas.

Aún más tarde. Hemos encontrado un peculiar fragmento de esteatita de unos quince centímetros de ancho por cuatro de grosor totalmente distinto de cualquier formación de la zona. Es verdoso, pero sin indicios que permitan datarlo. De peculiar suavidad y regularidad. Tiene forma de estrella de cinco puntas con los extremos rotos e indicios de acanaladuras en los ángulos interiores y el centro de la superficie. Hay una suave depresión en el centro. Su posible origen y la erosión sufrida despiertan nuestra curiosidad. Probablemente se trate de una anomalía de la erosión del agua. Carroll ha creído detectar otras marcas de interés geológico con la lupa. Grupos de puntos minúsculos con un patrón regular. Los perros se muestran inquietos mientras trabajamos y parecen odiar esa esteatita. Vamos a comprobar si desprende algún olor peculiar. Volveré a informar cuando llegue Mills con la luz e iniciemos la exploración subterránea.

10:15 p.m. Importante descubrimiento: Orrendorf y Watkins, trabajando bajo tierra a las nueve y cuarenta y cinco con la luz, han encontrado un fósil monstruoso en forma de barril y de naturaleza totalmente desconocida; probablemente vegetal a no ser que se trate de un ejemplar enormemente desarrollado de algún radiado marino desconocido. El tejido se ha conservado gracias a las sales minerales. Es duro como el cuero, pero sorprendentemente flexible en algunas partes. En los extremos y los lados hay marcas de partes rotas. Dos metros de punta a punta, uno de diámetro central y se estrecha hasta un treinta centímetros de diámetro en los extremos. Recuerda un barril que tuviese aristas en lugar de duelas. En el ecuador de las aristas hay unos abultamientos laterales que parecen tallos más finos. Peines o alas que se pliegan y despliegan como abanicos. Todos están dañados menos uno, que extendido mide casi dos metros. Su disposición recuerda a ciertos monstruos de mitos primitivos, sobre todo a los fabulosos Seres Ancianos del *Necronomicón*. Las alas parecen membranosas y se extienden sobre una estructura de tubos glandulares. Se aprecian orificios diminutos en los tubos al extremo de las alas. Las puntas del cuerpo están arrugadas y no permiten ver el interior ni deducir qué se insertaba en ellas. Tendremos que diseccionarlo cuando volvamos al campamento. Imposible decidir si es animal o vegetal. Muchos rasgos evidencian un primitivismo casi increíble. He puesto a todo el mundo a cortar estalactitas y a buscar otros ejemplares. Hemos encontrado más huesos con incisiones, pero tendrán que esperar. Estamos teniendo dificultades con los perros. No soportan el nuevo ejemplar y probablemente lo harían pedazos si no los mantuviésemos a distancia.

—————

11:30 p.m. ¡Atención! ¡Dyer, Pabodie, Douglas! Asunto de crucial importancia, casi diría trascendental. El *Arkham* debe transmitirlo cuanto antes a la estación de Kingsport Head. El extraño ejemplar en forma de barril es el organismo arqueozoico que dejó las huellas en las rocas. Mills, Boudreau y Fowler han descubierto un grupo de otros trece en un saliente subterráneo a unos doce metros del acceso a la cueva. Están mezclados con fragmentos redondeados de esteatita más pequeños que el encontrado antes: con forma de estrella, pero sólo con algunas puntas rotas. Ocho de los especímenes orgánicos están aparentemente enteros, con todos los apéndices. Los hemos sacado a la superficie, tras alejar a los perros. No soportan esas cosas. Presten atención a la descripción y repitan para confirmar. Los periódicos deben recibirlo con la mayor exactitud posible.

Son ejemplares de una longitud que ronda los dos metros y medio. Cinco aristas de metro y medio, dos metros de diámetro central y otro más de diámetro en los extremos. Color gris oscuro, flexibles y muy duros. Alas membranosas del mismo color y de seis metros extendidas, que encontramos plegadas, insertadas en los canales entre las aristas. La estructura de las alas es tubular o glandular, de color gris más claro, con orificios en las puntas. Las alas abiertas tienen bordes aserrados. En torno al ecuador, en el centro de cada una de las aristas con forma de duela, hay cinco sistemas de brazos o tentáculos flexibles de color gris claro que estaban pegados al cuerpo, pero pueden extenderse hasta una longitud máxima de un metro. Parecen los brazos de un crinoideo primitivo. Un tallo único de unos siete centímetros se divide a quince centímetros en cinco tallos, cada uno de los cuales se divide a su vez en cinco tentáculos o zarcillos, lo que da a cada tallo un total de veinticinco tentáculos.

En un extremo, un cuello bulboso de color gris más claro con una especie de branquias sostiene lo que parece ser una cabeza amarillenta con forma de estrella de mar de cinco puntas y cubierta de cilios ásperos de siete centímetros y medio y diversos colores prismáticos. La cabeza es gruesa e hinchada y tiene medio metro de punta a punta, con unos tubos flexibles que se extienden desde cada punta. Justo en lo alto hay una acanaladura que probablemente sea una abertura respiratoria. Al final de los tubos hay una expansión esférica con una membrana amarillenta que revela un glóbulo vidrioso de iris rojizo, evidentemente un ojo. Cinco tubos rojizos un poco más largos salen de los ángulos interiores de la cabeza en forma de estrella de mar y terminan en una especie de saco del mismo color que, al presionarlo, se abre en forma de orificio con un diámetro máximo de cinco centímetros y afiladas proyecciones semejantes a dientes. Probablemente una boca. Todos los tubos, cilios y las puntas de la cabeza en forma de estrella estaban plegados hacia abajo, con los tubos y las puntas pegados al cuello bulboso y al cuerpo. Sorprendente flexibilidad a pesar de su enorme dureza.

Al otro extremo hay un tosco equivalente de las estructuras de la cabeza, aunque con funciones diferentes. Un pseudocuello bulboso sin branquias sostiene una base de cinco puntas. Brazos recios y musculosos de metro y medio de longitud que se estrechan desde los veinte centímetros, en la base, hasta cinco en la punta. En cada una de las puntas hay un extremo triangular membranoso de color verde de veinte por quince centímetros. Es la aleta o pseudopie que ha dejado las huellas en rocas de entre mil millones y cincuenta o sesenta millones de antigüedad. De los ángulos interiores de la estrella salen tubos rojizos de sesenta centímetros que se afinan desde ocho centímetros en la base hasta dos centímetros y medio en la punta. Orificios en los extremos. Todas esas partes son correosas y de una dureza increíble, pero extremadamente flexibles. Los cuatro brazos con aletas sin duda se utilizaban para algún tipo de locomoción marina o de algún otro tipo. Al moverlos, se aprecian indicios de una exagerada musculatura. En el momento del hallazgo todas las proyecciones estaban plegadas sobre el pseudocuello y el cuerpo de forma similar a las del otro extremo.

No podemos determinar si pertenece al reino animal o vegetal, pero parece más probable que sea animal. Es posible que represente a un radiado increíblemente evolucionado que conservó ciertos rasgos primitivos. A pesar de algunas pruebas contradictorias, las semejanzas con los equinodermos son inconfundibles. Las estructuras del ala resultan extrañas dado su probable hábitat marino, aunque tal vez sirvieran para la navegación en el agua. La simetría es curiosamente vegetal y recuerda la estructura vertical de los vegetales y no la anteroposterior de los animales. La época de su evolución, que precede incluso a la de los protozoos arqueozoicos más sencillos conocidos, impide cualquier teoría respecto a su origen.

Los ejemplares completos guardan un parecido tan extraordinario con algunas criaturas de los mitos primigenios que la idea de que existiesen fuera de la Antártida parece inevitable. Dyer y Pabodie han leído el *Necronomicón* y han visto los alucinados cuadros de Clark Ashton Smith inspirados en dicho texto y sabrán a qué me refiero al aludir a los Seres Ancianos que se supone que crearon la vida en la Tierra por error o burla. Los estudiosos siempre han pensado que se concibieron basándose en una descripción morbosa e imaginativa de algún antiguo radiado tropical. También hay apéndices como en el culto a Cthulhu, similares a los de los seres del folclore prehistórico que ha descrito Wilmarth, etcétera.

Se abre un vasto campo de estudio. A juzgar por los ejemplares asociados, es probable que el yacimiento sea de finales del

Cretácico o principios del Eoceno. Sobre ellos se han depositado enormes estalactitas. Cortarlas es una tarea laboriosa, pero su dureza ha impedido daños. El estado de conservación es milagroso y se debe sin duda a la acción de la caliza. Hasta el momento no hemos encontrado más, pero proseguiremos la búsqueda más tarde. Nuestra siguiente tarea será trasladar los catorce inmensos ejemplares al campamento sin los perros, que ladran furiosamente y no pueden dejarse cerca. Con nueve hombres —tres se quedarán a guardar a los perros— deberíamos poder manejar los trineos sin dificultad, aunque sopla mucho viento. Es necesario establecer comunicación con el estrecho de McMurdo y empezar a transportar el material. Pero antes de descansar quiero diseccionar una de esas cosas. Ojalá tuviese un laboratorio de verdad. Dyer se habrá arrepentido de haber intentado impedir mi viaje al oeste. Primero las montañas más altas del mundo y ahora esto. Si no estamos ante el mayor hallazgo de la expedición no sé qué será. Enhorabuena, Pabodie, por el taladro con el que hemos abierto la cavidad. *Arkham,* repita la descripción, por favor.

Las sensaciones que experimentamos Pabodie y yo al recibir aquel informe son difíciles de encajar en una descripción, y nuestros compañeros no nos fueron a la zaga en entusiasmo. McTighe, que había traducido a toda prisa unas cuantas frases según iba recibiéndolas, transcribió el mensaje entero a partir de la versión taquigráfica en cuanto la radio de Lake dejó de emitir. Todos comprendimos que se trataba de un descubrimiento crucial, y envié mis felicitaciones a Lake después de que el operador de radio del *Arkham* repitiera la descripción, tal como le habían pedido; Sherman y el capitán Douglas siguieron mi ejemplo desde el almacén en el estrecho de McMurdo y desde el *Arkham*. Después, como jefe de la expedición, añadí algunas observaciones para que el *Arkham* las emitiera al mundo exterior. Por supuesto, lo demás fueron absurdas especulaciones fruto de la emoción y mi único deseo era llegar cuanto antes al campamento de Lake. No pude ocultar mi frustración cuando recibimos un mensaje advirtiéndonos de que una tempestad en las montañas hacía imposible el transporte aéreo inmediato.

Sin embargo, al cabo de una hora y media el interés hizo que olvidase mi decepción. Lake continuó emitiendo mensajes y nos contó que habían trasladado con éxito los catorce grandes ejemplares al campamento. Había sido difícil porque eran increíblemente pesados, pero con nueve hombres había sido suficiente. Ahora unos cuantos estaban construyendo apresuradamente un recinto en la nieve donde poder dejar los perros para poder alimentarlos con más facilidad. Habían dejado todos los ejemplares sobre la nieve dura cerca del campamento, menos uno al que Lake estaba intentando practicar una rudimentaria disección.

La disección, al parecer, estaba resultando más dificultosa de lo que habían pensado, pues a pesar del calor de la estufa de gasolina de la tienda que habían levantado para albergar el laboratorio, los engañosamente flexibles tejidos del ejemplar escogido —uno fuerte e intacto— no perdieron su correosa dureza. Lake no sabía cómo hacer las incisiones necesarias sin recurrir a una violencia que podría destruir las delicadas estructuras que buscaba. Es cierto que disponía de otros siete ejemplares mejor conservados, pero eran demasiado pocos para estropearlos a la ligera, a no ser que en la cueva hallasen más adelante un número ilimitado de ellos. Por ello mandó que sacaran el ejemplar y pidió que le llevaran otro que, aunque conservaba restos de los apéndices en forma de estrella en ambos extremos, estaba muy aplastado y se había rajado por una de las grandes aristas del cuerpo.

Los resultados, rápidamente transmitidos por radio, fueron desconcertantes y misteriosos. Con unos instrumentos apenas capaces de cortar aquel tejido anómalo, Lake no pudo trabajar con precisión ni delicadeza, pero lo poco que pudo averiguar nos dejó perplejos y asombrados. Habría que revisar por entero la biología actual, pues aquel ser no era producto de ningún crecimiento celular del que la ciencia tuviese noticia. Apenas se había producido sustitución mineral, y a pesar de que posiblemente tuviese unos cuarenta millones de años los órganos internos estaban intactos. Su cualidad correosa, no deteriorable y casi indestructible era un atributo inherente a su forma de organización y pertenecía a un ciclo de evolución invertebrada paleógena que iba más allá de nuestra capacidad de especulación. Al principio, Lake sólo había encontrado tejidos secos, pero a medida que el calor de la tienda contribuyó a descongelarlos, notó una humedad orgánica de olor acre y desagradable en el lado intacto de aquel ser. No era sangre, sino un fluido espeso y verdoso que por lo visto tenía la misma función. Cuando llegó a esa fase de la disección, habían trasladado ya a los treinta y siete perros al recinto sin terminar cerca del campamento, e incluso a esa distancia se pusieron a ladrar enloquecidos y se mostraron inquietos ante el olor acre que impregnaba todo.

Lejos de ayudar a una clasificación de aquella extraña criatura, la disección provisional sirvió sólo para acrecentar el misterio que la rodeaba. Todas las especulaciones sobre sus miembros externos habían sido correctas, y ante tales evidencias era difícil no considerarla un animal, pero la inspección de su interior reveló tantos rasgos vegetales que Lake se quedó totalmente confundido. Tenía aparato digestivo y circulatorio, y eliminaba los residuos por los tubos rojizos de la base en forma de estrella de mar. A primera vista daba la impresión de que su aparato respiratorio utilizaba oxígeno y no dióxido de carbono, y había extraños indicios de unas cámaras de acumulación de aire y de mecanismos para cambiar la respiración por el orificio externo a, por lo menos, otros dos sistemas de respiración completamente desarrollados: poros y branquias. Estaba claro que se trataba de un anfibio y lo más probable era que estuviese adaptado a pasar largos períodos de hibernación sin aire. Los órganos vocales parecían presentes y conectados al sistema respiratorio principal. El lenguaje articulado, en el sentido de una pronunciación silábica, parecía descartado, pero era muy probable que pudiese emitir un amplio rango de notas musicales. El sistema muscular estaba desarrollado de un modo casi sobrenatural.

El sistema nervioso era tan complejo y avanzado que dejó a Lake boquiabierto. Aunque en algunos aspectos era muy primitivo y arcaico, aquel ser tenía una serie de centros ganglionares y conectivos que sugerían un desarrollo extremo y especializado. El cerebro pentalobulado era sorprendentemente avanzado, y había indicios de un aparato sensorial, en el que participaban los duros cilios de la cabeza y otros factores desconocidos en cualquier otro organismo terrestre. Probablemente tuviese más de cinco sentidos, por lo que sus costumbres no podían deducirse a partir de ninguna analogía existente. Lake pensó que debía haber sido una criatura de enorme sensibilidad y funciones delicadamente diferenciadas en su mundo primigenio, muy similar a las hormigas y abejas de la actualidad. Se reproducía como las criptógamas, en particular las pteridofitas, tenía sacos de esporas en las puntas de las alas y evidentemente se desarrollaba a partir de un talo o protalo.

De cualquier modo, todavía parecía absurdo adelantar un nombre a esa fase. Era como un radiado, pero estaba claro que era algo más. En parte era vegetal, pero tenía tres cuartas partes de la estructura esencial de un animal. Su perfil simétrico y otros atributos indicaban claramente un origen marino; sin embargo, era difícil precisar con exactitud el límite de sus adaptaciones posteriores. Al fin y al cabo, las alas parecían sugerir su adaptación al medio aéreo. Que hubiese podido evolucionar de un modo tan complejo en una Tierra apenas formada y hubiera dejado aquellas huellas en las rocas arqueozoicas resultaba tan inconcebible que Lake tuvo que recurrir a los mitos primigenios de los Grandes Ancianos llegados de las estrellas y que crearon la vida por error o a modo de broma, y a las absurdas historias de seres cósmicos del exterior contados por un colega folclorista del departamento de inglés de Miskatonic.

Como es natural, consideró la posibilidad de que las huellas precámbricas las hubiese dejado un ancestro menos evolucionado que aquellos ejemplares, pero enseguida rechazó dicha teoría al reparar en las avanzadas características estructurales de los fósiles más antiguos. En todo caso, los últimos perfiles revelaban decadencia y no una evolución mayor. El tamaño del pseudopie había disminuido y la morfología general parecía más tosca y simplificada. Además, los nervios y órganos que acababa de examinar mostraban indicios de regresión a partir de formas aún más complejas. Había una sorprendente prevalencia de partes atrofiadas y vestigiales. En conjunto, puede decirse que no había resuelto gran cosa, y Lake volvió a recurrir a la mitología en busca de un nombre provisional para sus hallazgos y los denominó jocosamente «los ancianos».

Aproximadamente, a las dos y media de la madrugada decidió dejar su labor para descansar un poco. Tapó con una lona impermeable el organismo diseccionado, salió de la tienda del laboratorio y observó los ejemplares intactos con renovado interés. El constante sol antártico había empezado a ablandar un poco sus tejidos, de modo que los extremos y los tubos de dos o tres mostraban indicios de estar desplegándose, pero Lake no creyó que hubiese peligro de descomposición a unas temperaturas en torno a -20 °C. No obstante, juntó todos los ejemplares sin diseccionar y los cubrió con una tienda de campaña para que no les diese directamente el sol. Eso tal vez ayudaría a evitar que el olor llegase a los perros, cuya hostilidad e inquietud empezaba a ser un verdadero problema incluso a considerable distancia y detrás de las paredes cada vez más altas de nieve que un grupo de hombres estaban levantando en torno al recinto. Tuvo que sujetar las esquinas de la lona de la tienda con pesados bloques de nieve para que no se la llevara el viento que cada vez soplaba más fuerte, pues las titánicas montañas parecían a punto de enviarles una serie de rachas muy violentas. Los temores de Lake sobre los repentinos vientos antárticos se renovaron y, bajo la supervisión de Atwood, mandó reforzar con nieve las tiendas de campaña, el recinto para los perros y los toscos cobertizos de los aeroplanos levantados a resguardo de las montañas. Dichos cobertizos, construidos con bloques de hielo en los ratos libres, no eran ni mucho menos tan altos como deberían y Lake ordenó que todo el mundo se pusiera a trabajar en ellos.

Después de las cuatro, Lake se dispuso a cortar la transmisión y nos aconsejó que compartiéramos el descanso que iba a tomarse el grupo en cuanto las paredes de los cobertizos fuesen un poco más altas. Mantuvo una cordial conversación con Pabodie a través del éter, y repitió su felicitación por los maravillosos taladros que le habían ayudado a hacer su descubrimiento. Atwood también envió cumplidos y alabanzas. Felicité calurosamente a Lake, admití que había acertado en lo de la expedición al oeste y decidimos volver a comunicarnos por radio a las diez de la mañana. Si para entonces la tempestad había cesado, Lake enviaría un aeroplano a recoger al equipo de mi base. Justo antes de acostarme envié un último mensaje al *Arkham* con instrucciones de que no diese demasiados detalles al transmitir las noticias del día al mundo exterior, pues eran tan sorprendentes que, a menos que pudiéramos aportar más pruebas, despertarían una oleada de incredulidad.

CAPÍTULO III

Creo que nadie durmió demasiado ni muy profundamente esa noche. La emoción del descubrimiento de Lake, así como la furia creciente del viento, nos lo impidieron. Tan violentas llegaron a ser las rachas, incluso donde nos encontrábamos nosotros, que no pudimos sino preguntarnos qué estaría sucediendo en el campamento de Lake, justo al pie de los vastos picos desconocidos donde se originaban. McTighe despertó a las diez en punto e intentó contactar con Lake por radio tal como habíamos acordado, pero alguna anomalía eléctrica en el aire por el oeste parecía impedir la comunicación. No obstante, pudimos hablar con el *Arkham* y Douglas me contó que también había intentado en vano contactar con Lake. No sabía nada del viento, pues apenas se notaba en el estrecho de McMurdo, a pesar de la fuerza constante con que soplaba en nuestro campamento.

Estuvimos todos pendientes de la radio durante el día entero y tratamos de establecer comunicación con Lake cada poco tiempo, pero sin resultados. A eso del mediodía sopló un viento del oeste verdaderamente desmedido que nos hizo temer por la seguridad del campamento, pero acabó amainando y, aunque volvió a levantarse a las dos de la tarde, a las tres en punto había cedido por completo, y redoblamos los esfuerzos por contactar con Lake. Teniendo en cuenta que disponía de cuatro aviones, provistos todos ellos de excelentes equipos de onda corta, resultaba inconcebible que un accidente hubiese inutilizado todos al mismo tiempo. No obstante, el pétreo silencio continuó y, al pensar en la demencial fuerza que debía de haber alcanzado el viento en su campamento, no pudimos sino hacer las más terribles conjeturas.

A las seis en punto nuestros temores eran ya más claros e intensos, y tras una conversación por radio con Douglas y Thorfinnssen decidí dar algún paso para averiguar lo sucedido. El quinto aeroplano, que habíamos dejado con Sherman y dos marineros en el almacén del estrecho de McMurdo, estaba listo para ser utilizado y daba la impresión de que nos hallábamos ante la emergencia para la que lo habíamos reservado. Llamé a Sherman por radio y le ordené que acudiera lo antes posible a la base sur con los dos marineros, ahora que las condiciones del viento parecían favorables. Después hablamos de quiénes formarían parte del grupo que iría a investigar y decidimos incluir a todo el mundo, junto con el trineo y los perros que habíamos dejado con nosotros. Era una carga considerable pero no para los gigantescos aviones construidos especialmente para transportar maquinaria pesada. De vez en cuando, seguí haciendo vanos intentos de comunicar con Lake por radio.

Sherman despegó con los marineros Gunnarsson y Larsen a las siete y media e informó varias veces durante el trayecto de que el vuelo estaba siendo tranquilo. Llegaron a la base a medianoche y debatimos nuestro siguiente movimiento. Volar sobre la Antártida con un único aeroplano sin bases intermedias era arriesgado, pero nadie se echó atrás ante lo que parecía una necesidad tan evidente. A las dos en punto, después de empezar a cargar el avión, hicimos una pausa para descansar un poco, pero cuatro horas más tarde nos levantamos y terminamos de cargar y estibar el material.

A las siete y cuarto del 25 de enero emprendimos el vuelo hacia el noroeste con McTighe a los mandos del avión, diez hombres, siete perros, un trineo, reservas de comida y de combustible y otros pertrechos, entre ellos la radio del avión. La atmósfera estaba tranquila y despejada y las temperaturas eran relativamente suaves, por lo que previmos pocas complicaciones para llegar a la latitud y longitud indicadas por Lake. Nos preocupaba lo que pudiéramos encontrar o no al final del viaje, pues nuestras llamadas seguían sin conseguir otra respuesta que el silencio.

Aquel vuelo, de cuatro horas y media, ha quedado grabado en mi recuerdo por la crucial importancia que tuvo en mi vida: marcó la pérdida, a los cincuenta y cuatro años, de la paz y el equilibrio propios de una inteligencia normal y derivados de una concepción normal de la naturaleza y sus leyes. A partir de ese momento los diez, aunque sobre todo el estudiante Danforth y yo, íbamos a enfrentarnos a un mundo horriblemente aumentado de horrores al acecho que ya nada podrá borrar de nuestro corazón, y que si pudiéramos no compartiríamos con el resto de la humanidad. Los periódicos han impreso los comunicados enviados desde el avión, informando de nuestro viaje sin escalas, de las dos ocasiones en que tuvimos que enfrentarnos a vientos traicioneros en las capas altas de la atmósfera, de la imagen fugaz de la superficie donde Lake había hecho sus primeras prospecciones a mitad de camino tres días antes y de los extraños y algodonosos cilindros de nieve descritos por Amundsen y Byrd que daban vueltas impulsados por el viento a través de las infinitas vastedades de la llanura helada. No obstante, llegó un momento en el que nuestras sensaciones dejaron de poder expresarse con palabras comprensibles para la prensa, y posteriormente nos vimos obligados a adoptar una estricta censura.

El marinero Larsen fue el primero en avistar la línea mellada de maléficos conos y pináculos, y sus gritos enviaron a todos a las ventanillas de la carlinga del avión. A pesar de nuestra velocidad tardaron aún tiempo en poder verse con nitidez, por lo que dedujimos que debían de estar lejísimos y sólo eran visibles por su enorme altura. En cualquier caso, poco a poco fueron alzándose en el cielo occidental y pudimos ver varias cimas peladas, negruzcas y desoladas, y apreciar la curiosa emoción que inspiraban bajo la rojiza luz antártica y el llamativo trasfondo de nubes iridiscentes de hielo en polvo. Todo el espectáculo producía una penetrante e insistente sensación de portentoso secreto y revelación contenida; como si aquellas agujas de pesadilla fuesen los pilares de una entrada temible a las esferas prohibidas del sueño y a los intrincados abismos de un tiempo, un espacio y una ultradimensionalidad remotísimos. Tuve la impresión de que eran perversas: unas montañas de la locura cuyas empinadas laderas se asomaban a un abismo maldito y definitivo. Aquel trasfondo de nubes por el que apenas se filtraba la luz sugería una inefable, vaga y etérea lejanía que iba más allá del espacio terrestre y nos recordaba constantemente el absoluto aislamiento, desolación y muerte de aquel insondable mundo austral jamás hollado hasta entonces.

El joven Danworth llamó nuestra atención sobre la peculiar regularidad de los perfiles de las cimas, una regularidad como de fragmentos de cubos perfectos, a la que había hecho mención Lake en sus comunicados, y que, sin duda, justificaba su comparación con los oníricos templos en ruinas sobre nubosas cimas asiáticas pintados de un modo tan sutil y extraño por Roerich. De hecho, había algo obsesivamente característico de Roerich en aquel continente extraterreno de montañosos misterios. Lo había notado en octubre cuando avistamos por primera vez Tierra Victoria, y volví a sentirlo entonces. Noté también otra oleada de desasosiego ante las semejanzas con los mitos arcaicos y el turbador parecido de ese reino mortífero con la infausta meseta de Leng en los escritos primigenios. Los mitólogos han situado Leng en Asia Central, pero la memoria del ser humano, o de sus predecesores, es larga y podría ser que ciertos relatos procedan de montañas y templos del horror más antiguos que Asia y que el mundo que conocemos. Algunos místicos atrevidos han insinuado que los fragmentarios *Manuscritos Pnakóticos* pudieran ser prepleistocénicos, y han sugerido que los devotos de Tsathooggua[19] eran tan ajenos a la humanidad como el propio Tsathooggua. Cualquiera que fuese su localización en el tiempo o en el espacio, yo no tenía ningún interés en estar cerca de Leng, y tampoco me hacía gracia la proximidad con un mundo que había dado lugar a unas monstruosidades tan ambiguas y arcaicas como las que había descrito Lake. En ese momento lamenté haber leído el detestable *Necronomicón,* o haber hablado tanto con Wilmarth, el desagradable y erudito folclorista de la universidad.

Mi estado de ánimo contribuyó a agravar mi reacción ante el extraño espejismo que surgió ante nosotros bajo el cénit, que brillaba más opalescente a medida que nos acercábamos a las montañas y empezábamos a distinguir las ondulaciones en las laderas. Las semanas anteriores había visto docenas de espejismos polares, algunos igual de vívidos y extraordinarios, pero este tenía un simbolismo nuevo y amenazador, y me estremecí al ver asomar entre los vapores del hielo aquel laberinto de muros, torres y minaretes descomunales por encima de nuestras cabezas.

El efecto era el de una ciudad ciclópea de arquitectura desconocida para el hombre o la imaginación humana, con inmensos agregados de mampostería negra que formaban monstruosas perversiones de las leyes geométricas y conseguían extremos grotescos de siniestra extravagancia. Había conos truncados, a veces escalonados o estriados, coronados por columnas cilíndricas engrosadas por bulbosidades aquí y allá y a menudo rematadas por gradas de discos finamente festonea-

---

[19] Aunque Lovecraft hace mención, constantemente, a autores, pensadores y artistas reales, lo mezcla con criaturas, obras y escritores de su invención, que forman parte de su muy particular mitología y que constantemente, en sus obras, salen mencionados o desarrollados. Es el caso del *Necronomicón,* de Abdul Alhazred (al que siempre nombra con el vocativo «el árabe loco»), de los *Manuscritos Pnakóticos* y del ser sobrenatural Tsathooggua. *(N. del T.)*

dos, y extraños salientes tabulados que parecían pilas de losas rectangulares, placas circulares, o estrellas de cinco puntas sobrepuestas unas a otras. Había conos y pirámides compuestos, que aparecían aislados o coronando cilindros, cubos, conos y pirámides truncados, y a veces pináculos como agujas en extraños grupos de cinco. Todas esas febriles estructuras parecían unidas por puentes tubulares que iban de una a otra a alturas de vértigo, y la escala del conjunto resultaba aterradora y opresiva a fuer de gigantesca. En general, el espejismo no era distinto de algunas de las formas más descabelladas observadas y dibujadas por el ballenero ártico *Scoresby* en 1820, pero en ese momento y lugar, con aquellos picos oscuros y desconocidos alzándose extraordinariamente ante nosotros, con aquel mundo anómalo y primitivo en la imaginación y el velo de una probable catástrofe envolviendo al grueso de nuestra expedición, todos creímos notar en él un aura de malignidad latente y de augurios de una maldad inconcebible.

Sentí alivio cuando el espejismo empezó a diluirse, aunque, al hacerlo, aquellas torres y conos de pesadilla adoptaron por un momento formas aún más horrorosas. Cuando toda la ilusión se desvaneció entre la luz opalina, empezamos a mirar al suelo y vimos que estábamos cerca de nuestro destino. Las montañas desconocidas se alzaban hasta alturas vertiginosas como una temible muralla de gigantes y mostraban sus curiosas regularidades con sorprendente claridad incluso sin la ayuda del catalejo. Estábamos sobrevolando sus estribaciones y entre la nieve, el hielo y los lugares despejados de la meseta principal vimos un par de manchas oscuras que supusimos que serían el campamento y las prospecciones de Lake. Otras montañas más altas se alzaban unos diez kilómetros más adelante, formando una cordillera que parecía separada de la aterradora línea de picos más altos que el Himalaya que había detrás. Por fin Ropes —el estudiante que había relevado a McTighe a los mandos del avión— inició el descenso hacia la mancha oscura que había a la izquierda y que, a juzgar por su tamaño, debía de ser el campamento. Al hacerlo, McTighe envió por radio al mundo el último mensaje no autocensurado de nuestra expedición.

Naturalmente, todo el mundo ha leído los breves y escuetos comunicados del resto del tiempo que pasamos en la Antártida. Unas horas después del aterrizaje enviamos un cauto informe describiendo la tragedia que habíamos encontrado: anunciamos con enorme tristeza de la pérdida de todo el grupo de Lake a causa, posiblemente, por la terrible tempestad del día y la noche anteriores. Once muertos identificados y el joven Gedney desaparecido. El mundo perdonó nuestra falta de detalles porque se hizo cargo de la impresión que debía de habernos causado un suceso tan penoso, y nos creyó cuando dijimos que la acción del viento había hecho imposible la recuperación de los cadáveres. De hecho, me alegra pensar que, a pesar de tanta desolación, perplejidad y un horror que atenazaba el alma, apenas faltamos a la verdad. Lo verdaderamente significativo fue lo que no nos atrevimos a contar, y que tampoco contaría ahora si no fuese para prevenir a otros de unos terrores innombrables.

Es cierto que el viento había causado espantosos destrozos. Es más que dudoso que hubiesen podido sobrevivir, incluso sin lo otro. La tormenta, con su enloquecida furia de partículas de hielo impulsadas por el viento, debió de superar a cualquier otra con la que nos hubiésemos enfrentado hasta entonces. Uno de los cobertizos de los aviones —por lo visto, no estaban suficientemente reforzados— quedó prácticamente reducido a polvo, y la torre de perforación estaba hecha pedazos. El metal de los aviones y de la maquinaria del taladro parecía pulido por la abrasión, y encontramos dos de las tiendas más pequeñas en el suelo a pesar de los parapetos de nieve. Las superficies de madera que habían estado expuestas al viento estaban picadas y desprovistas de pintura y todo rastro de huella en la nieve había desaparecido. También es cierto que no encontramos ninguno de los ejemplares biológicos arqueozoicos en condiciones. Recogimos algunos minerales de una enorme pila, entre ellos varios de aquellos fragmentos verdosos de esteatita cuya forma de estrella de cinco puntas y leves marcas de puntos habían motivado tantas dudosas comparaciones, y algunos huesos fosilizados entre los que se encontraban los ejemplares más característicos y curiosamente dañados.

Ninguno de los perros sobrevivió. El recinto de nieve construido a toda prisa cerca del campamento estaba semidestruido. Es posible que hubiese sido la acción del viento, aunque un agujero por la parte del campamento, que quedaba a resguardo del viento, parecía indicar que los propios animales debían de haberlo excavado en un frenético intento por salir de él. Los tres trineos habían desaparecido y supusimos que el viento los habría empujado hacia lo desconocido. El taladro y la maquinaria para fundir el hielo estaban demasiado dañados para intentar salvarlos, así que los utilizamos para tapar aquella sutilmente turbadora entrada al pasado que había abierto Lake.

Decidimos abandonar en el campamento los dos aviones más estropeados, además de que sólo nos quedaban cuatro pilotos en el equipo —Sherman, Danforth, McTighe y Ropes— y Danforth tenía los nervios tan destrozados que apenas podía pilotar. Trajimos de vuelta todos los libros, el material científico y los pertrechos que pudimos encontrar, aunque la mayor parte habían sido inexplicablemente arrastrados por el viento. Las tiendas sobrantes y las pieles habían desaparecido o estaban demasiado estropeadas.

A las cuatro de la tarde, más o menos, después de un largo vuelo de reconocimiento que nos llevó a dar a Gedney por desaparecido, enviamos un cauto mensaje al *Arkham* para que lo retransmitiese, y creo que hicimos bien al afectar toda la calma y circunspección posibles. A lo único que no nos atrevimos fue a aludir al nerviosismo demostrado por los perros, cuya frenética inquietud ante la proximidad de los ejemplares biológicos era de esperar por lo que había contado el pobre Lake. Creo recordar que no mencionamos que demostraron la misma inquietud al husmear entre las extrañas esteatitas verdosas y algunos otros objetos, entre los que había parte del instrumental científico, los aeroplanos y la maquinaria del campamento y del lugar donde se habían hecho los sondeos, y cuyas piezas habían aflojado, movido o manipulado unos vientos que debían de haber tenido una peculiar curiosidad y ganas de investigar.

En lo que respecta a los catorce ejemplares biológicos, se nos debe perdonar la imprecisión. Dijimos que los únicos que habíamos encontrado estaban dañados, pero que quedaba lo suficiente para demostrar que la descripción de Lake había sido completa y muy exacta. Tuvimos que hacer un esfuerzo para contener nuestras impresiones personales sobre el asunto, y no dimos números ni dijimos exactamente en qué estado los habíamos encontrado. Habíamos acordado no transmitir nada que pudiera interpretarse como un acto de locura por parte de los hombres de Lake y, sin duda, parecía una locura encontrar seis monstruosidades imperfectas cuidadosamente enterradas de pie en tumbas excavadas en la nieve a tres metros de profundidad bajo montículos con cinco puntas, perforados con marcas agrupadas según la misma pauta de las extrañas esteatitas verdosas de la época Mesozoica o Terciaria. Los ocho especímenes en perfecto estado de conservación a los que había aludido Lake parecían haber sido arrastrados por el viento.

De algún modo, quisimos conservar la paz de espíritu del público en general, por eso Danforth y yo apenas mencionamos el espantoso viaje que hicimos al otro lado de las montañas al día siguiente. El hecho de que sólo con el avión casi vacío fuese posible sobrevolar una cordillera de semejante altura limitó por suerte el vuelo de reconocimiento a nosotros dos. A nuestro regreso a la una de la madrugada, Danforth se hallaba al borde del colapso, aunque guardó las apariencias de manera admirable. No me costó convencerle de que no enseñara nuestros bocetos y las demás cosas que llevábamos en los bolsillos, de que dijera a los demás sólo lo que habíamos acordado transmitir al exterior, o de que ocultara las películas de la cámara para revelarlas en privado, por lo que parte de lo que me dispongo a contar será tan nuevo para Pabodie, McTighe, Ropes, Sherman y los demás como para el mundo en general. De hecho, Danforth calla aún más que yo, pues vio —o creyó ver— algo que no me ha contado ni siquiera a mí.

Como ya todos saben, el comunicado que emitimos relató nuestra azarosa ascensión, la confirmación de la teoría de Lake de que los picos eran pizarras arqueozoicas y otros plegamientos de estratos muy antiguos que no habían sufrido cambios desde mediados del Comanchiense, un comentario convencional sobre la regularidad de las formaciones de cubos y murallas, la decisión de que las entradas a las cuevas indicaban venas calcáreas disueltas, la conjetura de que ciertas laderas y pasos permitirían atravesar toda la cordillera a unos montañeros expertos, y la observación de que al otro lado había una alta e inmensa meseta tan antigua e inmutable como las propias montañas, de unos seis mil metros de altura, con grotescas formaciones rocosas que asomaban a través de una fina capa glacial y con unas estribaciones que se alzaban entre la superficie de la meseta y los vertiginosos precipicios de los picos más altos.

Con todos estos datos, contentamos a los hombres del campamento. Atribuimos nuestra ausencia de dieciséis horas, que era más de lo que habíamos anunciado que durarían el vuelo, el aterrizaje, la exploración y la recogida de rocas, a la larga duración de los vientos adversos, y fuimos sinceros con respecto a nuestro aterrizaje al pie de las montañas. Por suerte, nuestra historia sonó lo bastante prosaica y realista para no tentar a ninguno de los otros a emular nuestro vuelo, de lo contrario, habría tenido que recurrir a toda mi capacidad de persuasión para impedírselo y no sé lo que habría hecho Danforth. Mientras estuvimos fuera, Pabodie, Sherman, Ropes, McTighe y Williamson habían estado trabajando sin parar en los dos aeroplanos en mejor estado, y habían conseguido repararlos a pesar de las inexplicables manipulaciones sufridas por los motores.

A la mañana siguiente, cargamos todos los aviones y regresamos lo más rápidamente posible a nuestra antigua base. Aunque no era una ruta directa, si era la más segura para llegar al estrecho de McMurdo, pues un vuelo en línea recta a través de las extensiones desconocidas de un continente que llevaba muerto desde hacía eones supondría muchos riesgos adicionales. Continuar la exploración apenas parecía factible después de haber sido diezmados tan trágicamente y de haber perdido el equipo de perforación, y las dudas y los horrores que nos rodeaban —y que no llegamos a revelar— sólo nos impulsaban a escapar de aquel mundo austral de desolación y amenazadora locura tan deprisa como pudiésemos.

Como es sabido, regresamos al mundo sin sufrir más percances. Los aviones llegaron a la antigua base la noche del día siguiente, 27 de enero, tras un cómodo vuelo sin escalas; y el 28 llegamos al estrecho de McMurdo en dos etapas, después de una breve parada debida a un timón estropeado por el fuerte viento que soplaba sobre el saliente de hielo al dejar atrás la gran meseta. Cinco días después, el *Arkham* y el *Miskatonic,* con todos los hombres y el equipo a bordo, dejaban atrás el cada vez más grueso banco de hielo y ponían rumbo al mar de Ross con las burlonas montañas de Tierra Victoria recortándose por el oeste bajo el turbulento cielo antártico y el viento que no paraba de gemir con un amplio rango de silbidos musicales capaces de helarle el alma a cualquiera. Menos de quince días después dejamos atrás el último atisbo de tierras polares, y dimos gracias al cielo por haber abandonado aquel reino maldito y embrujado donde la vida y la muerte, el tiempo y el espacio, habían hecho siniestras y blasfemas alianzas en las épocas desconocidas en que la materia se retorcía y flotaba sobre la corteza apenas solidificada del planeta.

Desde que regresamos, todos nos hemos esforzado en desalentar cualquier expedición antártica y hemos acallado dudas y teorías, con loables unanimidad y fidelidad. Ni siquiera el joven Danforth, a pesar de su crisis nerviosa, ha vacilado ni revelado nada a los médicos. De hecho, como he dicho ya, hay algo que creyó ver y que no me ha contado ni siquiera a mí, aunque estoy convencido de que si lo hiciera mejoraría su estado psicológico. Podría explicar muchas cosas y suponer un gran alivio, aunque es posible que se tratase sólo de la consecuencia ilusoria de una impresión anterior. Esa al menos es la sensación que tengo después de los raros momentos irresponsables en los que murmura cosas inconexas, que niega con vehemencia en cuanto vuelve a dominarse.

Será difícil disuadir a otros de que viajen al gran sur blanco, y algunos de nuestros esfuerzos podrían perjudicar nuestra causa al llamar su atención. Deberíamos haber sabido desde el principio que la curiosidad humana es inmortal y que los resultados que anunciamos bastarían para acicatear a otros en la eterna búsqueda de lo desconocido. Los informes de Lake sobre esas monstruosidades biológicas habían despertado el interés de biólogos y paleontólogos, aunque tuvimos la sensatez de no exhibir los fragmentos de los ejemplares enterrados ni las fotografías de cómo los habíamos encontrado. Tampoco mostramos los misteriosos huesos cubiertos de cicatrices ni las esteatitas verdosas, y Danworth y yo hemos guardado celosamente las fotos y los bocetos que hicimos en la supermeseta al otro lado de la cordillera, así como las cosas arrugadas que alisamos, examinamos aterrorizados y nos llevamos en los bolsillos. Pero ahora el grupo de Starkweather-Moore se está organizando con mucha más minuciosidad que nuestro equipo, y si nadie los desanima, llegarán al centro mismo de la Antártida y fundirán y perforarán el hielo hasta sacar a la luz algo que podría acabar con el mundo tal y como lo conocemos. Por ello debo dejar a un lado mis reticencias, incluso sobre aquella cosa definitiva e innombrable al otro lado de las montañas de la locura.

CAPÍTULO IV

Con no poca repugnancia y duda, obligo a mi imaginación a regresar al campamento de Lake, a lo que de verdad nos encontramos allí y a aquella otra cosa que había detrás de la horrible barrera de montañas. Siento una tentación constante de ahorrar en detalles y dejar que las insinuaciones sustituyan a la verdad y a la deducción plausible. Espero haber dicho ya bastante para pasar brevemente por alto lo demás, y con eso me refiero al horror del campamento. He hablado de los destrozos del viento, de los daños en los cobertizos, de la maquinaria hecha pedazos, de la inquietud de nuestros perros, de los trineos y demás objetos desaparecidos, de la muerte de los hombres y los perros, de la desaparición de Gedney y de los seis especímenes absurdamente enterrados, cuyos tejidos estaban tan extrañamente conservados a pesar de los daños estructurales, y procedentes de un mundo que llevaba muerto cuarenta millones de años. No recuerdo haber relatado que al examinar los cadáveres de los perros nos dimos cuenta de que faltaba uno. Entonces, no nos pareció importante, pero después... De hecho, sólo Danforth y yo lo comprendimos.

Los detalles que he callado son los más reveladores y se refieren a los cadáveres y a ciertos puntos sutiles que podrían ofrecer o no una espantosa e increíble explicación a aquel caos aparente. En aquel momento intenté que los hombres no repararan en ellos, pues era mucho más sencillo —mucho más normal— atribuir todo a un brote de locura sufrido por alguien del equipo de Lake. A juzgar por cómo había quedado todo, aquel diabólico viento de las montañas habría bastado para volver loco a cualquiera a quien hubiese sorprendido en mitad de todos los misterios y desolaciones del planeta.

Lo más anómalo, por supuesto, era el estado en que se hallaban los cadáveres, tanto los de los hombres como los de los perros. Daba la impresión de que se hubiesen visto implicados en una lucha feroz, que los hubiesen retorcido y desgarrado con un ensañamiento terrible e inexplicable. La muerte, por lo que pudimos ver, había sido en todos los casos por laceración o estrangulamiento. Sin duda el tumulto lo habían iniciado los perros, pues a juzgar por las condiciones en que se hallaba el mal construido recinto era evidente que lo habían derribado a la fuerza desde dentro. Lo habían levantado a cierta distancia del campamento debido a la aversión que sentían los animales por aquellos infernales organismos arqueozoicos, pero sus precauciones parecían haber sido vanas. Al verse abandonados en mitad de aquel viento monstruoso detrás de unas finas paredes de altura insuficiente, debían de haber huido, aunque es imposible saber si del viento mismo o de algún olor sutil que fue volviéndose cada vez más intenso y que despedían los ejemplares de pesadilla. Dichos especímenes, aunque tapados con una lona, habían estado expuestos largo tiempo al bajo sol antártico, y Lake había dicho que el calor solar tendía a hacer que los extrañamente intactos y duros tejidos de aquellas cosas se relajaran y expandieran. Tal vez el viento había arrancado la lona y los había movido de modo que su olor acre se había vuelto más intenso a pesar de su increíble antigüedad.

Independientemente de lo que hubiera sucedido, el resultado era espantoso y repugnante. Quizá sea mejor dejarse de remilgos y contarlo de una vez por todas... Pero, antes, he de dejar claro que, según nuestras observaciones de primera mano y las rigurosas deducciones tanto de Danforth como mías, el desaparecido Gedney no fue el culpables de los odiosos horrores que encontramos. He dicho que los cadáveres estaban espantosamente mutilados. Debo añadir que algunos tenían incisiones y estaban descarnados de un modo extraño, insensible e inhumano. Tanto los perros como las personas. A los más sanos y corpulentos, fuesen cuadrúpedos o bípedos, una especie de carnicero meticuloso les había arrancado grandes masas de tejido, y en torno a ellos había unas extrañas salpicaduras de sal, sacada de los baúles de los aviones, que despertaban las más horribles asociaciones. Todo había sucedido en uno de los toscos cobertizos del que habían sacado el avión, y el viento había borrado cualquier indicio que hubiese podido proporcionarnos una teoría creíble. Las prendas de ropa desperdigadas y brutalmente rasgadas a causa de las incisiones no aportaron ninguna prueba. Es inútil evocar la impresión que nos produjeron las huellas apenas visibles que encontramos en un rincón, porque sin duda estaba influenciada por lo que le habíamos oído decir al pobre Lake las semanas anteriores acerca de las huellas fósiles. Uno tenía que tener mucho cuidado con lo que pensaba a la sombra de aquellas imponentes montañas de la locura.

Ya he señalado que, al final, dimos a Gedney y a uno de los perros por desaparecidos. Cuando llegamos a aquel terrible cobertizo, faltaban dos hombres y dos perros, pero la tienda casi intacta donde habían tenido lugar las disecciones, y donde entramos tras inspeccionar las tumbas monstruosas, aún tenía algo que revelarnos. No estaba tal como Lake la había dejado, pues habían quitado de la mesa improvisada los trozos de la monstruosidad primigenia. De hecho, ya habíamos reparado en que uno de los seis seres absurdamente enterrados que habíamos encontrado —el que dejaba aquel rastro de un olor particularmente desagradable— era el mismo que había intentado analizar Lake. Sobre la mesa del laboratorio había otras cosas, y no tardamos en percatarnos de que eran trozos cuidadosa e inexpertamente diseccionados de un hombre y un perro. No desvelaré la identidad del hombre para ahorrar en sufrimientos. El instrumental anatómico de Lake había desaparecido, pero estaba claro que lo habían limpiado con sumo cuidado. También había desaparecido la estufa de gasolina, aunque encontramos muchas cerillas desperdigadas. Enterramos los fragmentos humanos junto a los otros diez hombres, y los trozos de perro con los treinta y cinco canes. Las extrañas manchas que encontramos en la mesa del laboratorio y los libros ilustrados que había desperdigados alrededor nos dejaron demasiado perplejos para hacer especulaciones.

Aquello fue el peor de los horrores encontrados en el campamento, pero había más cosas realmente desconcertantes. La desaparición de Gedney, de uno de los perros, de los ocho ejemplares biológicos intactos, de los tres trineos y de ciertos instrumentos, libros científicos e ilustrados, material de escritura, baterías y linternas, comida y combustible, aparatos de calefacción, tiendas de reserva, trajes de pieles y otros objetos desafiaba cualquier conjetura razonable; igual que las manchas de tinta en varios pedazos de papel, y las pruebas de que alguien había manipulado y toqueteado los aviones y los demás artefactos mecánicos tanto del campamento como de la zona de las prospecciones. Los perros parecían tener aversión a toda aquella maquinaria extrañamente desmontada. Y luego estaba el desorden de la despensa, la desaparición de determinados víveres de primera necesidad y los ridículos montones de latas abiertas por los sitios más inverosímiles. La profusión de cerillas desperdigadas, intactas, rotas y usadas constituía otro enigma menor; igual que las dos o tres lonas de las tiendas y los trajes de pieles que encontramos tirados por ahí con tajos peculiares e insólitos probablemente debidos a torpes intentos de darles formas inimaginables. El maltrato de los cadáveres humanos y caninos y el enterramiento de los ejemplares arqueozoicos dañados estaban en consonancia con aquella aparente locura desquiciada. Previendo una eventualidad como la actual, tomamos fotografías de las principales pruebas de aquel caos demencial del campamento y las utilizaremos para reforzar nuestras súplicas en contra de la partida de la expedición Starkweather-Moore.

Lo primero que hicimos tras encontrar los cadáveres en el cobertizo fue fotografiar y abrir la fila de absurdas tumbas bajo los montículos de nieve en forma de estrella de cinco puntas. No pudimos sino reparar en el parecido de aquellos montículos monstruosos con los grupos de puntos y las descripciones que había hecho el pobre Lake de las esteatitas verdosas, y cuando hallamos algunas de ellas entre la gran pila de minerales comprobamos que el parecido era ciertamente notable. Conviene señalar que todo recordaba a la cabeza estrellada de las entidades arqueozoicas, y estuvimos de acuerdo en que el grupo de Lake debía de haber estado tan exhausto que se habría dejado sugestionar por dicho parecido. La primera vez que vimos dichas entidades enterradas fue un momento horrible, y tanto Pabodie como yo no pudimos sino recordar algunos de los mitos primigenios de los que habíamos leído y oído hablar. Coincidimos en que la simple y continuada presencia de aquellas cosas debió de contribuir, junto con la opresiva soledad polar y las diabólicas montañas, a que el grupo de Lake perdiera la razón.

La locura —en todo caso atribuida al único superviviente posible, es decir Gedney— fue la explicación que aceptamos todos de manera espontánea, al menos de palabra; aunque no seré tan ingenuo de negar que todos debimos de imaginar descabelladas suposiciones que la cordura nos impidió formular con claridad. Esa tarde Sherman, Pabodie y McTighe hicieron un exhaustivo vuelo de reconocimiento sobre todo el territorio circundante y barrieron el horizonte con los prismáticos en busca de Gedney y los distintos objetos desaparecidos, pero no apareció nada. El grupo informó de que la titánica cordillera se alzaba por igual a izquierda y derecha hasta donde se perdía la vista, sin la menor disminución en su altura o su estructura básica. No obstante, en algunos de los picos la regularidad de las formaciones cúbicas y amuralladas era más clara y su parecido con las ruinas de las montañas asiáticas pintadas por Roerich doblemente llamativo. La distribución de las misteriosas cuevas en las insólitas cumbres desprovistas de nieve parecía más o menos regular en la parte visible de las montañas.

A pesar del horror dominante, aún nos restaba celo científico y espíritu de aventura para preguntarnos por el reino desconocido que había detrás de aquellas misteriosas montañas. Tal como contamos en nuestros cautos comunicados, a medianoche nos fuimos a descansar después de un día de terror y desconcierto, pero no sin antes haber esbozado el plan para llevar a cabo a la mañana siguiente uno o más vuelos a gran altura en un avión casi vacío con una cámara aérea y el equipo geológico. Decidimos que Danforth y yo seríamos los primeros y nos levantamos a las siete de la mañana para emprender el primer vuelo, aunque el fuerte viento —citado en nuestros breves boletines al mundo exterior— retrasó nuestra partida hasta casi las nueve en punto.

He relatado ya la vaga historia que contamos a los hombres del campamento y que transmitimos por radio al exterior a nuestro regreso, dieciséis horas más tarde. Ahora, me veo en el terrible deber de ampliar ese relato, rellenando los huecos que la piedad me hizo llenar con insinuaciones de lo que vimos realmente en aquel reino oculto y ultramontano, insinuaciones de los hallazgos que han llevado a Danforth al colapso nervioso. Ojalá se decida a hablar con franqueza de lo que creyó ver, aunque tal vez se tratase de una ilusión fruto del nerviosismo, y que fue la gota que colmó el vaso y lo sumió en su actual estado; pero se niega en redondo. Lo único que puedo hacer es repetir los balbuceos inconexos sobre lo que le hizo ponerse a chillar mientras el avión se elevaba por el paso entre las montañas torturadas por el viento, después de la terrible impresión, tangible y real, sufrida por ambos. Esa será mi última palabra. Si los claros indicios de la supervivencia de unos horrores antiguos que voy a revelar no son suficientes para disuadir a otros de viajar al interior de la Antártida —o al menos de escarbar a demasiada profundidad en la superficie de aquel desierto desolado y definitivo de secretos prohibidos e inhumanos, maldito desde hace eones—, la responsabilidad de unos males innombrables y tal vez inconmensurables no será mía.

Tras estudiar las notas hechas por Pabodie en su vuelo vespertino y hacer varias comprobaciones con el sextante, calculamos que el paso más accesible de la cordillera estaba a nuestra derecha, a la vista del campamento, y se alzaba a unos siete mil o siete mil quinientos metros por encima del nivel del mar. De modo que decidimos emprender nuestro viaje de exploración y poner rumbo hacia allí después de aligerar el avión al máximo. El campamento se hallaba en las estribaciones de la alta meseta continental a unos tres mil quinientos metros de altitud, por lo que no era necesario salvar tanta altura como podría parecer. Aun así, reparamos en el frío intenso y el aire enrarecido a medida que ascendíamos, pues a fin de aumentar la visibilidad tuvimos que dejar abiertas las ventanillas de la cabina. Íbamos, claro, abrigados con las pieles más gruesas.

Al acercarnos a los imponentes picos, negros y siniestros por encima de la línea de la nieve surcada de grietas y glaciares intersticiales, reparamos una vez más en las formaciones curiosamente regulares que se aferraban a las laderas, y volvimos a pensar en los extraños cuadros asiáticos de Nikolái Roerich. Los arcaicos estratos erosionados por el viento confirmaron todos los comunicados de Lake, y demostraron que aquellos antiquísimos pináculos se habían alzado exactamente igual que ahora desde épocas sorprendentemente tempranas en la historia de la Tierra... Tal vez más de cincuenta millones de años. Era inútil especular acerca de la altura que debían de haber tenido entonces, pero todo en aquella extraña región apuntaba a misteriosas influencias atmosféricas opuestas al cambio, calculadas para retrasar los procesos climáticos normales de desintegración de la roca.

Lo que más nos fascinó, y nos causó turbación, fue la maraña de cubos regulares, murallas y cuevas. La observé con un catalejo y tomé fotografías aéreas mientras Danforth pilotaba y, a ratos, le tomé el relevo a los mandos —pese a que mis conocimientos de aviación no superan los de un aficionado— para que él pudiera echar un vistazo con los prismáticos. Vimos sin dificultad que estaba formada en su mayor parte por una cuarcita arqueozoica de color blancuzco, a diferencia de cualquier otra formación visible sobre la superficie, y que su regularidad era extraordinaria, hasta extremos que el pobre Lake apenas había llegado a sospechar.

Tal como había contado, los bordes estaban desgastados y redondeados por eones de brutal erosión, pero su solidez sobrenatural y la dureza del material la había preservado de la destrucción. Muchas partes, sobre todo las más cercanas a la ladera, parecían ser idénticas a la superficie de la roca. Toda su disposición recordaba a las ruinas del Machu Picchu en los Andes, o a las primitivas murallas de Kish, excavadas por la expedición Oxford-Field en 1929; y tanto Danforth como yo tuvimos a veces la impresión de que había bloques ciclópeos separados, tal como había dado a entender Carroll, el compañero de vuelo de Lake. No supe cómo explicar algo semejante en aquel lugar y me sentí extrañamente humillado como geólogo. Las formaciones ígneas producen en ocasiones extrañas regularidades —como la famosa Calzada de los Gigantes, en Irlanda[20]—, pero aquella imponente cordillera era ante todo de estructura no volcánica, a pesar de la sospecha inicial de Lake de que había conos humeantes.

Las curiosas cuevas, que parecían más abundantes en las proximidades de aquellas extrañas formaciones, planteaban otro misterio menor por la regularidad de sus perfiles. Eran, como había dicho Lake en su comunicado, aproximadamente cuadradas o semicirculares; como si alguna mano mágica hubiese dado mayor simetría a los orificios naturales. Su número y amplia distribución eran notables, y parecían sugerir que toda la región era una colmena de túneles disueltos en los estratos calizos. Apenas pudimos vislumbrar el interior de las cavernas, pero vimos que en apariencia estaban desprovistas de estalactitas y estalagmitas. Fuera, las partes de la ladera cercanas a la entrada de las cuevas eran invariablemente lisas y regulares; y Danforth creyó apreciar que las leves grietas y agujeros producidos por la erosión seguían extrañas pautas. Impresionado como estaba por los horrores y misterios descubiertos en el campamento, insinuó que los agujeros se parecían vagamente a los extraños grupos de puntos de las esteatitas verdosas, horriblemente imitadas en los absurdos montículos de nieve sobre las seis monstruosidades enterradas.

Habíamos ido ganando altura despacio sobre las estribaciones de las montañas hasta poner rumbo al paso que habíamos escogido.

---

[20] La Calzada de los Gigantes está en el Condado de Antrim, en Irlanda del Norte, Reino Unido. Es una formación de roca basáltica de sorprende regularidad, debido al enfriamiento rápido de la lava de un volcán que es Patrimonio de la Humanidad. *(N. del T.)*

A medida que avanzábamos íbamos observando el hielo y la nieve de la ruta terrestre y nos preguntamos si podría haberse recorrido con el equipamiento de los viejos tiempos. Para nuestra sorpresa, comprobamos que el terreno no era tan dificultoso como parecía, y que, a pesar de las grietas en el hielo y otros obstáculos, no era tan escarpado como para impedir el paso de los trineos de un Scott, un Shackleton o un Amundsen. Algunos de los glaciares parecían conducir a pasos que el viento batía con una extraña insistencia, y al llegar al que habíamos escogido descubrimos que no era ninguna excepción.

Apenas puedo describir nuestro estado de impaciencia cuando nos vimos a punto de rodear la cresta y asomarnos a un mundo nunca antes pisado, y eso que no había razón para pensar que las regiones que había detrás de la cordillera fuesen a ser muy diferentes de las que habíamos visto y atravesado hasta entonces. La sensación de misterio maligno que inspiraban aquella barrera montañosa y el mar de cielo opalescente que se vislumbraba entre las cumbres era tan sutil que no puede explicarse con palabras. Se trataba más bien de un vago simbolismo psicológico y de asociaciones estéticas, mezcladas con poesías y pinturas exóticas, y con mitos arcaicos que acechaban ocultos en libros prohibidos. Incluso el estribillo del viento tenía una peculiar vena de malignidad, y por un segundo tuvimos la impresión de que incluía un extraño silbido musical de tesitura muy variada cada vez que el aire entraba y salía por las omnipresentes y resonantes bocas de las cuevas. Había una nota vagamente repulsiva en aquel sonido, tan compleja y difícil de identificar como cualquiera de las demás siniestras impresiones.

Tras el lento ascenso, nos encontrábamos a una altura de siete mil ciento ochenta y cuatro metros, según el aneroide, y habíamos dejado definitivamente atrás la región de las nieves. Allí sólo había laderas de roca negra y desnuda y el inicio de glaciares de toscas aristas, mientras los estrambóticos cubos, murallas y cuevas añadían un toque antinatural, fantástico y onírico. Al mirar la línea de montañas, me pareció distinguir la que había descrito el pobre Lake con una muralla justo en la cima. Parecía medio perdida en la extraña neblina antártica, una neblina que tal vez hubiese sido la causa de que Lake al principio pensara en un posible vulcanismo. El paso se abría justo delante de nosotros, suave y azotado por el viento entre los escarpados y amenazadores pilones. Al fondo estaba el cielo surcado de vaporosos remolinos e iluminado por el bajo sol polar: el cielo de aquel reino misterioso que no había visto el ojo humano.

Unos cuantos metros más y podríamos contemplar dicho reino. Danforth y yo, incapaces de hablar excepto a gritos entre el aullido y los silbidos del viento que azotaba el paso y se sumaba al ruido de los motores, intercambiamos miradas elocuentes. Y luego, tras haber ganado esos pocos metros, volvimos la vista hacia la trascendental línea divisoria y los secretos sin igual de una tierra antigua y absolutamente extraña.

CAPÍTULO V

Al salir del paso entre las montañas, ambos gritamos al unísono con una mezcla de asombro, maravilla, terror e incredulidad al ver lo que había al otro lado. Por supuesto, debíamos de tener alguna teoría natural en el fondo del cerebro que nos permitió conservar la calma en aquel momento. Probablemente pensamos que aquellas cosas eran como las piedras grotescamente esculpidas del Jardín de los Dioses en Colorado o las rocas talladas por el viento con formas geométricas en el desierto de Arizona, incluso, al principio pensamos que se trataba de un espejismo como el que habíamos visto por la mañana antes de llegar a esas montañas de la locura. Debíamos de tener alguna idea normal a la que recurrir mientras nuestros ojos recorrían la ilimitada meseta cubierta de cicatrices por las tempestades y contemplaban los casi infinitos laberintos de masas de piedra colosales, regulares y geométricamente eurítmicas que alzaban sus crestas astilladas sobre una lámina glacial de no más de diez o quince metros de espesor, y evidentemente aún más delgada en algunas zonas.

El efecto de aquella visión monstruosa fue indescriptible, pues pareció implicar desde el primer momento una violación de las leyes naturales conocidas. Allí, en una llanura infernalmente antigua a siete mil metros de altura, y con un clima inhabitable desde tiempos prehumanos, hacía al menos quinientos mil años, se extendía ante nuestra vista una maraña de piedras geométricas que sólo la desesperación de la razón podía atribuir a una causa que no fuese artificial y consciente. Previamente habíamos descartado, en nombre del pensamiento racional, cualquier teoría de que los cubos y las murallas no fuesen de origen natural. ¿Cómo podía ser de otro modo, cuando el hombre mismo apenas podría diferenciarse de los grandes simios en la época en que esa región sucumbió al actual reinado de la muerte glacial?

Sin embargo, el dominio de la razón se tambaleaba irremediablemente, pues aquel laberinto ciclópeo de bloques cúbicos, curvos y angulosos tenía características que impedían recurrir a ella. Era, sin duda, la ciudad blasfema del espejismo con una realidad dúctil, objetiva e ineludible. Después de todo, aquel portento maldito tenía base material: había habido algún estrato horizontal de polvo de hielo en las capas altas de la atmósfera y aquella sorprendente pervivencia de piedra había proyectado su imagen al otro lado de las montañas según las sencillas leyes de la reflexión. Por supuesto, el fantasma había sido deformado y exagerado, y había incluido cosas de las que el original carecía, sin embargo, al verlo nos pareció incluso más horrible y amenazador que su imagen lejana.

Sólo la inhumana e increíble mole de aquellas vastas torres y murallas de piedra había protegido aquel espantoso lugar de una aniquilación completa en los cientos de miles —tal vez millones— de años que se había alzado en una planicie desolada y batida por las tormentas. «Corona Mundi... Techo del mundo...». Todo tipo de frases fantasiosas acudieron a nuestros labios al contemplar aquel increíble y vertiginoso espectáculo. Volví a pensar en los espantosos mitos primigenios que tanto me habían obsesionado desde la primera vez que vi aquel mundo antártico: la diabólica meseta de Leng, el Mi-go, o abominable hombre de las nieves del Himalaya, los *Manuscritos Pnakóticos* con sus implicaciones prehumanas, el culto a Cthulhu, el *Necronomicón* y las leyendas hiperbóreas del amorfo Tsathoggua y la progenie estelar asociada a dicha semientidad.

El laberinto de volúmenes se desparramaba en todas direcciones a lo largo de kilómetros y kilómetros sin apenas disminución. Cuando nuestros ojos lo siguieron a izquierda y derecha junto a la base de las estribaciones que lo separaban de la verdadera hilera de montañas, concluimos que no había ningún claro salvo una interrupción a la izquierda del paso por el que habíamos llegado. Habíamos tropezado, por azar, con una parte limitada de algo de extensión incalculable. En las estribaciones de las montañas abundaban menos las estructuras grotescas de piedra, que unían la terrible ciudad con los cubos y murallas con los que ya estábamos familiarizados y que evidentemente eran puestos avanzados en las montañas, y que, al igual que las extrañas entradas a las cuevas, eran tan numerosos en la falda anterior como posterior de las montañas.

El inconcebible laberinto de piedra consistía en su mayor parte en muros de tres a cuatro metros y medio de altura que se alzaban sobre el hielo y cuyo grosor variaba entre el metro y medio y los tres metros. Estaba formado principalmente por descomunales bloques de negras pizarras primordiales, esquistos y areniscas —en muchos casos de $1 \times 2 \times 3$ metros—, aunque en varios sitios parecía tallado directamente sobre el lecho sólido e irregular de pizarras precámbricas. Los edificios no eran ni mucho menos iguales; había innumerables y descomunales estructuras en forma de colmena y otras estructuras separadas más pequeñas. La forma general tendía a ser cónica, piramidal o en terrazas, aunque había muchos cilindros y cubos perfectos, conglomerados de cubos y otras formas triangulares, así como diversos edificios angulosos cuya planta de cinco puntas recordaba vagamente a una fortificación. Los arquitectos habían utilizado constantemente y de manera experta el principio del arco, y probablemente hubiese habido cúpulas en el momento de esplendor de la ciudad.

El conjunto estaba terriblemente erosionado, y la superficie glacial de la que asomaban las torres estaba cubierta de bloques caídos y escombros inmemoriales. Allí donde el hielo era transparente pudimos ver la parte inferior de aquellas moles gigantescas, y reparamos en los puentes de piedra conservados por el hielo que conectaban unas torres con otras a diversas alturas sobre el suelo. En las paredes expuestas vimos las cicatrices donde había habido otros puentes similares más altos. Una inspección más cercana reveló incontables ventanas de gran tamaño, algunas de las cuales estaban cerradas con contraventanas de material petrificado que originalmente debió de ser madera, aunque la mayoría estaban abiertas de forma siniestra y amenazadora. Muchas de las ruinas, por supuesto, no tenían tejado y el viento había redondeado los bordes superiores; mientras que otras, que seguían un modelo cónico o piramidal o simplemente estaban a resguardo de las estructuras vecinas, conservaban perfiles intactos a pesar de las omnipresentes grietas y agujeros. Con el catalejo pudimos distinguir lo que nos parecieron ornamentaciones escultóricas en bandas horizontales y adornos que incluían los curiosos grupos de puntos cuya presencia en las antiguas esteatitas adquirió un significado más claro.

En muchos lugares los edificios estaban totalmente en ruinas y la capa de hielo se había rajado por diversas causas geológicas. En otros sitios la piedra estaba erosionada hasta el borde mismo del hielo. Una ancha ringlera que se extendía desde el interior de la meseta hasta una hendidura en las estribaciones montañosas a un kilómetro del paso que acabábamos de atravesar se hallaba totalmente desprovista de edificios, y decidimos que probablemente se tratara del curso de algún gran río que en época terciaria —hacía millones de años— habría atravesado la ciudad hasta precipitarse en algún portentoso abismo subterráneo de la enorme cordillera, que, sin duda, era ante todo una región de cuevas, pozos y secretos bajo tierra que iban más allá de la comprensión humana.

Al recordar las sensaciones, y el estupor, que sentimos al contemplar aquel monstruoso monumento de hace muchos eones y que consideramos anterior a la humanidad, me maravilla que aparentemente conserváramos la serenidad. Por supuesto, sabíamos que algo —la cronología, las teorías científicas o nuestra propia conciencia— estaba horriblemente equivocado, y aun así mantuvimos la calma suficiente para pilotar el avión, observar con detalle muchas cosas y tomar una cuidadosa serie de fotografías que podrían hacer un gran bien al mundo. En mi caso es posible que me ayudasen mis arraigados hábitos científicos, pues, pese a toda mi sorpresa y a la sensación de amenaza, ardía en mi interior la dominante curiosidad de investigar aquel antiquísimo secreto y saber qué seres habían construido y vivido en aquel lugar incalculablemente gigantesco, y qué relación con el mundo de su época o de otras épocas podía haber tenido una concentración de vida tan inaudita.

No había sido una ciudad corriente, sino un núcleo primario y central de algún capítulo arcaico e increíble de la historia de la Tierra cuyas ramificaciones exteriores, evocadas vagamente en los mitos más oscuros y distorsionados, se habían desvanecido sin remedio en el caos de las convulsiones del planeta mucho antes de que ninguna raza humana conocida hubiese evolucionado del mono. Ante nosotros se extendía una megalópolis paleógena comparada con la cual las fabulosas Atlántida y Lemuria, Commoriom y Uzuldaroum, y Olathoë en la tierra de Lomar eran sitios de hoy, ni siquiera de ayer; una megalópolis equivalente a las susurradas blasfemias prehumanas de Valusia, R'lyeh, Ib en la Tierra de Mnar y la Ciudad sin Nombre del desierto de Arabia. Mientras sobrevolábamos aquella maraña de torres titánicas mi imaginación escapaba a veces de todas sus ataduras y vagaba sin objeto por reinos de descabelladas asociaciones, e incluso urdía vínculos entre ese mundo perdido y algunas de mis teorías más absurdas sobre los demenciales horrores del campamento.

Sólo volábamos con medio depósito de combustible, con la idea de aligerar el avión al máximo, por lo que tuvimos que ir con sumo cuidado en nuestra exploración. Aun así, recorrimos una enorme extensión de terreno —o más bien de aire— tras descender a una altura donde el viento era casi inapreciable. No parecía que hubiese límites a la cordillera o la extensión de la temible ciudad de piedra que bordeaba sus estribaciones. Ochenta kilómetros de vuelo en ambas direcciones no revelaron el menor cambio en el laberinto de piedra y mampostería que asomaba como un cadáver a través del hielo eterno. Había, no obstante, algunas variaciones muy interesantes, como los relieves en el cañón por donde el ancho río había discurrido entre las montañas más bajas antes de precipitarse en la gran cordillera. Los promontorios a la entrada del curso de agua estaban tallados a modo de ciclópeos pilones, y su forma de barril estriado nos trajo a la memoria a Danforth y a mí vagos, odiosos y confusos recuerdos.

También llegamos a una especie de plazas públicas, varios espacios abiertos con forma de estrella, y nos fijamos en diversas ondulaciones en el terreno. Todas las elevaciones habían sido excavadas para formar una especie de laberíntico edificio de piedra, pero había al menos dos excepciones. Una de ellas estaba demasiado erosionada para saber qué había habido encima, mientras que en la otra se alzaba aún un fantástico monumento cónico tallado en la roca viva que se asemejaba a construcciones como la conocida Tumba de la Serpiente en el antiguo valle de Petra.

Al volar hacia el interior desde las montañas, descubrimos que la anchura de la ciudad no era infinita, aunque su longitud al pie de la cordillera lo parecía. Al cabo de cincuenta kilómetros los grotescos edificios de piedra empezaron a ser menos numerosos y dieciséis kilómetros después llegamos a un desierto sin el menor indicio de construcción de ningún tipo. El curso del río, más allá de la ciudad, parecía señalarlo una ancha hendidura, y la tierra daba la impresión de volverse más escarpada y ascender antes de perderse en el neblinoso Poniente.

No habíamos aterrizado, pero abandonar la meseta sin intentar entrar en alguna de las monstruosas estructuras habría sido inconcebible. Por ello decidimos buscar un lugar plano en las montañas cerca del paso navegable, aterrizar y emprender la exploración a pie. Aunque las laderas estaban en parte cubiertas de ruinas, un vuelo a baja altura reveló varios sitios donde era posible llevar a cabo el aterrizaje. Escogimos el más cercano al paso, pues el siguiente vuelo sería para atravesar la cordillera y regresar al campamento, y a las doce y media del mediodía logramos posarnos en un campo de nieve dura totalmente desprovisto de obstáculos e idóneo para un rápido despegue posterior.

No vimos necesario defender el aeroplano con una pared de nieve: la ausencia de viento era cómoda e íbamos a permanecer poco tiempo, así que nos limitamos a tapar los esquís de aterrizaje y a asegurarnos de que las partes vitales del motor estuviesen protegidas del frío. Antes de partir nos quitamos las gruesas pieles que habíamos utilizado durante el vuelo y llevamos con nosotros un equipo pequeño: brújula de bolsillo, cámara, unas pocas provisiones, cuadernos y papeles, martillo y cincel de geólogo, unas bolsas para muestras, un rollo de cuerda de escalada y potentes linternas eléctricas con pilas de repuesto; habíamos metido en el avión todo este material ante la posibilidad aterrizar, hacer fotografías desde el suelo, tomar apuntes y bocetos topográficos y obtener muestras de roca de alguna ladera, saliente o cueva. Por suerte teníamos papel de sobra para romperlo, meterlo en una bolsa de muestras e ir señalando el trayecto en cualquier laberinto en el que pudiésemos internarnos. Lo habíamos llevado por si encontrábamos algún sistema de cuevas donde el aire estuviese lo bastante tranquilo para permitir un método tan rápido y sencillo en lugar de tener que ir marcando el camino con muescas como suele hacerse.

Descendimos cautelosamente por la capa de nieve hacia el grandioso laberinto de piedra que se alzaba contra poniente con casi la misma sensación de encontrarnos ante algún prodigio inminente que cuatro horas antes, al aproximarnos a las misteriosas e inescrutables montañas. Es cierto que nos habíamos familiarizado visualmente con el increíble secreto que ocultaba aquella barrera de picos, pero la perspectiva de internarnos entre muros primigenios levantados por seres conscientes tal vez millones de años atrás, antes de que existiera la raza humana, resultaba impresionante y potencialmente terrible, pues implicaba una anormalidad cósmica. A pesar de que el aire enrarecido a esa prodigiosa altura hacía que cualquier esfuerzo resultara más fatigoso de lo normal, tanto Danforth como yo lo soportamos bastante bien y nos sentimos capaces de estar a la altura de casi cualquier cosa que nos reservara el destino. Sólo nos hicieron falta unos pasos para llegar a una ruina informe erosionada hasta el nivel de la nieve, y a unos cincuenta o setenta y cinco metros más allá vimos un enorme bastión sin tejado todavía con el perfil de cinco puntas completo. Nos encaminamos hacia allí, y cuando por fin pudimos tocar los bloques ciclópeos y erosionados, nos pareció haber establecido un vínculo sin precedentes y casi blasfemo con eones olvidados y normalmente vetados a nuestra especie.

El bastión con forma de estrella medía unos cien metros de punta a punta y estaba construido con bloques de arenisca jurásica de formas irregulares, con una media de dos por tres metros de superficie. Había una hilera de troneras o ventanas para arco de un metro de ancho y dos de altura, espaciadas simétricamente a lo largo de las puntas de la estrella y en los ángulos interiores cuya base quedaba a un metro de la superficie helada. Nos asomamos y comprobamos que la mampostería tenía un grosor de unos dos metros y medio; dentro no quedaba en pie ningún tabique y había unas ornamentaciones o bajorrelieves, cosa que habíamos entrevisto al sobrevolar a baja altura ese y otros muros parecidos. Aunque debían de existir partes inferiores, estaban tapadas por una gruesa capa de nieve y hielo.

Entramos por una de las ventanas y tratamos en vano de descifrar los jeroglíficos casi borrados de las paredes, pero no intentamos excavar en el suelo helado. Los vuelos de reconocimiento nos habían mostrado que muchos edificios de la ciudad no estaban tan tapados por el hielo, y que tal vez podríamos encontrar alguno cuyo interior condujese al verdadero nivel del suelo si entrábamos por las estructuras que aún conservaban el tejado. Antes de abandonar la muralla la fotografiamos con sumo cuidado y estudiamos perplejos la ciclópea mampostería de piedra seca. Ojalá hubiese estado presente Pabodie, pues sus conocimientos de ingeniería podrían habernos ayudado a deducir cómo podían haber manejado aquellos bloques titánicos en la época increíblemente remota en que se construyó la ciudad y sus alrededores.

El descenso de casi un kilómetro, con el viento aullando terriblemente entre los picos recortados sobre los cielos, hasta la ciudad propiamente dicha es algo que quedará grabado para siempre en mi recuerdo. Sólo en las más descabelladas pesadillas podría un ser humano que no sea Danforth o yo imaginar tales efectos ópticos. Entre nosotros y los vapores que se alzaban por el oeste se extendía la monstruosa maraña de oscuras torres de piedra; sus formas increíbles y extrañas nos maravillaban con cada nuevo ángulo de visión. Era un espejismo de piedra, y si no fuese por las fotografías aún hoy seguiría dudando de su existencia. La mampostería era idéntica a la del muro que habíamos inspeccionado, pero las formas extravagantes que adoptaba en sus manifestaciones urbanas superaban cualquier descripción.

Incluso las fotografías reflejan sólo una o dos fases de su infinita peculiaridad, su variedad inasumible, su tamaño sobrenatural y su exotismo totalmente ajeno a este mundo. Había formas geométricas para las que Euclides difícilmente habría encontrado un nombre: conos con todo tipo de irregularidades y truncamientos, escalones con llamativas desproporciones, pilones con raros abultamientos bulbosos, columnas rotas agrupadas de formas diversas y estructuras con cinco puntas o cinco aristas grotescas y demenciales. Al acercarnos pudimos distinguir, por debajo de algunas zonas transparentes de la lámina de hielo, los puentes de piedra tubulares que conectaban las absurdas estructuras a distintas alturas. No parecía haber ninguna calle alineada y la única hilera despejada estaba dos kilómetros a nuestra izquierda, en el lugar por donde sin duda el antiguo río había fluido hacia las montañas.

El catalejo nos mostró que las bandas horizontales de ornamentaciones casi borradas y los grupos de puntos se extendían por todas partes, y casi pudimos imaginar el aspecto que habría tenido la ciudad, pese a que la mayor parte de los tejados y las torres habían desaparecido. En conjunto, había sido una compleja maraña de calles y callejones tortuosos, la mayor parte profundos cañones y en algunos casos prácticamente túneles debido a la mampostería que los rodeaba o a los puentes que había tendidos por encima. Ahora se extendía ante nosotros como una fantasía onírica y se alzaba ante las brumas que el sol bajo y rojizo del atardecer antártico se esforzaba en atravesar por occidente; y, cuando en determinado momento encontró una obstrucción más densa y la escena se sumió por un instante en la oscuridad, el efecto fue de una sutil amenaza, aunque no aspiro a saber explicar por qué. Incluso los leves e inofensivos aullidos y silbidos del viento en los pasos montañosos que había a nuestra espalda cobraron una nota de malignidad consciente. La última fase del descenso a la ciudad fue muy escarpada; una roca asomando al borde de la pendiente nos hizo creer que debía de haber existido un graderío artificial y que por debajo del hielo debía de haber unas escaleras o algo parecido.

Por fin nos adentramos en la ciudad laberíntica propiamente dicha, trepando sobre las ruinas caídas, encogidos ante la opresiva cercanía y la altura descomunal de los omnipresentes muros derrumbados y agujereados, volvimos a experimentar tales sensaciones que me maravilla que pudiéramos conservar el dominio de nosotros mismos. Danforth, que estaba muy nervioso, empezó a hacer elucubraciones relacionadas con los horrores vistos en el campamento, lo cual me desagradó mucho porque no podía sino compartir algunas de las conclusiones impuestas por las características de aquella mórbida supervivencia de una antigüedad de pesadilla. Dichas elucubraciones le afectaron también a él, pues en cierto lugar donde un callejón cubierto de piedras giraba bruscamente insistió en haber visto unas huellas en el suelo que no le gustaban; en otro momento se detuvo a escuchar un sonido imaginario procedente de un punto indeterminado, un apagado silbido musical, dijo, parecido al del viento en las cuevas de las montañas, pero turbadoramente diferente. La constante repetición de las cinco puntas en la arquitectura circundante y en los pocos arabescos murales que podían distinguirse tenía siniestras connotaciones a las que era imposible sustraerse, y nos proporcionó una especie de terrible e inconsciente certeza sobre las entidades primigenias que habían vivido y prosperado en aquel lugar profano.

En cualquier caso, nuestro espíritu científico y aventurero seguía vivo y continuamos mecánicamente con nuestro plan de tomar muestras de los distintos tipos de roca representados en la mampostería. Nos interesaba disponer de una colección lo más completa posible para poder sacar conclusiones exactas sobre la edad de aquel lugar. Nada en las grandes murallas exteriores parecía remontarse más allá de los períodos Jurásico y Comanchiense, ni hallamos ningún trozo de piedra posterior al Plioceno. Con toda seguridad, estábamos vagando entre una muerte que había reinado al menos quinientos mil años, y muy probablemente mucho antes.

Fuimos avanzando por aquel laberinto crepuscular, oscurecido por la sombra de las piedras, deteniéndonos en todas las aberturas que encontramos a nuestro paso, con el fin de examinar su interior e, incluso, valorar la posibilidad de entrar. Algunas quedaban fuera de nuestro alcance y otras conducían a ruinas tapadas por el hielo tan estériles como el muro de la ladera. Una, aunque espaciosa y tentadora, se abría sobre un abismo aparentemente sin fondo por el que era imposible descender. De vez en cuando tuvimos ocasión de estudiar la madera petrificada de alguna contraventana, y nos impresionó la fabulosa antigüedad que implicaba el grano todavía distinguible. Aquellos objetos procedían de gimnospermas y coníferas mesozoicas —sobre todo cicas cretácicas— y palmeras y angiospermas tempranas claramente del período Terciario. No encontramos nada con certeza posterior al Plioceno. El modo de colocación de dichas contraventanas —en cuyos bordes se apreciaba la anterior presencia de unas bisagras extrañas y hacía tiempo desaparecidas— era distinto, pues unas iban en el exterior y otras en el interior de las troneras. Parecían haber quedado encajadas, por lo que habían sobrevivido a la oxidación de los enganches y cierres, probablemente metálicos.

Poco después, dimos con una hilera de ventanas —en los salientes de un colosal cono con cinco aristas y el vértice intacto— que daban a una enorme sala muy bien conservada y con el suelo de piedra; pero estaban demasiado altas para permitir el descenso sin una cuerda. Llevábamos una, pero no quisimos arriesgarnos a descender seis metros por ella si no era estrictamente necesario, sobre todo porque el aire enrarecido de la meseta exigía ya un gran esfuerzo al corazón. Aquella enorme estancia debía de ser una especie de salón o recinto, y nuestras linternas eléctricas mostraron sorprendentes y provocativos relieves dispuestos a lo largo de las paredes en amplias bandas horizontales separadas por otras bandas igual de anchas cubiertas de arabescos. Anotamos la localización de aquel lugar con intención de volver si no podíamos acceder a otro interior más accesible.

Finalmente, encontramos justo la abertura que estábamos buscando: un arco de unos dos metros de ancho por tres de alto que coincidía con el extremo de un puente aéreo tendido sobre un callejón a metro y medio del actual nivel de glaciación. Dichos arcos, por supuesto, daban a los pisos superiores y por suerte se había conservado el suelo. El edificio accesible de ese modo consistía en una serie de terrazas rectangulares a nuestra izquierda y estaba orientado a Poniente. Al otro lado del callejón, donde estaba el otro arco, había un cilindro decrépito sin ventanas y con un curioso abultamiento unos tres metros por encima de la abertura. Dentro estaba totalmente oscuro y el arco parecía dar a un pozo insondable.

Una montaña de piedras ruinosas facilitaba aún más la entrada en el edificio de la izquierda, pero dudamos un instante antes de aprovechar aquella oportunidad tan deseada. Aunque nos habíamos internado en aquel laberinto de misterios arcaicos, hacía falta mucha resolución para entrar en un edificio completo y perfectamente conservado de un mundo fabulosamente antiguo cuya naturaleza cada vez nos parecía más horrible y evidente. Al final nos decidimos y trepamos entre las ruinas hasta la tronera. El suelo al otro lado estaba cubierto de grandes losas de pizarra y parecía constituir la salida de un largo y airoso pasillo con paredes esculpidas.

Al ver los numerosos pasadizos que salían de él, nos dimos cuenta de la probable complejidad de aquella madriguera, así que decidimos dejar un rastro a nuestro paso. Hasta entonces las brújulas y las montañas a nuestras espaldas nos habían servido para orientarnos, pero a partir de ese momento tendríamos que utilizar otros métodos. Por ello cortamos el papel sobrante a trocitos, los metimos en una bolsa que llevaría Danforth y nos dispusimos a utilizarlos con moderación, pero sin comprometer nuestra seguridad. Lo más seguro era que no nos perdiéramos porque no parecía haber corrientes de aire en el interior de aquellos muros de mampostería, aunque, si llegaba a levantarse o nos quedábamos sin papeles, siempre podríamos recurrir al método más cansado y tedioso de ir haciendo marcas en las rocas.

Era imposible calcular cuánto el terreno recorrido. Las frecuentes conexiones entre los diversos edificios hacían probable que pudiéramos pasar uno a otro por puentes bajo el hielo, excepto allí donde se hubiesen hundido o hubiera aparecido alguna grieta geológica, pues la glaciación parecía haber afectado poco al interior de las gigantescas construcciones. Casi todas las áreas de hielo transparente habían revelado que las ventanas sumergidas estaban cerradas a cal y canto, como si hubiesen abandonado la ciudad en ese estado antes de que la lámina glacial cristalizase la parte inferior para el resto de los tiempos. De hecho, teníamos la curiosa impresión de que la ciudad había sido cerrada y abandonada deliberadamente en algún oscuro y olvidado eón, y que la causa no había sido una catástrofe repentina, ni siquiera una decadencia paulatina. ¿Habrían previsto la llegada del hielo y una población sin nombre había evacuado en masa la ciudad para ir a un lugar más seguro? Tendríamos que esperar para conocer las exactas condiciones fisiográficas que condujeron a la formación de la placa de hielo. Era evidente que no se había tratado de una avalancha arrolladora. Tal vez la presión de las nieves acumuladas, el desbordamiento del río o a la rotura de alguna antigua presa glacial en la enorme cordillera hubiesen ayudado a crear las condiciones presentes. La imaginación podía concebir casi cualquier cosa sobre aquel lugar.

CAPÍTULO VI

Podría resultar aburrido narrar con detalle nuestro vagabundeo por aquella cavernosa colmena muerta desde hacía eones; aquella madriguera de arcaicos secretos en la que resonaba ahora por primera vez, después de épocas sin nombre, el eco de los pasos humanos. Sobre todo, porque gran parte de la horrible tragedia y revelación llegó del simple estudio de las omnipresentes ornamentaciones murales. Las fotografías tomadas a la luz de las linternas contribuirán a demostrar la veracidad de nuestros hallazgos, y es una pena que nos quedásemos sin película. El caso es que cuando se nos acabó, no nos quedó otro remedio que hacer toscos bocetos a mano de los detalles más destacados.

El edificio en el que habíamos penetrado era muy grande y ornamentado, y nos permitió hacernos una idea de cómo era la arquitectura de aquel innombrable pasado geológico. Las separaciones interiores no eran tan gruesas como los muros exteriores, pero estaban perfectamente conservadas en los niveles de abajo. Su disposición se caracterizaba por una complejidad laberíntica, junto con extrañas irregularidades a nivel del suelo, y de no ser por el rastro de papeles, sin duda nos habríamos perdido casi al principio. Decidimos explorar primero las ruinosas partes superiores y trepamos unos treinta metros por el laberinto hasta el lugar donde las salas más altas se abrían derrumbadas y cubiertas de nieve bajo el cielo polar. Subimos por las empinadas rampas o planos inclinados con salientes transversales que hacían las veces de escaleras en todas partes. Los salones por los que pasamos tenían formas y proporciones inimaginables, que iban desde estrellas de cinco puntas hasta triángulos y cubos perfectos. Podríamos decir sin miedo a equivocarnos que el tamaño medio era de unos diez metros por cada lado y unos seis de altura, pero había muchos más grandes. Después de examinar con cuidado las regiones superiores y el nivel de la glaciación, descendimos un piso tras otro hasta la zona sumergida, donde pronto comprendimos que nos hallábamos en un laberinto continuo de estancias y pasadizos conectados entre sí que probablemente se extendieran por zonas ilimitadas lejos de aquel edificio concreto. El tamaño ciclópeo y descomunal de todo lo que nos rodeaba nos resultó extrañamente opresivo, y percibimos algo vago y profundamente inhumano en todos los contornos, dimensiones, proporciones, adornos y matices constructivos de la arcaica y profana albañilería. No tardamos en reparar, por lo que mostraron los relieves, en que aquella ciudad monstruosa tenía millones de años de antigüedad.

No es posible aún hoy dar una explicación racional a los preceptos de ingeniería usados en aquel equilibrio imposible y en el encaje de aquellas rocas enormes, aunque el uso del arco era generalizado. En ninguna de las salas que visitamos hallamos enseres movibles, circunstancia que apoyó nuestra teoría de que la ciudad había sido evacuada deliberadamente. El principal rasgo decorativo era el sistema casi universal de adornos murales, que por lo general se extendía en bandas horizontales continuas de un metro de anchura e iba del suelo al techo alternando con bandas de la misma anchura cubiertas de arabescos geométricos. Había excepciones a este tipo de adornos, pero su predominio era abrumador. A menudo vimos cartuchos cubiertos de extraños grupos de puntos en algunas bandas de arabescos.

No nos costó darnos cuenta de que la técnica era muy avanzada, de una estética que demostraba evolución y un dominio excelso, aunque ajeno en todos sus detalles a cualquier tradición artística conocida por la raza humana. Jamás he visto una escultura cuya ejecución pudiera comparársele en delicadeza. Los detalles más minúsculos de la vegetación o la vida animal se reproducían con una sorprendente viveza a pesar de la enorme escala de los relieves, mientras que los diseños convencionales eran maravillas de complejidad. Los arabescos evidenciaban un profundo conocimiento de los principios matemáticos, y estaban hechos de curvas oscuramente simétricas y ángulos basados en el número cinco. Las bandas pictóricas seguían una tradición muy formalista e implicaban un peculiar tratamiento de la perspectiva; pero poseían una fuerza artística que nos conmovió profundamente a pesar del abismo de eras geológicas que nos separaba. Los diseños se basaban en la peculiar yuxtaposición de varias siluetas bidimensionales y entrañaban una profundidad psicológica que superaba a la de cualquier raza conocida de la antigüedad. Es inútil intentar comparar su arte con cualquier otro presente en nuestros museos. Quienes vean nuestras fotografías probablemente encontrarán alguna analogía con las ideas grotescas de los futuristas más osados.

Vista en conjunto, la tracería de arabescos consistía en líneas cuya profundidad en los muros sin erosionar variaba de dos a cinco centímetros. En los lugares donde había cartuchos con punto, que eran evidentes inscripciones en alguna lengua y alfabeto primigenios y desconocidos, la profundidad de la superficie lisa era de unos dos centímetros y la de los puntos de unos cuatro. Las bandas pictóricas estaban hechas en bajorrelieve, y el fondo se hallaba unos cinco centímetros más hundido que la pared. En algunas podían verse restos de la antigua coloración, pero en la mayoría de los casos los incontables eones transcurridos habían borrado y desintegrado cualquier pigmento que hubiese habido. Cuanto más estudiaba uno aquella técnica maravillosa, más admiraba aquellos adornos. Por debajo de su estricto convencionalismo podía detectarse la minuciosa y exacta observación y la habilidad gráfica de los artistas; y de hecho las propias convenciones servían para simbolizar y acentuar la verdadera esencia o diferenciación vital de cada objeto delineado. Intuimos también que detrás de aquella excelencia inteligible había otra que escapaba al alcance de nuestra percepción. Ciertos toques aquí y allá eran vagos indicios de símbolos y estímulos latentes que, si hubiésemos tenido otro trasfondo mental y emocional y un sistema sensorial totalmente diferente, habrían tenido un profundo significado para nosotros.

Supusimos que los relieves contaban la vida de aquella época desaparecida en que se crearon, y que seguramente recogerían buena parte de su historia. Esa anormal preocupación por la historia de la raza primigenia —una circunstancia casual que obró milagrosamente y por pura coincidencia a nuestro favor— fue la que hizo que los relieves fuesen tan informativos y nos llevó a anteponer las fotografías y reproducciones por encima de cualquier otra consideración. En algunas salas la disposición cambiaba con la presencia de mapas, cartas astronómicas y otros dibujos científicos a gran escala, y dichos objetos corroboraron de forma ingenua y terrible lo que habíamos deducido de los frisos y zócalos pictóricos. Al insinuar lo que nos reveló el conjunto, cuento con no despertar en quienes me crean una curiosidad mayor de lo que impone la cordura. Sería trágico que alguien se viese atraído hacia ese reino de la muerte y el horror precisamente por la advertencia pensada para desanimarle.

Entre los relieves de los muros había grandes ventanales y enormes umbrales de cuatro metros de altura que conservaban en ambos casos las planchas de madera petrificada —cuidadosamente tallada y pulimentada— de los postigos y las puertas. Todos los enganches metálicos habían desaparecido hacía mucho, pero algunas puertas seguían en su sitio y tuvimos que empujarlas para pasar de una estancia a otra. Aquí y allá sobrevivían marcos de ventana con extraños paneles transparentes —sobre todo elípticos—, aunque no muchos. También había numerosas hornacinas de gran tamaño, por lo general vacías, aunque a veces contenían algún extraño objeto tallado en esteatita verde que o bien estaba deteriorado o no les había merecido suficiente interés para llevárselo. Otras aberturas sin duda estaban conectadas con sistemas mecánicos desaparecidos —de la calefacción, la iluminación y demás— parecidos a los que se veían en muchos relieves. Los techos eran más bien sencillos, pero a veces estaban forrados de azulejos de esteatita u otro material, la mayor parte de las veces se habían caído. Algunos suelos también estaban empavesados con dichos azulejos, aunque predominaba el piso de piedra.

Como he dicho, no había muebles ni objetos de ninguna clase, pero los relieves daban una idea clara de los extraños artilugios que habían llenado una vez aquellas salas resonantes como tumbas. Por encima de la lámina glacial, el suelo se hallaba por lo general cubierto de escombros, ruinas y cascotes, pero más abajo su estado de conservación era mejor. En algunas de las estancias y los pasillos inferiores apenas había arenilla o polvo de antiguas incrustaciones, mientras que algunos sitios estaban extraordinariamente limpios, como si acabaran de barrerlos. Por supuesto, donde se habían producido hundimientos había tantos escombros como arriba. Un patio central —igual que en otras estructuras que habíamos visto desde el aire— daba luz a las zonas interiores, de modo que pocas veces tuvimos que utilizar las linternas en la parte superior como no fuese para estudiar algún detalle de los relieves. No obstante, por debajo de la capa de hielo la penumbra se hacía más densa y en muchos sitios predominaba una oscuridad casi total a nivel del suelo.

Si buscáramos un relato parecido en medio de un caos desconcertante de impresiones, recuerdos y estados de humor volubles, quizá podríamos hacernos a una idea aproximada de nuestros pensamientos y sensaciones a medida que avanzábamos por el laberinto de inhumana mampostería que llevaba eones en silencio. Su antigüedad era abrumadora y su desolación mortal habría bastado para encoger el ánimo de cualquier persona sensible, pero a esos elementos había que añadir el horror recién descubierto en el campamento y las revelaciones de los terribles relieves que había por todas partes. En cuanto dimos con un fragmento perfectamente conservado y cuya interpretación no dejaba lugar a dudas, bastó un breve examen para comprender la espantosa verdad, una verdad que sería ingenuo afirmar que Danforth y yo no hubiésemos sospechado antes, aunque ambos nos hubiéramos guardado mucho de insinuarlo siquiera. A partir de ese

186

momento no quedó ninguna duda sobre la naturaleza de los seres que habían construido y habitado esa ciudad muerta y monstruosa millones de años atrás, cuando los antepasados del hombre eran mamíferos primitivos y arcaicos, y gigantescos dinosaurios recorrían las estepas tropicales de Europa y Asia.

Nos habíamos aferrado a la posibilidad, aunque remota, y la habíamos repetido muchas veces para nuestros adentros, de que la presencia tantas veces repetida del motivo de cinco puntas era sólo una exaltación cultural o religiosa del organismo arqueozoico que había encarnado de un modo tan patente la forma de la estrella; igual que los motivos ornamentales de la Creta minoica exaltan al toro, los de Egipto al escarabajo, los de Roma a la loba y al águila y los de diversas tribus salvajes a otros animales totémicos. Pero a partir de ese instante nos vimos privados de ese refugio solitario y no nos quedó más remedio que enfrentarnos a una evidencia que hacía tambalearse a la razón y que el lector de estas páginas sin duda debe de haber imaginado hace tiempo. Me cuesta reflejarlo en un papel, incluso ahora, aunque tal vez resulte inútil.

Quienes construyeron y habitaron aquella temible arquitectura en la época de los dinosaurios no eran dinosaurios, sino algo mucho peor. Los dinosaurios eran animales nuevos y sin inteligencia, pero los constructores de esta ciudad eran sabios y viejos, y habían dejado huellas en las rocas casi mil millones de años antes... Rocas creadas antes de que la vida en la tierra hubiese evolucionado más allá de unos grupos de células... Rocas creadas antes de que existiera verdadera vida en la Tierra. Fueron los creadores y dominadores de esa vida, y por encima de cualquier género de dudas los originales de los arcaicos y maléficos mitos que se mencionan con temor reverencial en los *Manuscritos Pnakóticos* y el *Necronomicón*. Eran los Grandes Ancianos llegados de las estrellas cuando la Tierra era joven... Seres cuya sustancia había conformado una evolución ajena, y cuyos poderes nunca había conocido este planeta. Y pensar que sólo un día antes Danforth y yo habíamos contemplado fragmentos de su sustancia milenaria y fosilizada y que el pobre Lake y su equipo habían visto su contorno completo...

Por supuesto, me resulta imposible relatar en el orden correcto las etapas en que fuimos comprendiendo lo que sabemos de ese monstruoso capítulo de la vida prehumana. Tras la primera impresión tuvimos que hacer una pausa para recuperarnos, y hasta las tres en punto no emprendimos una exploración más sistemática. Los relieves del edificio eran de fecha relativamente reciente —tal vez de hacía dos millones de años—, según indicaron sus características geológicas, biológicas y astronómicas, y representaban un arte que podría considerarse decadente comparado con los ejemplos que encontramos en otros edificios más antiguos a los que accedimos tras cruzar los puentes por debajo de la lámina glacial. Un edificio excavado en la roca viva parecía remontarse a cuarenta o posiblemente cincuenta millones de años —hasta el Eoceno inferior o el Cretácico superior— y contenía bajorrelieves de una calidad artística que superaba todos los demás, con una tremenda excepción que encontramos después. Aquella estructura doméstica era —según concluimos más adelante— la más antigua por la que pasamos.

Si no fuera porque cuento con el testimonio gráfico de las fotografías que hicimos y que no tardaré en hacer públicas, no me atrevería a contar lo que descubrimos y dedujimos por miedo a que me tomasen por loco. Por supuesto, las partes infinitamente pretéritas de la historia fragmentada, en las que se representa la vida preterrestre de los seres con la cabeza en forma de estrella en otros planetas, otras galaxias y otros universos, pueden interpretarse fácilmente como la mitología fantástica de dichos seres; aunque dichos fragmentos incluían diseños y diagramas tan extraordinariamente parecidos a los últimos descubrimientos de las matemáticas y la astrofísica que apenas sé qué pensar. Que lo juzguen los demás cuando publique las fotografías.

Como es natural, ninguno de los fragmentos de relieves que encontramos contaba más que una fracción de una historia coherente; ni siquiera hallamos las diversas etapas en el orden correcto. Algunos de los vastos salones eran unidades independientes en lo que a los relieves se refiere, mientras que en otros casos había una crónica continua a través de una serie de estancias y pasillos. Hallamos los mejores mapas y diagramas en las paredes de un espantoso abismo que estaba incluso por debajo del antiguo nivel del suelo: una caverna de unos sesenta metros por cada lado y veinte metros de altura, que casi sin ninguna duda había sido una especie de centro educativo. Había llamativas repeticiones del mismo material en habitaciones y edificios diferentes, pues era obvio que ciertos capítulos y ciertos compendios o fases de la historia de su raza habían gozado de mayor predicamento entre los decoradores o habitantes de aquellas estancias. No obstante, en varias ocasiones las variantes sobre el mismo tema nos fueron de gran utilidad para resolver determinados puntos discutibles y llenar lagunas.

Y todavía hoy me admira que fuésemos capaces de interpretar tantas cosas con el poco tiempo del que dispusimos, aunque en realidad se trata sólo de un simple y tosco bosquejo que, en gran parte, confiamos en completar después, a partir de las fotografías y los bocetos. Es posible que el efecto de este estudio posterior —tener que revivir aquellos recuerdos y vagas impresiones junto a aquel supuesto horror vislumbrado al final y cuya esencia se niega a revelarme incluso a mí— fuese lo que causó el colapso nervioso de Danforth. Pero no nos quedó otro remedio: si queríamos hacer pública nuestra advertencia de forma razonable, antes debíamos reunir toda la información posible; y hacerla pública es una necesidad perentoria. Ciertas influencias que perduran en ese desconocido mundo antártico de tiempo desquiciado y extrañas leyes naturales hacen imperativo recomendar que no se lleve a cabo ninguna otra exploración.

CAPÍTULO VII

La historia completa, hasta donde hemos sido capaces de descifrarla, se publicará en la revista oficial de la Universidad Miskatonic. Aquí sólo haré un resumen, sin demasiado orden, de los hechos más reseñables. Mito o no, los relieves contaban el relato de la llegada de esos seres con la cabeza en forma de estrella a la tierra primigenia y sin vida... Desde el espacio exterior. De su llegada y de la de otros muchos seres extraterrestres que en determinada época se embarcaron en la exploración espacial. Al parecer eran capaces de atravesar el éter interestelar gracias a sus enormes alas membranosas, lo cual confirma ciertas leyendas antiguas de pueblos montañeses de los que me había hablado en cierta ocasión un colega historiador. Habían vivido mucho tiempo bajo el mar, donde habían construido maravillosas ciudades y habían librado terribles batallas con innombrables adversarios empleando complicados artilugios basados en principios de energía desconocidos. Evidentemente sus conocimientos científicos y mecánicos superaban con mucho a los de la humanidad actual, aunque sólo utilizaron sus formas más refinadas y extendidas cuando no les quedó otro remedio. Algunos relieves daban a entender que habían pasado por una etapa de vida mecanizada en otros planetas, pero la habían abandonado cuando sus efectos no les resultaron emocionalmente satisfactorios. La rigidez sobrenatural de su organización y la sencillez de sus necesidades los hacían peculiarmente adaptados a vivir en un plano elevado sin los frutos más especializados de la manufactura artificial, e incluso sin ropa, excepto para protegerse ocasionalmente contra los elementos.

Fue bajo el mar, al principio para procurarse alimento y más tarde por otros motivos, donde crearon la vida terrestre a partir de las sustancias disponibles y mediante métodos que hacía largo tiempo que conocían. Los experimentos más complejos llegaron después de la eliminación de varios enemigos cósmicos. En otros planetas habían hecho lo mismo y habían llegado a elaborar no sólo los alimentos necesarios, sino ciertas masas protoplasmáticas multicelulares capaces de modelar sus tejidos para producir todo tipo de órganos bajo influencia de la hipnosis y crear así esclavos ideales que llevaran a cabo las labores más pesadas de la comunidad. Esas masas viscosas eran, sin duda, lo que Abdul Alhazred llama asustado Shoggoths en su temible *Necronomicón,* aunque ni siquiera a ese árabe loco se le había ocurrido insinuar que pudiera existir ninguno en la Tierra como no fuese en los sueños de quienes habían mascado cierta hierba alcaloide. Cuando los Grandes Ancianos de cabeza estrellada sintetizaron en nuestro planeta sus sencillos alimentos y crearon suficientes Shoggoths, permitieron que otros grupos de células se desarrollaran para dar lugar a otras formas de vida animal y vegetal con fines diversos y extirparon aquellos cuya presencia llegó a ser molesta.

Con la ayuda de los Shoggoths, cuyas prolongaciones podían levantar pesos prodigiosos, las pequeñas ciudades submarinas se convirtieron en gigantescos e imponentes laberintos de piedra no muy diferentes de los que erigieron después en tierra. De hecho, los adaptables Ancianos habían vivido muchas veces en tierra en otras partes del universo, y es probable que conservaran muchas tradiciones de construcción terrestre. Mientras estudiábamos la arquitectura de todas esas ciudades paleógenas cubiertas de relieves, y aquellos pasillos muertos desde hacía eones que estábamos recorriendo, nos impresionó una curiosa coincidencia que ni siquiera hoy hemos tratado de explicarnos. Los remates de los edificios de la ciudad donde nos hallábamos, reducidos a ruinas por la erosión desde hacía milenios, estaban retratados con gran claridad en los bajorrelieves y mostraban gigantescos grupos de pináculos en forma de agujas, delicados vértices sobre conos y pirámides y terrazas de finos discos horizontales sobre columnas cilíndricas. Justo lo que habíamos visto en aquel monstruoso y ominoso espejismo, reflejo de una ciudad de la que habían desaparecido hacía miles y decenas de miles de años y que se alzó ante nuestros ojos ignorantes al otro lado de las inexploradas montañas de la locura cuando nos aproximamos al malhadado campamento del pobre Lake.

La vida de los Ancianos, tanto bajo el mar como después de que una parte de ellos emigrara a tierra, podría llenar libros y libros. Los de aguas someras habían conservado el uso de los ojos en el extremo de los cinco tentáculos de la cabeza y habían practicado las artes del relieve y la escritura del modo normal, con un buril sobre una superficie encerada a prueba de agua. Los de las profundidades del océano, aunque utilizaban un curioso organismo fosforescente para tener luz, veían mediante misteriosos sentidos especiales que operaban gracias a los cilios prismáticos de la cabeza y que les permitían prescindir de la luz en caso de emergencia. El estilo de los relieves y la escritura había ido cambiando curiosamente con su descenso y al parecer implicaba ciertos procesos de revestimiento químico, seguramente para garantizar su fosforescencia, que los bajorrelieves no llegaron a aclarar. Aquellos seres se movían por el agua en parte nadando gracias a los brazos laterales crinoideos y, en parte, arrastrándose con los tentáculos inferiores donde estaban los pseudopies. En ocasiones, hacían profundos picados con la ayuda de dos o más pares de las alas plegables en forma de abanico. En tierra utilizaban los pseudopies, pero a veces volaban a gran altura o recorrían largas distancias con ayuda de las alas. Los numerosos tentáculos en que se ramificaban los brazos crinoideos eran infinitamente delicados, flexibles, fuertes y precisos en lo que se refiere a su coordinación nerviosa y muscular, y garantizaban una enorme habilidad y destreza en todas las operaciones artísticas y manuales.

Aquellos seres eran de una dureza increíble. Ni siquiera les afectaba la presión atmosférica de los fondos marinos. Pocos morían, a no ser que fuera de muerte violenta, y apenas había cementerios. El hecho de que enterrasen de pie a los muertos y los cubriesen con montículos de cinco puntas nos dio tanto que pensar a Danforth y a mí que tuvimos que hacer otra pausa para recuperarnos cuando lo vimos en los relieves. Aquellos seres se multiplicaban por esporas —igual que las plantas pteridofitas, tal como había sospechado Lake—, pero debido a su prodigiosa resistencia y longevidad, y la consecuentemente escasa necesidad de reemplazamiento, no favorecían el desarrollo a gran escala de nuevos protalos a menos que tuviesen que colonizar otras regiones. Los jóvenes maduraban deprisa, y recibían una educación evidentemente más allá de cualquier nivel que podamos imaginar. La vida estética e intelectual predominante estaba muy evolucionada y produjo una serie de costumbres e instituciones tenaces y duraderas que describiré con detalle en mi próxima monografía y que variaban ligeramente según habitasen el mar o la tierra, aunque compartían la misma esencia y los mismos fundamentos.

Del mismo modo que los vegetales, eran capaces de obtener alimento de sustancias inorgánicas, aunque preferían la comida orgánica y, sobre todo, la de origen animal. Bajo el agua, la devoraban cruda, pero sobre la tierra, la cocinaban. Eran cazadores y ganaderos, criaban rebaños por su carne y los sacrificaban con armas afiladas que habían dejado extrañas marcas en los huesos fósiles identificados por nuestra expedición. Resistían maravillosamente todas las temperaturas normales y en su estado natural podían vivir en agua a punto de congelarse. No obstante, cuando se acercó la gran glaciación del Pleistoceno —hace casi un millón de años— los que vivían en tierra tuvieron que recurrir a medidas especiales, entre ellas sistemas artificiales de calefacción, hasta que por fin el frío mortal al parecer los obligó a regresar al mar. Las leyendas decían que, para llevar a cabo sus vuelos prehistóricos por el espacio cósmico, habían ingerido ciertos productos químicos que los volvían casi independientes del alimento, la respiración y las condiciones térmicas, pero que cuando se produjo la glaciación habían olvidado dicho método. En cualquier caso, tampoco podían prolongar indefinidamente aquel estado sin sufrir daños.

Dado que su estructura era semivegetal, no recurrían al apareamiento para su reproducción y la etapa familiar, característica de lòs mamíferos, la organizaban al parecer las comunidades según fuera necesaria una ocupación del espacio cómoda y por la compatibilidad mental de sus individuos, algo que pudimos deducir de los trabajos y las diversiones de sus habitantes descritas en los relieves. Al amueblar sus hogares colocaban todo en el centro de las enormes estancias y dejaban las paredes para funciones decorativas. La iluminación, en el caso de los que vivían en tierra, se conseguía por un dispositivo de naturaleza probablemente electroquímica. Tanto en tierra como bajo el agua utilizaban curiosas mesas, sillas y sofás de estructura cilíndrica (descansaban y dormían de pie con los tentáculos plegados) y tenían estantes para las placas articuladas y cubiertas de puntos que hacían las veces de libros.

De su forma de gobierno, no pudimos sacar unas conclusiones claras de lo visto en los relieves, aunque era evidentemente un sistema complejo y, casi con toda seguridad, socialista. El comercio estaba muy extendido tanto a nivel local como entre las distintas ciudades; el dinero eran unas fichas planas de cinco puntas cubiertas de inscripciones. Es muy posible que las esteatitas verdosas más pequeñas encontradas por nuestra expedición fuesen ejemplos de dicha moneda. Aunque la cultura era eminentemente urbana, había cierta agricultura y ganadería. También practicaban la minería y algunas manufacturas. Viajaban con frecuencia, pero la emigración permanente era poco común, salvo por los grandes movimientos colonizadores mediante los cuales se expandía la raza. Carecían de ayuda externa para la locomoción personal, puesto que los Ancianos tenían la capacidad de moverse a gran velocidad por tierra, mar y aire. No obstante, utilizaban bestias de carga para transportar peso: Shoggoths bajo el agua y una curiosa variedad de vertebrados primitivos en los años que vivieron en tierra.

Estos vertebrados, del mismo modo que una infinidad de formas de vida, animal y vegetal, marina, terrestre y aérea, fueron producto de una evolución libre, al operar sobre las células creadas por los Ancianos y escapar a su atención. Les habían dejado desarrollarse sin control porque no competían con los seres dominantes. Las formas molestas, desde luego, eran exterminadas automáticamente. Nos llamó la atención ver, en algunos de los relieves más tardíos y decadentes, un mamífero primitivo de andares vacilantes, utilizado a veces por los que vivían en tierra como comida y otras como un bufón gracioso, cuyos rasgos vagamente homínidos eran indudables. En las ciudades terrestres los gigantescos bloques de piedra de las torres los levantaban por lo general pterodáctilos de enormes alas y de una especie desconocida hasta ahora para la paleontología.

La persistencia con que los Ancianos habían sobrevivido a los diversos cambios geológicos y a las convulsiones de la corteza terrestre resultaba casi milagrosa. Aunque pocas o ninguna de sus primeras ciudades parecen haber sobrevivido más allá de la era arqueozoica, no se produjo ninguna interrupción en su civilización o en la transmisión de sus registros. El primer lugar donde se habían establecido en el planeta había sido el océano Antártico, y es probable que llegasen poco después de que la materia que formó la luna se desprendiera del cercano Pacífico Sur. Según uno de los mapas de los relieves, el agua cubría todo el globo y las ciudades de piedra se fueron extendiendo desde la Antártida a medida que transcurrían los eones. Otro mapa muestra una gran masa de tierra en torno al Polo Sur, en la que algunos de aquellos seres probaron a establecerse, pese a que sus ciudades principales se trasladaron al fondo del mar. Mapas posteriores, que muestran la fractura y la deriva de dicha masa de tierra hacia el norte, apoyan de manera sorprendente las teorías de la deriva continental expuesta hace poco tiempo por Taylor, Wegener y Joly[21].

Con el surgimiento de nuevas tierras en el Pacífico Sur, empezaron portentosos acontecimientos. Algunas de las ciudades marinas quedaron reducidas a escombros, no obstante no fue esa su peor desdicha. Otra raza —una raza de seres terrestres con forma de pulpo que probablemente se corresponda con la mítica progenie prehumana de Cthulhu— empezó a filtrarse desde las infinidades cósmicas e inició una guerra monstruosa que por un tiempo obligó a los Ancianos a

---

[21]   El geólogo norteamericano FRANK BURSLEY TAYLOR (1860-1938) desarrolló la teoría del movimiento de las placas continentales sobre la capa terrestre que llevó al geólogo alemán ALFRED WEGENER, en 1915, a hablar de la Pangea, el continente primigenio del que se fueron separando los continentes actuales. *(N. del T.)*

volver al mar, lo que supuso un golpe tremendo para los cada vez más numerosos asentamientos terrestres. Después se firmó la paz y la progenie de Cthulhu se instaló en las tierras nuevas mientras los Ancianos conservaron el mar y las tierras antiguas. Se fundaron nuevas ciudades terrestres, las más grandes en la Antártida, pues para ellos la región que los vio llegar era sagrada. A partir de entonces, igual que lo había sido antes, la Antártida se convirtió en el centro de la civilización de los Ancianos, y todas las ciudades construidas allí por la progenie de Cthulhu fueron arrasadas. Luego, de pronto, volvieron a hundirse las tierras del Pacífico y se llevaron consigo la temible ciudad de piedra de R'lyeh y a todos los pulpos cósmicos, de manera que los Ancianos volvieron a ser los dueños supremos del planeta, salvo por un sombrío temor del que no les gustaba hablar. En una época posterior sus ciudades cubrían todas las áreas terrestres y acuáticas del globo, de ahí la recomendación que hago en mi monografía de que algún arqueólogo haga perforaciones sistemáticas con aparatos similares a los de Pabodie en determinadas regiones distantes entre sí.

Aunque nunca abandonaran del todo el océano, siguieron la tendencia natural, continua a través de los siglos, de pasar del agua a la tierra, una emigración que se vio favorecida por el surgimiento de nuevas masas terrestres. Otra causa de dicha emigración fue la dificultad que suponía alimentar y controlar a los Shoggoths de los que dependía el éxito de la vida en el mar. Con el paso del tiempo, como confesaban con tristeza los relieves, el arte de crear vida a partir de la materia inorgánica se perdió, de modo que los Ancianos debieron modelar las formas ya existentes. En tierra, los grandes reptiles resultaron ser muy manejables, pero los Shoggoths del mar, que se reproducían por fisión y estaban adquiriendo por su evolución una notable inteligencia, se convirtieron en un problema grave durante un tiempo.

Los Ancianos los habían tenido siempre sometidos gracias a la sugestión hipnótica, que había modelado su ruda plasticidad para formar miembros y órganos útiles, pero a partir de ese momento emplearon independientemente su capacidad de modelarse a sí mismos según diversas formas imitativas implantadas en el pasado. Al parecer habían desarrollado un cerebro semiestable cuya voluntad independiente, y a menudo obstinada, reproducía los deseos de los Ancianos pero no siempre los obedecía. Los relieves de los Shoggoths nos llenaron a Danforth y a mí de horror y aprensión. Eran entidades informes compuestas de una gelatina viscosa que parecía un aglomerado de burbujas y tenían unos cinco metros de diámetro cuando adoptaban forma de esfera. No obstante, cambiaban constantemente de forma y volumen, desarrollaban, de manera espontánea o por sugestión, aparentes órganos de la vista, el oído y el habla a imitación de sus amos.

Según parece, a mediados del Pérmico, hace unos ciento cincuenta millones de años, se volvieron particularmente rebeldes, cuando los Ancianos del mar libraron una auténtica guerra con ellos para volver a someterlos. Las imágenes de esa guerra, y el modo en que los Shoggoths dejaban a sus víctimas decapitadas y cubiertas de baba, seguían siendo temibles a pesar del abismo de las eras incontables que nos separaba de ellas. Los Ancianos habían utilizado extrañas armas de perturbación molecular contra las entidades rebeldes y al final habían conseguido una victoria completa. Después, los relieves mostraban una época en la que los Ancianos domaban y sojuzgaban a los Shoggoths igual que los vaqueros domaban a los caballos salvajes en el Oeste americano. Aunque durante su rebelión los Shoggoths habían demostrado tener la capacidad de vivir fuera del agua, no estimularon dicha transición, pues su utilidad en tierra no habría compensado la dificultad de dominarlos.

En el período Jurásico, los Ancianos recibieron otra invasión del espacio exterior: esta vez unas criaturas mitad hongo mitad crustáceo procedentes de un planeta identificable como el lejano y recién descubierto Plutón; criaturas que, sin duda, se corresponden con las que aparecen en ciertas leyendas de las montañas del norte y que se recuerdan en el Himalaya como los mi-go, o los abominables hombres de las nieves. Para combatir a esos seres, los Ancianos intentaron, por primera vez desde su llegada a la tierra, regresar al éter planetario, pero a pesar de todos los preparativos tradicionales no lograron abandonar la atmósfera terrestre. Cualquiera que hubiese sido el antiguo secreto de los viajes interestelares, la raza lo había olvidado irremisiblemente. Al final los mi-go expulsaron a los Ancianos de las tierras del norte, aunque no pudieron con los del océano. Poco a poco empezó la lenta retirada de la antigua raza a su hábitat antártico original.

Los bajorrelieves que representaban las batallas mostraban la particularidad de que tanto la raza de Cthulhu como los mi-go parecen haber estado compuestos de una materia muy diferente de la que sabemos que estaban hechos los Ancianos. Eran capaces de llevar a cabo transformaciones y reintegraciones imposibles para sus adversarios, por lo que da la impresión de que procedían de abismos aún más remotos del espacio cósmico. Los Ancianos, aparte de su peculiar dureza y de sus extrañas propiedades vitales, eran estrictamente materiales, y debieron de tener su origen en el continuo espacio-temporal conocido, mientras que sólo conteniendo el aliento podemos especular sobre las primeras fuentes de los otros seres. Todo eso, claro, si aceptamos que los vínculos extraterrestres y las anomalías atribuidas a los invasores no son pura mitología. Puede que los Ancianos inventaran un contexto cósmico para justificar sus ocasionales derrotas, pues es evidente que el interés histórico y el orgullo constituían una parte esencial de su psicología. Resulta elocuente que en sus anales no se aluda a otras razas de seres poderosos y avanzados ni a las enormes ciudades que aparecen repetidamente en determinadas leyendas oscuras.

El mundo se presenta con una forma cambiante a través de largas eras geológicas, algo que se refleja perfectamente en muchos de sus mapas y relieves. Hace pensar que, en algunos casos, es imperativo repasar todas las teorías científicas existentes, mientras que otros podrían ver sus osadas deducciones claramente confirmadas. He dicho ya que la hipótesis de Taylor, Wegener y Joly de que todos los continentes son fragmentos de una masa de tierra antártica original que se resquebrajó por la fuerza centrífuga y derivó sobre una superficie viscosa inferior —hipótesis sugerida por indicios como los perfiles complementarios de África y Sudamérica, y por el modo en que se pliegan y alzan las grandes cadenas montañosas— recibe un gran apoyo de esta fuente extraordinaria.

En sus mapas se describe el mundo hace cien millones de años, durante el período Carbonífero, con unas claras grietas y fosas destinadas a separar África de los reinos de Europa (la Valusia[22] de la

---

[22] Valusia es uno de los reinos de leyenda de la mitología de ficción que usa Lovecraft, aunque su creador es el escritor norteamericano ROBERT HOWARD (1906-1936), que pertenecía al Círculo de Lovecraff. *(N. del T.)*

leyenda infernal primigenia), Asia, las Américas y el continente antártico. Otros mapas, pero sobre todo el que relata la fundación hace cincuenta millones de años de la enorme ciudad muerta en que nos hallábamos, mostraban los continentes actuales bien diferenciados. Y en el último ejemplo que encontramos, que sería más o menos del Plioceno, aparecía aproximadamente el mundo de hoy a pesar de la unión de Alaska con Siberia, de Norteamérica con Europa por Groenlandia y de Sudamérica con el continente antártico a través de la Tierra de Graham. En el mapa del Carbonífero que representaba el globo entero estaban señaladas —tanto en el fondo oceánico como en tierra— las enormes ciudades de piedra de los Ancianos, pero en los mapas posteriores la lenta retirada hacia la Antártida se iba haciendo evidente. El último ejemplo del Plioceno ya solo mostraba ciudades terrestres en el continente antártico y el extremo de Sudamérica y ninguna ciudad oceánica al norte del paralelo cincuenta de latitud sur. El conocimiento y el interés por el mundo del norte, excepto por un estudio de la línea de la costa realizado probablemente durante largos vuelos de reconocimiento con aquellas alas membranosas en forma de abanico, se habían reducido casi a cero entre los Ancianos.

Las ciudades fueron destruidas por los plegamientos de placas, el nacimiento de las montañas, la separación de los continentes, los terremotos producidos en la tierra y en el océano y otras causas naturales, que se registraban de manera habitual, pero resultaba curioso comprobar que, a medida que transcurrían las eras geológicas, las reconstrucciones de las ciudades se iban volviendo menos frecuentes. La vasta megalópolis muerta que se extendía a nuestro alrededor parecía haber sido el último gran centro de la raza, construido a principios de la era cretácica después de que un gigantesco plegamiento borrara del mapa otra ciudad aún mayor a escasa distancia de allí. Al parecer aquella región era la más sagrada y supuestamente el lugar donde los primeros Ancianos se habían instalado por primera vez en el fondo primigenio del océano. Se suponía que en la nueva ciudad —muchos de cuyos rasgos pudimos reconocer en los relieves, por más que se extendiera en ambas direcciones al menos ciento sesenta kilómetros más allá de los límites de nuestra exploración aérea— se conservaban ciertas piedras sagradas que habían formado parte de la primera ciudad submarina, sacados a la luz después de largas épocas en el curso del plegamiento general de los estratos.

CAPÍTULO VIII

Danforth y yo estudiamos con lógico interés y con un temor reverencial todo lo relativo a la región en que nos encontrábamos. El material era muy abundante, como es natural, y en el laberíntico nivel del suelo de la ciudad tuvimos la suerte de encontrar una casa de fecha más reciente cuyas paredes, aunque dañadas por una grieta cercana, tenían relieves de estilo decadente donde se describía la historia de la región mucho más allá del mapa del Plioceno que nos proporcionó un vistazo general del mundo antes de los humanos. Fue en el último lugar que nos detuvimos a estudiar con detalle, pues lo que allí vimos nos proporcionó una nueva meta.

Era uno de los rincones más extraños, misteriosos y terribles del globo. De todas las regiones existentes, sin duda, era infinitamente la más antigua y poco a poco nos fuimos convenciendo de que aquella espantosa planicie de pesadilla debía de ser la fabulosa meseta de Leng[23] de la que incluso el demente autor del *Necronomicón* hablaba sólo a regañadientes. La gran cadena montañosa era tremendamente larga: empezaba como una cordillera de poca altura en la Tierra de Leopoldo, en la costa del mar de Weddell y atravesaba prácticamente todo el continente. La parte más alta se extendía formando un arco desde los 82° de latitud este y 60° de longitud hasta los 70° de latitud este y 115° de longitud, con la parte cóncava hacia nuestro campamento y el extremo más próximo al mar en la región desde cuya costa larga y bloqueada por el hielo vislumbraron sus cumbres Wilkes y Mawson[24] en el Círculo Antártico.

---

[23]   La meseta de Leng es otro de los lugares de la mitología de Lovecraft, sin embargo, los dos expedicionarios llegan a una conclusión equivocada: Leng está situada en Asia Central. *(N. del T.)*

[24]   CHARLES WILKES (1798-1877), marino norteamericano, explorador de la Antártida, y DOUGLAS MAWSON (1882-1958) geólogo británico-australiano que participó en la famosa expedición de Shakelton, en el Endurance, y después montó su propia expedición a la Antártida con numerosos descubrimientos en su campo. Como curiosidad, se dice que HERMAN MELVILLE se basó en Wilkes para crear al personaje del capitán Akab de *Moby Dick. (N. del T.)*

Sin embargo, parece ser que había otras monstruosidades de la naturaleza aún más cercanas. Aseguramos que aquellos picos eran más altos que el Himalaya, pero por lo visto en los relieves no se puede afirmar que sean los más altos del planeta. Ese sombrío honor está reservado más allá de toda duda a algo que la mitad de los relieves no se atrevía a reproducir y en los otros aparecía con visibles temor y repugnancia. Por lo visto había una parte de aquella antigua región —la primera en alzarse de las aguas después de que la Tierra se deshiciera de la Luna y los Ancianos se infiltraran desde las estrellas— que habían acabado evitando por considerarla vaga e indeciblemente maligna. Las ciudades construidas en ella se habían venido abajo antes de tiempo y las habían hallado extrañamente desiertas. Fue entonces cuando el primer gran plegamiento había convulsionado la región en el Comanchiense, una aterradora cadena de picos montañosos se había alzado de pronto entre el caos y la oscuridad más espantosos y habían surgido en la Tierra las montañas más altas y temibles.

Si la escala de los relieves era correcta, aquellas odiadas cumbres debían de superar con mucho los doce mil metros, unas alturas inconcebiblemente mayores incluso que las impresionantes montañas de la locura que habíamos atravesado. Al parecer se extendían desde los 77° de latitud este y los 70° de longitud hasta los 70° de latitud este y los 100° de longitud, a menos de quinientos kilómetros de la ciudad muerta, de modo que de no ser por aquella neblina vaga y opalescente habríamos visto asomar sus temidas cimas por el oeste. El extremo norte también debe de ser visible desde la larga costa del Círculo Antártico en la Tierra de la Reina María.

En los días de su decadencia, los Ancianos habían hecho extrañas invocaciones a dichas montañas, pero ninguno se atrevió a ir allí jamás ni se aventuró a ver lo que había al otro lado. El ojo humano no las ha visto, y al estudiar las emociones retratadas en los relieves, recé para que nadie las viera nunca. Están protegidas por montañas a lo largo de la costa, por la Tierra de la Reina María y la del Káiser Guillermo, y doy gracias al cielo de que nadie haya podido desembarcar en ellas y escalarlas. Ya no me muestro escéptico ante las antiguas leyendas y temores, ni me río ante la idea del escultor prehumano de que los rayos caían alternativamente en cada una de las cimas, o de que un resplandor inexplicable brillaba en uno de esos terribles pináculos durante la larga noche polar. Puede que haya una monstruosa verdad en las antiguas insinuaciones pnakóticas sobre Kadath[25] en el Desierto Helado.

Pero, a nuestro alrededor, el terreno no era menos extraño, aunque no estuviese tan inconcebiblemente maldito. Poco después de la fundación de la ciudad, la gran cadena montañosa se había convertido en la sede de los principales templos, y muchos relieves mostraban las grotescas y fantásticas torres que se habían alzado hacia el cielo allí donde ahora sólo veíamos extraños cubos y baluartes. Con el paso de las eras geológicas habían aparecido las cuevas que llegarían a ser una especie de dependencias de los templos. En épocas posteriores las aguas subterráneas perforaron todas las vetas calizas de la región, de manera que las montañas, las estribaciones de las mismas y los llanos que había más abajo se convirtieron en una auténtica red de cavernas y galerías conectadas. Muchos relieves narraban las exploraciones subterráneas y el hallazgo final del mar estigio y sin sol que se ocultaba en las entrañas de la Tierra.

Era lógico que aquel enorme abismo nocturno lo hubiera creado la erosión del gran río que fluía procedente de aquellas innombrables y horribles montañas occidentales, y que al principio había cambiado su curso al llegar al pie de la cordillera de los Ancianos y había fluido a lo largo de dicha cadena montañosa hasta el océano Índico entre la Tierra de Budd y la de Totten, en la costa de Wilkes. Poco a poco, su curso había ido desgastando la base de caliza en la curva, hasta que por fin sus corrientes se infiltraron hasta las cavernas de las aguas subterráneas y se unieron a ellas para formar un abismo aún más profundo. Por fin acabó vaciando todo su caudal en aquella oquedad de las montañas y el antiguo lecho que llegaba hasta el océano se secó. Gran parte de la ciudad tal como la habíamos encontrado se había construido después sobre aquel lecho seco. Los Ancianos, al comprender lo sucedido, ejercitaron su siempre agudo sentido artístico, y tallaron en forma de pilares los salientes de las estribaciones donde la gran corriente empezaba su descenso hasta la oscuridad eterna.

---

[25] Ciudad de leyenda de la mitología Lovecraft, a la que HP dedica una novela corta, *La búsqueda en sueños de la ignota Kadath* y que podría estar situada entre esas enormes montañas que se mencionan aquí. *(N. del T.)*

El río, que antiguamente era vadeado por decenas de puentes nobles de piedra, era sin duda el mismo que habíamos visto durante el vuelo de reconocimiento. Su situación en los diferentes relieves de la ciudad nos ayudó a orientarnos y a hacernos una idea del lugar en las sucesivas etapas de los eones de historia de la región, de modo que pudimos esbozar un rápido, aunque detallado, mapa de sus rasgos más característicos, plazas, edificios destacados y demás, que sirviese de guía en futuras exploraciones. Muy pronto pudimos reconstruir en la imaginación aquel portentoso conjunto tal como había sido uno, diez o cincuenta millones de años antes, pues los relieves describían con exactitud el aspecto de los edificios, las montañas, las plazas, los arrabales, el paisaje y la feraz vegetación del Terciario. Debía de ser de una belleza mística y maravillosa, y al imaginarla casi olvidé la pegajosa sensación de siniestro desasosiego con que me habían oprimido y acongojado el ánimo la inmensa antigüedad, el tamaño descomunal, la muerte, la lejanía y el crepúsculo glacial de la ciudad. No obstante, según algunos relieves, los habitantes de la ciudad también habían sentido las garras de un miedo angustioso, pues había una escena sombría y recurrente en la que los Ancianos aparecían huyendo asustados de algún objeto —que nunca aparecía en los dibujos— presente en el gran río y que, según indicaban, había sido arrastrado a través de los ondulantes bosques de cicas cubiertas de enredaderas desde aquellas espantosas montañas de occidente.

Sólo en el último edificio, el de más reciente construcción donde se hallaban los relieves decadentes, conseguimos alguna pista sobre el cataclismo que había llevado a la ciudad a su abandono actual. Debía de haber muchos relieves de la misma época a pesar de las reducidas energías y aspiraciones de un tiempo plagado de tensiones e incertidumbre, y de hecho poco después encontramos pruebas evidentes de su existencia, sin embargo, esos fueron los primeros y los únicos que vimos directamente. Nuestra intención era seguir buscando, pero como he dicho las circunstancias nos hicieron cambiar de objetivo. De todos modos, debió de haber un límite, pues cuando los Ancianos abandonaron toda esperanza de seguir habitando en aquel lugar sin duda interrumpieron la decoración de las paredes. El golpe definitivo, por supuesto, fue la llegada de la glaciación que ahora tenía la región bajo su yugo y que no ha abandonado los malhadados polos, la gran glaciación que, en el otro extremo del mundo, puso fin a las tierras fabulosas de Lomar e Hiperbórea[26].

Decir con exactitud en qué época comenzó esa tendencia en la Antártida no es tarea fácil. Hoy, se fija el inicio de la glaciación hace unos quinientos mil años, pero en los polos la terrible catástrofe debió empezar mucho antes. Todos los cálculos cuantitativos son, en parte, meras teorías, pero es muy probable que los relieves decadentes se llevaran a cabo hace menos de un millón de años, y que el abandono definitivo de la ciudad se completara antes del inicio del Pleistoceno —hace unos quinientos mil años— tal como se calcula convencionalmente para toda la superficie de la Tierra.

En los relieves decadentes había pruebas de que la vegetación había empezado a escasear y, por tanto, se dio una reducción de la vida rural de los Ancianos. Se veían aparatos de calefacción en las casas y quienes tenían que viajar en invierno lo hacían envueltos en ropa de abrigo. Luego vimos una serie de cartuchos (las franjas continuas se interrumpían con frecuencia en aquellos relieves tardíos) donde se describía una emigración cada vez más frecuente hacia las zonas cálidas más cercanas, algunos huían a las ciudades subacuáticas en la lejana costa y otros se refugiaban en la red de cavernas calizas que conducían al negro abismo de las aguas subterráneas.

Al final, parece que fue ese abismo en el que se refugiaron la mayoría de los colonos, seguramente por el tradicional carácter sagrado de la región, aunque tal vez influyera de manera decisiva la posibilidad de seguir utilizando los grandes templos en la colmena de las montañas y de conservar la gigantesca ciudad como lugar de residencia en verano y como base de comunicación con las diversas minas. La conexión entre las antiguas viviendas y las nuevas se hizo más eficaz mediante el añadido de escaleras y mejoras de las rutas de enlace, entre ellas la excavación de varios túneles directos desde la antigua metrópolis hasta el negro abismo, túneles que bajaban bruscamente y cuya boca dibujamos cuidadosamente, según los cálculos

---

[26] Continentes imaginarios del mito lovecraftiano, obra del escritor californiano CLARK ASHTON SMITH (1893-1961), gran amigo de HP y miembro del Círculo de Lovecraft. El país de los Hiperbóreos, en la mitología griega, está situado más allá del viento del norte (Boreas), hasta donde llegó Herakles, en uno de sus trabajos, persiguiendo a la cierva de Cerinia. Tanto este mito, como el país en sí, representan a la eterna juventud. *(N. del T.)*

más precisos, en el mapa-guía que estábamos haciendo. Era evidente que al menos dos de aquellos túneles estaban a una distancia razonable de donde nos encontrábamos; ambos se hallaban en la parte de la ciudad que daba a la montaña, uno a medio kilómetro siguiendo el antiguo curso del río, y el otro tal vez al doble de esa distancia en la dirección contraria.

Aunque el abismo, al parecer, tenía parcelas grandes de tierra seca en las orillas, los Ancianos decidieron construir la nueva ciudad bajo el agua, quizá para garantizar la uniformidad de la temperatura. La profundidad del oculto mar daba la impresión de ser muy grande, por lo que el calor interno de la Tierra aseguraba su habitabilidad por un tiempo indefinido. Los seres no habían tenido dificultad en adaptarse a vivir parte del tiempo —y por fin todo el tiempo— bajo el agua, pues nunca habían dejado que se atrofiaran sus sistemas de branquias. Vimos muchos relieves que describían las frecuentes visitas de sus parientes submarinos y los baños en el fondo del gran río. La oscuridad del interior de la tierra tampoco había disuadido a una raza habituada a las largas noches antárticas.

Aquellos relieves tardíos, con su estilo indudablemente decadente, tenían una calidad épica y sincera cuando narraban la construcción de la nueva ciudad en el mar de la caverna. Los Ancianos la habían llevado a cabo de manera científica, arrancando rocas imposibles del corazón de las montañas y empleando obreros expertos de la ciudad submarina más cercana para realizar las obras de construcción según los mejores métodos. Dichos obreros llevaron consigo todo lo necesario para aquella empresa: tejido de Shoggoth para criar bestias de carga que acarrearan las piedras, y otra materia protoplasmática con la que fabricar organismos fosforescentes para la iluminación.

Finalmente, levantaron una gran metrópolis en el fondo del mar estigio, con una arquitectura muy similar a la de la ciudad de arriba y una técnica relativamente poco decadente, por la precisión matemática inherente a la construcción. Los nuevos Shoggoths llegaron a adquirir un tamaño enorme y una inteligencia singular y los relieves los representan aceptando y ejecutando órdenes con enorme celo. Por lo visto, conversaban con los Ancianos imitando sus voces —una especie de silbido musical de una amplia gama, si las deducciones del pobre Lake eran correctas— y trabajaban obedeciendo órdenes verbales y no por sugestión hipnótica como en épocas anteriores. No obstante, fueron sometidos a un control estricto. Los organismos fosforescentes proporcionaban luz con gran eficacia, y compensaban así la pérdida de las familiares auroras polares en la noche exterior.

Siguieron siendo profusos en el arte de la decoración, aunque era evidente una cierta decadencia. Los Ancianos parecían ser conscientes de su ocaso y, en muchos casos, al trasladar bloques de relieves especialmente hermosos de su antigua ciudad, se adelantaron a la política de Constantino el Grande, que en una época de declive similar despojó a Grecia y Asia Menor de su arte más bello para proporcionar a la nueva capital bizantina más esplendor del que era capaz de crear su propio pueblo. La razón de que el traslado de los bloques no se generalizara se debió sin duda a que al principio no abandonaron del todo la ciudad terrestre. Cuando se completó la evacuación —al comienzo del Pleistoceno polar—, es posible que los Ancianos se hubiesen acostumbrado a su arte decadente, o que hubiesen dejado de apreciar el mérito de las tallas más antiguas. En cualquier caso, aquellas ruinas que llevaban eones en silencio no habían sufrido una expoliación total, aunque las mejores estatuas, al igual que los objetos trasladables, habían desaparecido.

Los pedestales y relieves decadentes que contaban esta historia fueron, como he dicho, los últimos que encontramos en nuestra limitada exploración. Nos dejaron la imagen de los Ancianos yendo y viniendo entre la ciudad terrestre en verano y la ciudad en el mar de la caverna en invierno y manteniendo un comercio ocasional con las ciudades submarinas de la costa antártica. Por esa época debieron de dar definitivamente por perdida la ciudad, pues los relieves mostraban numerosos indicios del maligno avance del frío. La vegetación siguió desapareciendo y las terribles nieves del invierno ya no se deshacían ni siquiera en verano. El ganado reptiliano y los mamíferos resistieron a duras penas. Para seguir con el trabajo en el mundo exterior se hizo necesario adaptar a la vida terrestre a algunos de los amorfos Shoggoths extrañamente invulnerables al frío, cosa a la que los Ancianos siempre se habían resistido. El gran río corría sin vida y el mar superior había perdido a casi todos sus habitantes excepto las focas y las ballenas. Todas las aves, menos los grandes y grotescos pingüinos, habían huido.

Sobre lo que hubiera podido ocurrir después, ya sólo pudimos hacer conjeturas. ¿Cuánto tiempo más sobrevivió la nueva ciudad del mar de la caverna? ¿Seguía allí abajo convertida en un cadáver de piedra en la eterna negrura? ¿Se congelaron las aguas subterráneas? ¿Cuál fue el destino de las ciudades del fondo oceánico en el mundo exterior? ¿Se trasladó alguno de los Ancianos hacia el norte más allá del casquete polar? La geología actual no muestra rastro de su presencia. ¿Continuaron siendo los pavorosos mi-go una amenaza en el mundo exterior septentrional? ¿Podíamos estar seguros de lo que había perdurado, o no, hasta ese momento, en los oscuros e insondables abismos de las aguas más profundas del planeta? Aquellos seres parecían capaces de soportar cualquier presión... Y los marineros han pescado a veces extrañas criaturas. ¿Ha explicado la teoría de las orcas las brutales y misteriosas cicatrices en las focas antárticas descubiertas hace una generación por Borchgrevink[27]?

Los especímenes encontrados por el infortunado Lake no entraban dentro de estas especulaciones, pues los datos geológicos indicaban que habían vivido en lo que debió de ser una fecha muy temprana de la ciudad terrestre. De acuerdo con el lugar donde los habían encontrado tendrían no menos de treinta millones de años y, según nuestros cálculos, en aquel entonces no existían la ciudad del mar de la caverna ni la propia caverna. Ellos habrían recordado una escena más antigua, con una exuberante vegetación terciaria, una ciudad más joven en la que florecían las artes y por la que pasaba un gran río en dirección norte al pie de las enormes montañas hacia un lejano océano tropical.

Sin embargo, había algo que nos impedía dejar de pensar en aquellos ejemplares, sobre todo en los ocho que habían desaparecido del campamento arrasado de Lake y que se hallaban en perfecto estado. Algo no encajaba en aquello: lo que habíamos intentado atribuir a la locura de alguien, las horribles tumbas, la cantidad y la naturaleza del material desaparecido, Gedney, la sobrenatural dureza de aquellas monstruosidades arcaicas y los extraños hábitos que nos habían revelado los relieves de aquella raza... Danforth y yo habíamos visto muchas cosas en las últimas horas, estábamos dispuestos a creer y a

---

[27] Carsten Egeberg Borchgrevink (1864-1934) navegante, zoólogo y explorador noruego de la Antártida. (N. del T.)

guardar silencio acerca de muchos secretos atroces e increíbles de la naturaleza primigenia.

CAPÍTULO IX

Como ya he dicho, el examen de los relieves decadentes nos hizo cambiar de objetivo. La causa fue el hallazgo de las galerías abiertas que llevaban hacia el negro mundo interior, de cuya existencia nada habíamos sabido, pero que estábamos deseando encontrar y recorrer. Por la escala de los relieves dedujimos que un recorrido cuesta abajo de cerca de dos kilómetros por cualquiera de los túneles más cercanos nos conduciría al borde de los oscuros y vertiginosos acantilados que se alzaban sobre el gran abismo por cuyos flancos los senderos construidos por los Ancianos conducían a la orilla rocosa del oculto océano nocturno. Contemplar aquella sima fabulosa era una tentación a la que nos pareció imposible resistirnos una vez tuvimos noticia de su existencia, aunque comprendimos que si queríamos incluir la exploración en ese vuelo debíamos emprenderla cuanto antes.

Eran las ocho de la tarde y ya no nos quedaban pilas para iluminarnos todo el camino con las linternas porque nos habíamos entretenido demasiado tiempo estudiando y haciendo bocetos por debajo del nivel glacial y habíamos consumido como mínimo cinco horas de energía y eso, a pesar de la fórmula especial de pilas secas, hacía probable que nos duraran como mucho cuatro horas más, aunque si reservábamos una linterna para los lugares especialmente interesantes o difíciles podríamos arreglárnoslas para tener cierto margen de seguridad. No tenía sentido internarse sin luz en aquellas catacumbas ciclópeas, por ello, si queríamos hacer aquella excursión al abismo, debíamos renunciar a seguir descifrando los relieves murales. Por supuesto, nuestra intención era volver a aquel lugar y consagrar días e incluso semanas al estudio y la fotografía intensivos, pues hacía tiempo que la curiosidad se había sobrepuesto al horror, pero debíamos darnos prisa. Nuestra provisión de papel para ir dejando rastro no era infinita y no queríamos sacrificar los cuadernos de notas o el papel para los bocetos, aunque nos deshicimos de un grueso cuaderno. En el peor de los casos podíamos hacer muescas en las rocas y, por supuesto, si nos perdíamos, nos quedaría la posibilidad de salir por algún canal siempre que tuviésemos tiempo de probar unos y otros.

Los relieves que nos habían servido de base para elaborar el mapa señalaban la boca del túnel como mucho a medio kilómetro del lugar donde nos encontrábamos y, aunque en ese trecho nos íbamos a encontrar enormes edificios, confiábamos en que podríamos atravesarlos por debajo del nivel glacial. La propia entrada se hallaba en la base de una gigantesca estructura de cinco puntas de uso probablemente público y, quizá, ceremonial, en el ángulo más próximo a las montañas, que teníamos que haber visto antes, en el vuelo de reconocimiento, pero no les vimos ninguno de los dos, por lo que concluimos que la parte superior debía de estar muy dañada o que se habría derrumbado por culpa de una grieta en el hielo en la que sí habíamos reparado. En tal caso, el acceso al túnel estaría tapado, por lo que deberíamos probar suerte en el otro, que estaba a menos de dos kilómetros al norte. El lecho del río nos impedía intentarlo en cualquiera de los túneles más al sur, y si los dos túneles más próximos estaban cegados era dudoso que tuviésemos pilas suficientes para llegar al siguiente que había al norte y que estaba a unos dos kilómetros de nuestra segunda elección.

Avanzamos por el oscuro laberinto de túneles con el mapa y la brújula; atravesamos salas y pasadizos en distintos estados de conservación; subimos empinadas cuestas para cruzar por puentes y grandes salones, a nivel del suelo, y bajamos de nuevo; nos encontramos puertas bloqueadas por montones de cascotes; apretamos el paso de cuando en cuando por tramos extraordinariamente bien conservados y seguimos pistas equivocadas que nos obligaron a desandar el camino andado (y a recoger los papeles que habíamos ido dejando), para acabar pasando por debajo de alguna grieta por la que se colaba la luz exterior. Nos tentaron en numerosas ocasiones los relieves murales que vimos por el camino. Muchos debían de contar sucesos de enorme importancia histórica y sólo consentimos pasar de largo ante la perspectiva de una futura visita. De todos modos, de vez en cuando aminoramos el paso y prendimos la segunda linterna. Si hubiésemos tenido más película sin duda nos habríamos detenido un momento para fotografiar ciertos bajorrelieves, pero pararnos a copiarlos a mano estaba descartado.

Llegados a este punto, me vuelve a suceder que tengo la tentación de insinuar levemente lo que sucedió, antes de hacer fuertes afirmaciones. Lo que pasa es que, para justificar mi empeño en desaconsejar la nueva exploración, sé que no debo dejarme nada. Nos habíamos abierto paso hasta llegar muy cerca del lugar donde habíamos calculado que se hallaba la boca del túnel, después de cruzar por un puente a la altura del segundo piso hasta el extremo de una pared y descender por un pasadizo en ruinas en el que abundaban los relieves de factura tardía muy decadentes y elaborados, y aparentemente ritualistas, cuando, alrededor de las ocho y media de la tarde, el fino olfato del joven Danforth advirtió algo inusual. Supongo que si hubiésemos llevado con nosotros un perro nos habría avisado antes. Al principio no acertamos a decir qué le ocurría al aire antes puro y cristalino, pero al cabo de unos segundos nuestra memoria lo recordó con suma claridad. Intentaré explicarlo sin vacilar. Notamos un olor vago, pero inconfundiblemente parecido al que nos había producido náuseas al abrir la demencial sepultura de aquel espanto que había diseccionado el pobre Lake.

Por supuesto, no fue un olor que identificáramos de manera tan evidente como ha sonado ahora. Le dimos, antes, varias explicaciones posibles y pasamos un buen rato indecisos murmurando. Lo primordial es que no retrocedimos: habíamos llegado tan lejos que nos repugnaba la idea de volver atrás, si no era ante la seguridad de una catástrofe. En cualquier caso, lo que sospechábamos era demasiado descabellado para ser cierto. Cosas así no ocurren en el mundo normal. Probablemente fue un puro instinto irracional lo que nos impulsó a atenuar la luz de nuestra única linterna —los siniestros y decadentes relieves que nos miraban desdeñosos desde las opresivas paredes habían dejado de tentarnos— y continuar la marcha de puntillas, trepando por el suelo cada vez más cubierto de escombros y montones de cascotes.

Danforth demostró tener mejor olfato y, también, mejor vista que yo, pues fue también él quien reparó en el extraño aspecto de los cascotes después de que atravesáramos muchos pasadizos casi cegados que conducían a estancias y pasillos a nivel del suelo. No daban la impresión de llevar tantos miles de años abandonados, y cuando aumentamos con mucha precaución la intensidad de la luz vimos que había una especie de pasillo entre ellos. La naturaleza irregular de los cascotes impedía que hubiese marcas claras, pero parecía que alguien hubiese arrastrado algún objeto pesado por los sitios más despejados. En una ocasión creímos ver una especie de rastros paralelos, como el de unos patines. Eso hizo que nos detuviéramos de nuevo.

En ese momento, los dos notamos al mismo tiempo el otro olor, uno que nos llegaba de delante de nosotros. Aunque parezca paradójico nos resultó al mismo tiempo más y menos terrorífico: menos en sí mismo que el olor anterior, pero infinitamente más atroz debido a ese lugar y a aquellas circunstancias... A menos, claro, que Gedney... Porque lo que percibimos fue olor a gasolina, a gasolina normal y corriente.

Los que nos motivó a partir de ese instante es algo que dejaré que juzguen los psicólogos. Estábamos seguros de que fuera lo que fuera, la explicación de los terribles sucesos del campamento de Lake se había arrastrado hasta aquel oscuro cementerio de eones y ya no había duda de que nos encontrábamos delante de una situación inconcebible. Sin embargo, al final dejamos que la pura curiosidad, la preocupación, la autosugestión, un vago sentimiento de responsabilidad hacia Gedney, o quién sabe qué, nos empujara a seguir. Danforth volvió a aludir con un susurro a la huella que le había parecido ver al doblar la esquina en las ruinas de arriba y al leve silbido musical, que después del informe de disección de Lake había cobrado un terrible significado a pesar de su parecido con los ecos de las cuevas en las ventosas cumbres de las montañas, y que había creído oír procedentes de las desconocidas profundidades. Yo, a mi vez, le recordé el estado en que había quedado el campamento, las cosas que habían desaparecido y que la locura de un único superviviente había conseguido algo inimaginable: cruzar las pavorosas montañas y descender hasta aquella construcción desconocida y primigenia.

Pero nada nos convenció, ni el uno al otro ni a nosotros mismos. Habíamos apagado la luz y vimos que una leve claridad se filtraba desde el exterior e impedía que la oscuridad fuese absoluta. Tras reemprender la marcha de forma mecánica, nos guiamos encendiendo de vez en cuando la linterna. Los cascotes amontonados nos habían causado una impresión de la que no lográbamos deshacernos, y el olor a gasolina iba en aumento. Cada vez encontrábamos más restos que dificultaban nuestro paso, hasta que muy pronto comprendimos que no podríamos seguir. Habíamos acertado en nuestro cálculo pesimista sobre la grieta entrevista desde el aire. El túnel estaba cegado y ni siquiera podríamos llegar al lugar donde se hallaba el acceso al abismo.

Al iluminar los grotescos relieves de las paredes del pasillo obstruido en que nos encontrábamos, pudimos ver varias entradas más o menos bloqueadas, en una de las cuales el olor a gasolina tenía una especial intensidad y casi tapaba el otro indicio de olor. Al fijarnos con más atención vimos que sin duda alguien había apartado los cascotes de aquella entrada en concreto. Fuese lo que fuese el horror que nos acechaba, estaba claro cuál era el camino hacia él. Nadie encontrará anormal que tardásemos un rato en emprender la marcha.

Cuando por fin nos aventuramos por aquel oscuro arco, lo primero que sentimos fue una decepción, pues en toda la extensión cubierta de piedras de la cripta tallada —un cubo perfecto de unos tres metros por cada lado— no había ningún objeto de tamaño apreciable; así que miramos instintivamente, aunque en vano, en busca de otra entrada. Un instante después, la aguda vista de Danforth identificó un lugar donde habían limpiado los cascotes del suelo y encendimos las dos linternas a plena potencia. Aunque lo que vimos a la luz era simple y trivial, no por eso siento menos reparos en contarlo por todo lo que implicaba. Alguien había nivelado toscamente los cascotes, había dejado desperdigados sobre ellos varios objetos de pequeño tamaño, y había vertido hacía poco en un rincón suficiente gasolina para dejar un fuerte olor incluso a la extremada altitud de la meseta. En otras palabras, sólo podía tratarse de una especie de campamento... Tal vez el campamento de seres que, como nosotros, habían visto frustrada su exploración al encontrar cegado el acceso al abismo.

Dicho claramente: aquellos objetos desperdigados procedían, sustancialmente, del campamento de Lake. Eran latas de comida abiertas de modos tan insólitos como los del campamento arrasado, muchas cerillas quemadas, tres libros ilustrados más o menos manchados, un tintero vacío y su caja de cartón con las instrucciones, una pluma estilográfica rota, varios trozos de pieles y de la tienda extrañamente recortados, una pila eléctrica usada con sus instrucciones y un reguero de papeles arrugados. No era un buen indicio, pero cuando alisamos los papeles y vimos lo que había en ellos aún nos pareció peor. Los papeles emborronados que habíamos encontrado en el campamento deberían habernos prevenido, pero verlos allí, en las bóvedas prehumanas de una ciudad de pesadilla, se nos hizo casi insoportable.

En caso de que Gedney se hubiera vuelto loco, quizá habría podido dibujar los grupos de puntos imitando los que habíamos encontrado en las esteatitas verdosas, iguales a los que vimos en las demenciales tumbas estrelladas; y también podría haber hecho toscos y apresurados bocetos, más o menos exactos, de los alrededores y trazado una ruta, diferente a la que habíamos seguido nosotros, desde un lugar representado con un círculo —un lugar que identificamos como una gran torre cilíndrica en los relieves y una enorme sima circular que habíamos visto en el vuelo de reconocimiento— hasta la estructura de cinco puntas donde nos hallábamos en ese momento y la boca del túnel que había detrás. Repito que tal vez podría haber hecho aquellos bocetos, pues era evidente que su fuente, como la nuestra, eran los relieves tardíos de algún lugar del laberinto glacial, aunque no exactamente los mismos que habíamos visto y utilizado nosotros. Pero lo que no podría haber hecho jamás una persona sin dotes artísticas como él es ejecutar aquellos bocetos con la seguridad y la extraña técnica, tal vez incluso superior, a pesar de la prisa y del descuido, de cualquiera de los relieves decadentes en los que estaban inspirados: la técnica típica e inconfundible de los Ancianos en los días de gloria de la ciudad muerta.

Podrán decir que fuimos unos insensatos por no salir despavoridos de allí, pero nuestras conclusiones, por descabelladas que fuesen, eran claras y no necesito precisar su naturaleza a quienes hayan seguido mi relato hasta aquí: puede que lo fuésemos, pero ¿acaso no he dicho ya que aquellas horribles cumbres eran las montañas de la locura? Creo poder detectar el mismo espíritu, aunque no tan extremo, en quienes acechan a bestias mortíferas en las selvas africanas para fotografiarlas o estudiar su comportamiento. Por más que estuviésemos casi paralizados por el miedo, había en nuestro interior una chispa de curiosidad que al final acabó triunfando.

Nuestra intención no era enfrentarnos a lo (o a los) que sabíamos que habían estado allí, pero pensamos que ya debían de haberse ido.

A esas alturas ya habrían encontrado el otro acceso al abismo y se habrían adentrado en el oscuro fragmento del pasado que pudiera estar esperándoles. O, si esa entrada también estaba bloqueada, habrían ido al norte en busca de otra. Recordamos que no dependían sino parcialmente de la luz.

Al recordar aquella situación, apenas puedo describir nuestras emociones, cuál fue el cambio de objetivo que agudizó de ese modo nuestras expectativas. Desde luego, no queríamos enfrentarnos a lo que tanto temíamos, aunque no niego que tal vez albergáramos el deseo oculto e inconsciente de observar a aquellos seres desde algún escondrijo. Es posible que ni siquiera hubiésemos renunciado a nuestra intención de vislumbrar el propio abismo, aunque se había interpuesto una nueva meta en la forma de aquel sitio circular de los bocetos que acabábamos de encontrar. Enseguida habíamos reconocido que era una descomunal torre cilíndrica presente en los primeros relieves, pero que desde el aire era sólo una gigantesca abertura circular. La viveza con que estaba reproducida en aquellos esquemas apresurados nos hizo pensar que debía de conservar rasgos de peculiar importancia en el nivel subglacial. Tal vez fuesen maravillas arquitectónicas distintas a las que habíamos visto hasta el momento. Desde luego, según los relieves, su antigüedad debía ser increíble, pues era uno de los primeros edificios construidos en la ciudad. Sus tallas, en caso de haberse conservado, tendrían una importancia enorme. Además, podía ser un vínculo con el mundo exterior, una ruta más corta que la que estábamos buscando y probablemente la que habían utilizado los otros.

En cualquier caso, estudiamos aquellos bocetos, que coincidían a la perfección con los nuestros, y retrocedimos por la ruta indicada hacia la sima circular, siguiendo el camino que nuestros innombrables predecesores debían de haber recorrido dos veces antes que nosotros. La otra puerta al abismo debía de estar más lejos. No es necesario que dé detalles del recorrido —en el que seguimos dejando un rastro de papel—, pues fue exactamente igual que el que habíamos utilizado para llegar al callejón sin salida, aunque discurría más cerca del nivel del suelo e incluso descendía a los pasadizos del sótano. De vez en cuando encontrábamos ciertas marcas turbadoras en los cascotes y los restos que había bajo nuestros pies; y al dejar atrás el olor a gaso-

213

lina volvimos a notar, de vez en cuando, el otro olor más persistente y espantoso. Cuando el camino se apartó de nuestra anterior ruta, iluminamos furtivamente las paredes con nuestra única linterna y vimos en todos los casos los casi omnipresentes relieves, que parecen haber sido un rasgo estético predominante entre los Ancianos.

Más o menos a las nueve y media, mientras recorríamos un pasillo abovedado de techo cada vez más bajo y cuyo piso helado parecía estar por debajo del nivel del suelo, creímos ver una claridad y apagamos la linterna. Daba la impresión de que estuviésemos acercándonos al gran sitio circular, y de que la distancia al exterior no fuese muy grande. El pasillo terminaba en un arco sorprendentemente bajo para esas ruinas megalíticas, pero incluso antes de atravesarlo pudimos ver mucho a través de él. Al otro lado se extendía un prodigioso espacio redondo de unos setenta metros de diámetro, cubierto de escombros y con muchos arcos cegados que correspondían al que estábamos a punto de cruzar. En los sitios donde era posible las paredes estaban cubiertas de enormes relieves en espiral que mostraban, a pesar de la erosión, un esplendor artístico muy superior al que habíamos visto hasta entonces. El suelo cubierto de cascotes estaba helado, e imaginamos que el verdadero fondo se hallaba a mucha más profundidad.

Lo que más llamaba la atención era la titánica rampa de piedra que, evitando los arcos con un brusco giro, ascendía en espiral por el interior de la imponente pared cilíndrica igual que las que antaño subían por el exterior de las gigantescas torres o zigurats de la antigua Babilonia. Sólo el apresuramiento del vuelo y el efecto de la perspectiva que nos había hecho confundir el hueco con la pared de la torre nos habían impedido reparar en ella desde el aire y por eso habíamos buscado otro acceso al nivel subglacial. Pabodie podría habernos dicho qué tipo de ingeniería la mantenía en pie, pero Danforth y yo nos limitamos a admirarla maravillados. Vimos gruesas ménsulas y pilares aquí y allá, pero no parecían suficientes para dicha función. El conjunto estaba muy bien conservado hasta el actual remate de la torre —una circunstancia notable si se tiene en cuenta que estaba muy expuesto a la erosión— y había contribuido mucho a proteger los extraños y turbadores relieves de representaciones cósmicas de las paredes.

Nos internamos en aquella claridad cegadora del fondo del monstruoso cilindro, de cincuenta millones de años de antigüedad (sin duda, la estructura más antigua que habíamos visto), vimos que la rampa se alzaba vertiginosamente hasta una altura de unos veinte metros. Por lo que recordábamos de nuestra exploración aérea, eso significaba que la capa de hielo de fuera tenía un espesor de unos diez metros, pues la sima que habíamos visto desde el aire se hallaba en lo alto de un montículo de escombros de unos seis metros y protegido en parte por la gruesa muralla de una línea de ruinas más altas. Según los relieves, la torre original se había alzado en el centro de una inmensa plaza circular, y tenía entre ciento cincuenta y doscientos metros de altura, con gradas de discos horizontales cerca de la cúspide, y una hilera de pináculos en forma de aguja en el borde superior. Era evidente que la mayor parte se había derrumbado hacia fuera más que hacia dentro, y era una suerte porque de lo contrario podría haberse destruido la rampa y haberse cegado el interior. A pesar de todo había sufrido un deterioro notable y sólo hacía poco habían despejado parcialmente el acceso a los arcos de abajo.

Enseguida nos dimos cuenta de que esa misma ruta había sido usada por los otros para descender y que sería el camino lógico que seguiríamos en nuestro ascenso, a pesar del largo rastro de papeles que habíamos ido dejando en otra parte. La boca de la torre no distaba más del avión en las estribaciones de las montañas que el gran edificio con terrazas por el que habíamos entrado, y cualquier exploración subglacial que hiciésemos en ese viaje tendría que limitarse a esa región. Extrañamente, seguíamos pensando en ulteriores exploraciones, incluso a pesar de lo que habíamos visto y deducido. Luego, mientras nos abrimos paso con cautela entre los cascotes, vimos algo que nos hizo olvidar todo lo demás.

Había allí tres trineos perfectamente alineados en un extremo, en la parte más baja y saliente de la rampa, que nos los había tapado hasta entonces. Ahí los teníamos —los tres trineos del campamento de Lake—, destartalados por el esfuerzo que debió suponer arrastrarlos a la fuerza por las grandes extensiones cubiertas de restos y cascotes, y cargar con ellos por los sitios más impracticables. Estaban cuidadosa e inteligentemente atados y empaquetados, y contenían cosas muy familiares: gasolina, latas de combustible, cajas de instrumental, conservas, sacos de lona alquitranada llenos de libros y otros de contenido más incierto... Todo procedía del equipo de Lake. Lo que habíamos encontrado en la otra sala nos había preparado en parte para aquel descubrimiento. El verdadero sobresalto nos lo llevamos cuando nos adelantamos y abrimos uno de los sacos de lona cuyo perfil nos había inquietado. Por lo visto, no sólo Lake se había dedicado a recoger especímenes pues ahí encontramos dos, congelados, muy bien conservados y con cinta adhesiva en las heridas del cuello: los cadáveres del joven Gedney y del perro que faltaba.

CAPÍTULO X

A pesar del siniestro hallazgo, y aunque se nos pueda tachar de locos y de insensibles, sólo pensamos en el túnel norte y en el abismo, y debo decir que no nos lo habríamos planteado tan pronto de no haber sido por una circunstancia concreta, que suscitó una nueva serie de especulaciones. Acabábamos de tapar al pobre Gedney con la lona y estábamos sumidos en una especie de muda perplejidad cuando reparamos en los ruidos, los primeros que oíamos desde que bajamos del terreno abierto donde apenas se notaba el viento de la montaña, que gemía débilmente desde aquellas alturas ultraterrenas. Por conocidos y mundanos que fuesen, su presencia en aquel mundo muerto y remoto era más inesperada e inquietante que cualquier otro sonido grotesco o fabuloso... Todas nuestras ideas sobre la armonía cósmica se tambalearon.

No se trataba del silbido musical de gama variada descrito por Lake en el informe de disección, que era lo que nosotros esperábamos de aquellos seres, también porque nuestra imaginación sobreexcitada había creído adivinarlo inserto en cada aullido del viento desde que descubrimos los horrores del campamento. Eso habría sido congruente en esta región muerta desde hacía eones. Sin embargo, el ruido que oímos dio en tierra con nuestra idea más asentada: la tácita aceptación de que el interior del continente antártico era un desierto tan desprovisto de cualquier vestigio de vida normal como el disco estéril de la luna. Lo que oímos no fue el grito fabuloso de ninguna execración sepultada en una tierra primigenia y de cuya sobrenatural resistencia el repudiado sol polar hubiese arrancado una respuesta monstruosa. Al contrario, se trató de algo tan normal y tan inequívocamente asociado a los días que habíamos pasado en el mar, cerca de Tierra Victoria, y en el campamento, en el estrecho de McMurdo, que nos estremecimos al imaginarlo allí donde no debía estar. Fue, en suma, el simple y ronco graznido de un pingüino.

El sonido nos llegaba apagado desde unas grietas a nivel subglacial, justo enfrente del pasillo por el que habíamos llegado, un lugar claramente en la dirección del túnel que conducía al abismo. La presencia de un ave marina en semejante sitio, un mundo que no debía haber albergado vida desde tiempo inmemorial, sólo podía llevar a una conclusión, por eso nuestro primer impulso fue comprobar la realidad objetiva del sonido. De hecho, se repitió y a veces nos dio la impresión de que procedía de más de una garganta. En busca de su origen, nos internamos por un pasadizo del que habían apartado casi todos los cascotes y, en cuanto abandonamos la luz del día, volvimos a dejar el rastro de papeles, con una nueva provisión que habíamos cogido con extraña repugnancia de uno de los bultos de los trineos tapados con la lona alquitranada.

El hielo del suelo fue retirándose, dejando a su paso suciedad y polvo sobre las que distinguimos con claridad unas curiosas huellas que parecían hechas al arrastrar algún objeto, y enseguida Danforth encontró un rastro muy claro cuya descripción no aporta nada a la historia. La dirección indicada por los graznidos de los pingüinos era justo la misma en la que, según el mapa y la brújula, se hallaba la boca del túnel y nos alegró encontrar un paso despejado y sin puentes al nivel del suelo y del subsuelo. Según el mapa, el túnel debía partir de la base de una gran estructura piramidal muy bien conservada que creíamos haber visto en el vuelo de reconocimiento. A lo largo del recorrido la linterna iluminó la acostumbrada profusión de relieves, pero no nos detuvimos a examinarlos.

De pronto una voluminosa figura blanca se levantó ante nosotros y encendimos la otra linterna. Es curioso como esa segunda empresa nos había hecho olvidar nuestros miedos sobre lo que pudiera estar acechándonos. Esos otros, después de dejar sus pertrechos en aquel gran sitio circular, debían de tener planeado regresar tras su viaje de exploración de la sima; no obstante, habíamos descartado toda precaución, como si no existieran. Aquella cosa blanca de movimientos torpes medía dos metros de estatura, pero fue como si enseguida nos diésemos cuenta de que no era uno de ellos. Estos eran más grandes y oscuros y, según los relieves, se desplazaban por tierra con gran rapidez y seguridad a pesar de sus extraños tentáculos marinos. Pero sería pura vanidad afirmar que la figura blanca no nos asustó. De hecho, nos dominó por un instante un terror primitivo casi más intenso que el peor de los temores racionales que nos inspiraban los otros. En ese momento, se produjo una especie de anticlímax cuando la forma blanca se deslizó hacia un pasadizo lateral que había a nuestra izquierda para reunirse con otras dos parecidas que graznaban al unísono. ¡Era sólo un pingüino! Aunque de una especie enorme y nunca vista, mucho más grande que un pingüino emperador y monstruosa por su albinismo y su carencia de ojos.

Perseguimos al pingüino por el pasadizo e iluminamos con las linternas a todo el grupo que siguió indiferente y confiado, y vimos que los tres eran albinos sin ojos y que pertenecían a la misma especie gigantesca y desconocida. Su tamaño nos recordó a alguno de los pingüinos arcaicos descritos en los relieves de los Ancianos, y no tardamos en concluir que descendían de ellos: sin duda debían de haber sobrevivido apartados en alguna región interior más cálida cuya perpetua negrura había hecho innecesaria la pigmentación y atrofiado sus ojos hasta convertirlos en simples ranuras inútiles. Tampoco nos cupo la menor duda de que su hábitat actual debía ser el enorme abismo que estábamos buscando, y esa prueba de la habitabilidad y del calor de la sima nos inspiró las fantasías más curiosas, sutiles y perturbadoras.

Nos preguntamos qué habría empujado a esos tres animales fuera de sus dominios. El silencio imperante en la gran ciudad muerta dejaba bien claro que nunca había sido una zona de cría habitual, mientras que la evidente indiferencia de aquel trío respecto a nosotros hacía poco probable que los hubiesen asustado los otros. ¿Sería posible que les hubiesen atacado para aumentar sus reservas de carne? Dudamos de que el intenso olor acre que tanto desagradaba a los perros hubiese molestado también a los pingüinos, pues era evidente que sus ancestros habían vivido en buena armonía con los Ancianos, una relación amistosa que debía de haber continuado en aquel abismo subterráneo mientras durara su supervivencia. Lamentando, con un resto de nuestro antiguo espíritu científico, no poder fotografiar a tan extrañas criaturas, las dejamos allí graznando y seguimos avanzando hacia el abismo cuya entrada se nos mostraba ahora de forma tan evidente, y cuya dirección exacta señalaban de vez en cuando las huellas de los pingüinos.

Al poco rato, creímos que, por fin, nos acercábamos a la boca del túnel por el empinado descenso que emprendimos a lo largo de un pasillo de techo bajo, sin bifurcaciones y extrañamente desprovisto de relieves. Habíamos pasado junto a otros dos pingüinos y oímos otros más adelante. Luego el pasadizo desembocó en un prodigioso espacio abierto que nos dejó boquiabiertos, un perfecto hemisferio invertido muy profundo, de más de treinta metros de diámetro y dieciséis de altura, con pasadizos bajos que salían del perímetro de la circunferencia excepto por un punto donde se abría un arco cavernoso que rompía la simetría de la bóveda con su altura de casi cinco metros: era la entrada al gran abismo.

Sobre aquel vasto hemisferio, cuyo techo cóncavo estaba cubierto de impresionantes relieves de estilo decadente y representaciones de la bóveda celeste primigenia, se contoneaban algunos pingüinos albinos, ajenos a aquel lugar, aunque indiferentes y ciegos. El negro túnel se abría indefinidamente formando una empinada pendiente cuyo acceso estaba adornado con jambas y dinteles grotescamente tallados. Nos pareció notar una corriente de aire levemente más cálido procedente de aquella críptica entrada y tal vez incluso un poco de vapor, y nos preguntamos qué seres vivos, aparte de los pingüinos, se ocultarían en el insondable vacío subterráneo y las galerías de la tierra y las titánicas montañas. También nos habría gustado saber si las trazas de humo que había creído ver el pobre Lake, y la extraña neblina que habíamos notado en torno a los picos coronados de baluartes, no las habrían causado aquellos vapores al alzarse por tortuosos canales desde las regiones sin fondo del centro de la Tierra.

Al principio del túnel, apreciamos que su vano era de unos cinco metros por cada lado; las paredes, el suelo y el techo abovedado estaban construidos con la habitual albañilería megalítica. Las paredes aparecían escasamente decoradas con cartuchos de diseños convencionales y estilo tardío y decadente, y tanto la construcción como los relieves se hallaban muy bien conservados. El suelo estaba despejado, a excepción de unos detritus dejados por los pingüinos al salir y las huellas de aquellos otros seres al entrar. Cuanto más nos internábamos en el túnel más calor hacía e incluso tuvimos que desabrocharnos la ropa. Habríamos dado cualquier cosa por saber si había manifestaciones ígneas allí abajo, y si las aguas de aquel mar sin sol eran cálidas. Al cabo de un rato, la mampostería dio paso a la roca viva, aunque el túnel siguió teniendo las mismas proporciones y relieves. A veces la pendiente era tan pronunciada que habían tallado escalones en el suelo. En varias ocasiones vimos pequeñas galerías laterales que no figuraban en el mapa; ninguna de ellas tan intrincada como para complicar el viaje de regreso y todas con posibles escondites en caso de que nos encontráramos con algún ser indeseado que volvía del abismo. El olor indescriptible de aquellas cosas era muy intenso. Sin duda aventurarse en aquel túnel dadas las circunstancias era una imprudencia suicida, pero la atracción de lo desconocido es mayor en ciertas personas de lo que sospechamos, de hecho, esa misma atracción era la que nos había llevado hasta aquel desierto polar ultraterreno. Vimos varios pingüinos al pasar y especulamos sobre la distancia que aún tendríamos que recorrer. Los relieves nos habían inducido a pensar que sería una caminata de un kilómetro y medio cuesta abajo, pero nuestras anteriores exploraciones nos habían enseñado que el factor de escala no era totalmente fiable.

Como al cabo de medio kilómetro empezamos a notar que aquel indefinible olor se acentuaba, fuimos anotando cuidadosamente las diversas salidas laterales por las que pasábamos. No había vapor visible como en la entrada, pero sin duda se debía a la falta de contraste con un aire más frío. La temperatura subía deprisa, y no nos sorprendió encontrarnos un descuidado montón de material estremecedoramente familiar. Eran pieles y la lona de una tienda de campaña robadas del campamento de Lake, y no nos detuvimos a inspeccionar las extrañas formas en que habían sido cortadas. Un poco más adelante notamos un claro aumento del número y el tamaño de los pasadizos laterales y llegamos a la conclusión de que debíamos de haber llegado a la región surcada de galerías de las estribaciones más altas de las montañas. El indecible hedor estaba mezclado con otro no tan desagradable cuya naturaleza no acertamos a definir, aunque pensamos que serían organismos en descomposición o algún hongo desconocido subterráneo. Después el túnel se ensanchaba de un modo que no aparecía descrito en los relieves para formar una caverna aparentemente natural de unos veinticinco metros de largo por dieciséis de ancho con numerosos pasadizos laterales que se internaban en una misteriosa oscuridad.

A simple vista, la caverna parecía haber sido construida por un efecto de la naturaleza, pero, tras una inspección con las dos linternas encendidas, comprendimos que, en realidad, había derribado varios muros de galerías adyacentes para darle forma. Las paredes eran ásperas y el techo abovedado estaba cubierto de estalactitas, pero habían alisado el suelo y lo habían limpiado de cascotes, polvo y suciedad de un modo casi exagerado. Así ocurría con el suelo de todas las grandes galerías que partían de allí, con la excepción de la que nosotros habíamos utilizado, y la singularidad nos dejó muy desconcertados. El nuevo hedor añadido al olor indescriptible era tan acre que borraba cualquier rastro del otro. El ambiente del lugar, con su suelo barrido y casi brillante, nos pareció más desconcertante y espantoso que cualquiera de los horrores que habíamos encontrado previamente.

Cualquier confusión respecto al camino a seguir era imposible: el pasadizo que teníamos delante era extraordinariamente regular y el incremento del número de heces de pingüino nos guiaba, sin duda, entre la multitud de túneles del mismo tamaño. En cualquier caso, y temiendo cualquier eventualidad, decidimos volver a dejar un rastro de papel, pues, como es lógico, ya no podíamos contar con seguir las huellas en el polvo. Al reanudar la marcha iluminamos con la linterna las paredes del túnel y nos quedamos sin aliento al ver el cambio radical sufrido por los relieves en aquel lugar. Por supuesto, ya habíamos reparado en la gran decadencia de las esculturas de los Ancianos en la época en que se excavó el túnel, y sin duda habíamos notado la inferior calidad de los arabescos en las extensiones que habíamos dejado atrás. Pero en esa profunda sección de la caverna había una repentina diferencia que superaba cualquier explicación, una diferencia en la naturaleza misma, y no sólo en la calidad, que implicaba una degradación tan profunda y calamitosa de su destreza que nada de lo que habíamos visto hasta ese momento nos habría hecho imaginar.

Aquellas obras degeneradas eran groseras, toscas y totalmente carentes de la delicadeza del detalle. Estaban talladas con demasiada profundidad en bandas que seguían la misma línea general de los escasos cartuchos de las secciones anteriores, aunque la altura de los relieves no llegaba al nivel de la superficie general. A Danforth se le ocurrió que tal vez se tratase de un segundo labrado de la piedra, una especie de palimpsesto cincelado después de borrar un diseño anterior. Era de naturaleza puramente decorativa y convencional, y consistía en burdas espirales y ángulos que seguían torpemente la tradición quintil de los Ancianos, aunque parecían más una parodia que la continuación de dicha tradición. No logramos librarnos de la sensación de que se había añadido un elemento ajeno al sentimiento estético que subyacía a aquella técnica, un elemento que, según opinaba Danforth, era el responsable de aquella sustitución tan laboriosa. Se parecía y al mismo tiempo era muy distinto de lo que habíamos llegado a considerar el arte de los Ancianos, y me recordó a híbridos como las desgarbadas esculturas de Palmira[28] talladas al estilo romano. La presencia de una pila de linterna gastada en el suelo delante de uno de los motivos más característicos nos dio a entender que los otros también habían visto aquella banda de relieves.

No podíamos permitirnos pasar mucho tiempo estudiándolos, así que proseguimos nuestra marcha tras examinarlos muy por encima, aunque continuamos iluminando de vez en cuando las paredes por si se producía algún otro cambio en la decoración. No notamos nada, sin embargo, los relieves estaban más espaciados a causa de las numerosas bocas de túnel totalmente pulimentadas. Vimos y oímos menos pingüinos, aunque nos pareció oír un coro muy distante en el interior de la tierra, y apenas notamos aquel olor indescriptible. Las volutas de vapor que encontramos más adelante nos indicaron que el contraste de temperatura era cada vez mayor y nuestra relativa proximidad a los acantilados de la gran sima. Luego, de pronto, vimos varios bultos tendidos en el suelo, unos bultos que esta vez, sin

---

[28] Palmira, hoy llamada Tadmor (la ciudad de las palmeras) es una ciudad de la Antigüedad situada cerca de Hons, en Siria, descubierta en el siglo XVI cuyas ruinas son una amalgama de estilos grecorromanos y de Asia Menor, cuyo estado de conservación es excelente. *(N. del T.)*

duda, no eran pingüinos, y encendimos la segunda linterna después de asegurarnos de que no se movían.

CAPÍTULO XI

De nuevo, llego a un punto en el que seguir se me hace muy difícil. Algunas experiencias producen heridas tan profundas que no llegan a curar nunca y dejan una sensibilidad añadida que el recuerdo reaviva en todo su horror y a la que uno nunca acaba de acostumbrarse. Como he dicho vimos unos bultos en el suelo y debería añadir que casi al mismo tiempo notamos un aumento del extraño hedor, ahora claramente mezclado con el indescriptible olor de los que nos habían precedido. La luz de la segunda linterna no dejó lugar a dudas sobre la naturaleza de los bultos y sólo nos atrevimos a acercarnos porque vimos, incluso desde lejos, que ya no podían hacer daño a nadie, al igual que los seis especímenes similares que habíamos desenterrado de las monstruosas sepulturas en forma de montículos de cinco puntas del campamento del desdichado Lake.

Vimos que habían sido mutilados, como los que habíamos desenterrado, aunque el espeso charco verdoso que los rodeaba nos decía que la mutilación era muchísimo más reciente. Al parecer sólo había cuatro, aunque los informes de Lake daban a entender que el grupo que nos precedía estaba integrado al menos por ocho. Lo último que habíamos imaginado era encontrarlos en aquel estado, y habríamos dado cualquier cosa por saber qué monstruosa lucha se había producido en aquella oscuridad.

Cuando los pingüinos son atacados en bandada responden dando brutales picotazos, y por el ruido que escuchábamos, estábamos convencidos de que más adelante había una colonia. ¿Habrían perturbado los otros aquel lugar y ocasionado una mortífera persecución? Los bultos no parecían indicarlo, pues los picotazos de los pingüinos en los duros tejidos que Lake había diseccionado no habrían bastado para explicar los daños terribles que vimos al aproximarnos. Además, los enormes pájaros ciegos que habíamos visto parecían singularmente pacíficos.

Nos preguntábamos si se habría producido una pelea entre los otros y si los cuatro que faltaban eran los responsables de las mutilaciones, pero, en ese caso, ¿dónde estaban? ¿Estarían cerca y podían constituir una amenaza? Nos asomamos angustiados a algunos de los pasadizos laterales mientras continuábamos nuestro lento y nada animado avance. Fuese lo que fuese lo sucedido, estaba claro que había asustado a los pingüinos, por tanto, debía de haber ocurrido cerca de la colonia cuyo griterío nos llegaba desde la insondable sima, pues ningún indicio hacía suponer que los pájaros hubiesen vivido nunca en el lugar donde nos encontrábamos. Tal vez, pensamos, se hubiese producido una espantosa huida y la parte más débil estuviese intentando llegar a los trineos ocultos cuando sus perseguidores les alcanzaron. Imaginamos una espantosa escaramuza entre seres innombrables y monstruosos surgidos del negro abismo con grandes nubes de pingüinos corriendo y graznando en todas las direcciones.

Nos acercamos cautelosos y con suma prevención a los bultos tendidos y mutilados, pero ojalá el cielo no lo hubiera permitido y nos hubiéramos limitado a huir a toda velocidad de aquel túnel blasfemo de suelos lisos y resbaladizos cubierto de relieves murales degenerados que imitaban y ridiculizaban a los seres a los que habían desbancado, ¡huir antes de ver lo que vimos y antes de que se grabase en nuestro recuerdo algo que no volverá a dejarnos respirar con tranquilidad!

Iluminamos los bultos con las dos linternas y pronto comprendimos el factor dominante de las mutilaciones. Aunque estaban muy desfigurados, comprimidos, retorcidos y quebrantados, la herida más clara era la decapitación completa. Habían arrancado la cabeza de cada uno de los tentáculos, y al acercarnos vimos que la forma de arrancarla había sido una especie de horrible desgarro o succión, no un corte limpio. La repulsiva serosidad verdosa había formado un enorme charco, pero su hedor quedaba oculto por otro nuevo y desconocido más intenso allí que en cualquier otro punto del recorrido. Sólo al acercarnos mucho a los bultos pudimos atribuir aquel tufo inexplicable a alguna fuente cercana, y en cuanto lo hicimos Danforth, al recordar ciertos relieves muy descriptivos de la historia de los Ancianos en el Pérmico, hace ciento cincuenta millones de años, soltó un grito nervioso y torturado que resonó histéricamente en aquel pasadizo arcaico y abovedado cubierto de un palimpsesto de malignos relieves.

A punto estuve de gritar yo también, pues había visto los relieves primitivos y admirado el modo en que el artista anónimo había reproducido la baba repugnante encontrada en algunos Ancianos postrados y mutilados, a los que los temibles Shoggoths habían matado y decapitado en la gran guerra librada entre ambos. Eran relieves de pesadilla, aunque describieran seres desaparecidos hacía tanto tiempo, pues ningún ser debería haber retratado a los Shoggoths y la humanidad no debería contemplar sus obras. El autor loco del *Necronomicón* se había esforzado en jurar y perjurar que nunca habían vivido en nuestro planeta y que sólo podían imaginarse bajo el efecto de las drogas. Protoplasmas informes capaces de imitar y reflejar todo tipo de órganos y procesos, aglutinaciones viscosas de células burbujeantes, esferoides gomosos de cinco metros de diámetro, infinitamente plásticos y dúctiles, esclavos de la sugestión, constructores de ciudades, cada vez más hoscos e inteligentes y más anfibios y miméticos. ¡Santo Dios! ¿Qué locura habría empujado incluso a esos blasfemos Ancianos a utilizar y modelar semejantes seres?

En ese instante, Danforth y yo entendimos la naturaleza cósmica de aquel terror del modo más profundo que pueda imaginarse, al ver la baba negra, brillante e iridiscente adherida a los cadáveres decapitados que hedían obscenamente con aquel nuevo tufo desconocido cuya causa sólo podía concebir una imaginación enferma; pegada a los cuerpos y brillando, con menos intensidad en una parte lisa de aquel muro maldito y reesculpido con una serie de puntos agrupados. No era miedo a los cuatro desaparecidos, pues demasiado sospechábamos que no volverían a hacer daño a nadie. ¡Pobres diablos! Al fin y al cabo, no eran tan malos. Eran la humanidad de otra época y otro orden de seres. La naturaleza les había gastado una broma diabólica —como hará con cualquiera a quien la locura, la insensibilidad o la crueldad humanas arrastre hasta ese desierto polar muerto o durmiente— y ese había sido su trágico regreso a casa.

Ni siquiera eran salvajes... ¿Qué habían hecho, después de todo? Un terrible despertar en el frío de una época desconocida, y una ciega defensa ante el ataque de unos cuadrúpedos cubiertos de pelo que no paraban de ladrar y unos no menos frenéticos simios blancos con sus extrañas envolturas y parafernalia... ¡Pobre Lake, pobre Gedney, pero pobres Ancianos! Científicos, al fin y al cabo, no habían hecho nada que no hubiésemos hecho nosotros. ¡Dios, cuanta inteligencia y tenacidad! ¡Cómo se habían enfrentado a lo increíble, igual que sus parientes y antepasados de los relieves se habían enfrentado a cosas no menos inverosímiles! Radiados, vegetales, monstruosidades, llegados de las estrellas... ¡Fuesen lo que fuesen, habían sido una especie de humanidad!

Habían cruzado aquellas laderas de picos helados cubiertas de templos en los que antaño se había prestado culto y vagado entre helechos arborescentes. Habían hallado la ciudad muerta y maldita y habían leído el relato esculpido de sus últimos días, igual que nosotros. Habían intentado reunirse con sus congéneres en las fabulosas simas de negrura que no habían visto nunca... Y ¿con qué se habían encontrado? Todo eso cruzó al unísono por nuestra imaginación mientras contemplábamos los bultos decapitados y cubiertos de baba, los odiosos relieves en palimpsesto y los diabólicos grupos de puntos de baba fresca que había al lado. Al verlos comprendimos lo que debía de haber triunfado y sobrevivido allí abajo, en la ciclópea ciudad subterránea de aquel abismo oscuro y frecuentado por los pingüinos, del que había empezado a elevarse pálidamente una bruma siniestra y serpenteante en respuesta al grito histérico de Danforth.

Estábamos hondamente impresionados. Reconocer aquella baba monstruosa y la visión de las decapitaciones nos dejó inmovilizados como estatuas y sólo gracias a conversaciones posteriores supimos lo que habíamos pensado en aquel instante. Fue como si llevásemos eones en aquel lugar, pero, en verdad, apenas fueron diez o quince segundos. Aquella bruma pálida y odiosa ascendía ondulante como si de verdad la empujase el avance de alguna forma más remota... luego se oyó un sonido que echó por tierra nuestros planes, y al hacerlo quebró el hechizo y nos permitió salir corriendo como locos y dejar atrás a los confusos pingüinos para regresar a la ciudad por pasadizos megalíticos sumergidos en el hielo hasta el enorme círculo, y subir por la arcaica rampa en espiral en una frenética huida al aire libre y a la luz del día.

Ese sonido nuevo, como digo, trastornó nuestro plan, porque la disección hecha por Lake nos había erróneamente llevado a pensar el atribuir su destrucción a aquellos que ahora veíamos muertos. Era, me contó después Danforth, justo lo que le había parecido oír de forma muy apagada al doblar aquella esquina por encima del nivel glacial, y ciertamente guardaba un sorprendente parecido con el silbido del viento que habíamos oído junto a la boca de las cuevas en las montañas. Aun a riesgo de parecer pueril, añadiré también otra cosa siquiera sea por el modo tan sorprendente en que la impresión de Danforth coincidió con la mía. Por supuesto, lo que nos preparó para hacer esa interpretación fueron nuestras lecturas, aunque Danforth había insinuado extrañas ideas sobre las fuentes prohibidas e insospechadas a las que podría haber tenido acceso Poe hace un siglo, cuando escribió *Las aventuras de Arthur Gordon Pym*. Se recordará que en ese cuento fantástico hay una palabra de significado desconocido, aunque temible y prodigioso, relacionada con la Antártida y gritada eternamente por los pájaros gigantescos y espectralmente blancos del centro de esa maléfica región. «¡Tekeli-li, Tekeli-li!». Debo admitir que es exactamente el sonido que nos pareció oír detrás de la bruma blanca, un insidioso silbido musical de gama singularmente amplia.

No habían sonado aún aquellas tres sílabas, o notas, y ya habíamos emprendido la huida, aunque sabíamos que la agilidad de los Ancianos permitiría a cualquier superviviente de la matanza, alertado por nuestro grito, darnos alcance si se lo proponía. No obstante, teníamos la vaga esperanza de que si observábamos una conducta pacífica y un comportamiento razonable dicho ser nos dejaría seguir con vida, aunque sólo fuese por curiosidad científica. Al fin y al cabo, si no tuviese nada que temer tampoco tendría motivos para hacernos daño. Llegados a ese punto era inútil seguir ocultándose, así que usamos la linterna para echar un vistazo a nuestra espalda y vimos que la bruma estaba disipándose. ¿Veríamos por fin un ejemplar vivo e intacto de aquellos seres? Una vez más oímos el insidioso silbido musical: «¡Tekeli-li, Tekeli-li!».

Pronto nos dimos cuenta de que le íbamos ganando ventaja a nuestro perseguidor, por lo que dedujimos que tal vez estuviese herido. No obstante, no podíamos arriesgarnos, pues era evidente que se acercaba respondiendo al grito de Danforth, no huyendo de alguna otra entidad. La coincidencia era demasiado grande para dejar lugar a dudas. Era imposible saber el paradero de aquella pesadilla casi imposible de concebir, aquel gigantesco protoplasma nunca visto que escupía baba fétida y cuya raza había conquistado el abismo y enviado a tierra una avanzadilla para volver a tallar los relieves y reptar por las galerías de las montañas, y lamentamos mucho tener que dejar a aquel Anciano malherido, tal vez el único superviviente, en peligro de ser de nuevo capturado y sufrir un atroz destino.

No paramos de correr, gracias a Dios. La ondulante niebla se espesaba ante nuestros ojos y avanzaba a mayor velocidad, mientras los pingüinos que habíamos dejado atrás graznaban y chillaban y daban muestras de pánico ciertamente sorprendentes si se comparaban con lo poco que se habían asustado cuando pasamos a su lado. Una vez más oímos el siniestro «¡Tekeli-li, Tekeli-li!». Nos habíamos equivocado. El ser no estaba herido, sólo se había detenido al encontrar los cadáveres de sus congéneres y la infernal inscripción de baba que había encima. Nunca sabríamos qué significado tenía aquel mensaje demoníaco, pero los enterramientos en el campamento de Lake nos habían mostrado la importancia que concedían aquellos seres a sus muertos. Nuestra linterna casi gastada reveló por delante de nosotros la enorme caverna abierta en la que convergían varios pasadizos, y nos alegró dejar atrás los morbosos relieves en palimpsesto, que, aunque no podíamos verlos, casi nos parecía sentirlos.

La cueva nos brindó la idea de que podríamos despistar a nuestro perseguidor por el laberinto de galerías. Había varios pingüinos ciegos en el espacio abierto y era evidente que el temor que les inspiraba el ser que se acercaba era superior a cualquier posible descripción. Atenuamos la luz de la linterna al máximo para poder seguir nuestra huida y la enfocamos hacia delante, para que los torpes movimientos de aquellos pájaros gigantescos borraran nuestras pisadas, ocultaran nuestro verdadero camino y ofrecieran rastros falsos. En mitad de aquella bruma serpenteante, el suelo sin pulir y cubierto de suciedad del túnel principal, tan diferente de las demás galerías, no ofrecería ningún rasgo distintivo, ni siquiera, por lo que podíamos conjeturar, para aquellos sentidos especiales que hacían que los Ancianos fuesen en parte independientes de la luz en caso de emergencia. De hecho, temimos extraviarnos por culpa de las prisas. Por supuesto, habíamos decidido seguir en dirección a la ciudad muerta, ya que las consecuencias de perderse en aquellas galerías desconocidas habrían sido inconcebibles.

Llegamos a la superficie sanos y salvos, sobrevivimos sin duda gracias a que aquella cosa tomó la galería correcta, pero también porque providencialmente nosotros seguimos la ruta correcta. Los pingüinos, combinados con la espesa niebla, confluyeron para salvarnos. Sólo un destino favorable hizo que los serpenteantes vapores se espesaran en el momento adecuado, pues cambiaban constantemente y amenazaban con disiparse. Incluso se levantaron justo un segundo antes de que saliéramos a la cueva desde el repulsivo túnel reesculpido y pudimos entrever por vez primera a aquel ser al echar una temerosa mirada atrás antes de apagar la linterna y mezclarnos con los pingüinos con la esperanza de darle esquinazo. Si el destino que nos ocultó fue benévolo, el que nos permitió vislumbrarlo fue todo lo contrario, pues a ese instante se debe el horror que nos ha obsesionado desde entonces.

Miramos atrás tal vez movidos por el instinto inmemorial del perseguido de comprobar el rumbo y la distancia del perseguidor o, quizá, si fuera por mera curiosidad, de un intento de dar respuesta a una pregunta inconsciente planteada por nuestros sentidos. En plena huida, con todas nuestras facultades centradas en escapar, no nos hallábamos en situación de analizar y observar los detalles, pero incluso así las células latentes de nuestro cerebro debieron de preguntarse por la naturaleza del hedor que percibían. Luego comprendimos de qué se trataba: nuestra huida de la fétida capa de baba, de aquellos objetos decapitados y de la cercanía de nuestro perseguidor no había causado el cambio de olores exigido por la lógica. Cerca de los objetos tendidos, había predominado el olor nuevo e inexplicable, pero a esas alturas ya debería haber dejado paso al indecible tufo asociado a los otros. No había sido así y el hedor más nuevo y desagradable se volvía más insistente y ponzoñoso cada segundo.

La cuestión es que volvimos la mirada atrás, ambos al unísono, aunque es posible que el incipiente movimiento de uno motivara la imitación del otro, y al hacerlo iluminamos la fina bruma con las dos linternas a máxima potencia, ya fuese por un deseo primitivo de ver todo lo posible o por un esfuerzo menos primario, pero igualmente inconsciente, de cegar a aquella entidad antes de atenuar la luz y mezclarnos entre los asustados pingüinos camino del centro del laberinto.

¡Fue un acto desafortunado! Ni el propio Orfeo, ni la mujer de Lot[29], pagaron más caro esa mirada atrás. Y otra vez oímos el desagradable silbido de amplio registro: «¡Tekeli-li, Tekeli-li!».

Me resisto a ser directo en mi narración, aunque más vale ser franco y contar lo que vimos, pese a que en aquel momento los dos decidimos ocultárnoslo mutuamente. Las palabras que lleguen al lector nunca podrán sugerir lo horrible de aquella imagen. Paralizó de tal manera nuestra conciencia que me sorprende que tuviésemos el reflejo de apagar las linternas tal como habíamos planeado y acertar con el túnel correcto en dirección a la ciudad muerta. Debió de guiarnos sólo el instinto, y tal vez lo hiciese mejor que la razón misma; aunque si fue eso lo que nos salvó, el precio que pagamos fue muy alto. Razón, sin duda, nos quedaba poca. Danforth estaba deshecho, y lo primero que recuerdo del resto de nuestra huida fue que le oí canturrear una fórmula histérica en la que sólo yo, de toda la humanidad, habría podido entender algo más que una sarta de incoherencias. Reverberó en falsete entre los graznidos de los pingüinos, reverberó en las bóvedas que teníamos delante y, gracias a Dios, en las que habíamos dejado atrás. No debió de empezar enseguida, de lo contrario no habríamos seguido con vida corriendo como desesperados. Me estremezco al pensar lo que habría podido ocurrir si sus reacciones nerviosas hubiesen sido levemente diferentes. «South Station... Washington... Park Street... Kendall... Central... Harvard...», el pobre desgraciado estaba recitando las estaciones de la conocida línea de metro de Boston a Cambridge que recorría nuestra pacífica tierra natal en Nueva Inglaterra, a miles de kilómetros de allí, aunque aquel ritual no me resultó familiar ni irrelevante. Tan sólo me produjo espanto, pues comprendí de manera inequívoca la horrenda y nefanda analogía que

---

[29] Se refiere al mito grecorromano de Orfeo, quien descendió a los infiernos para rescatar a su amada, Eurídice, que había sido picada por una serpiente. Su amor hizo que Hades, dios del infierno, se apiadara de ellos y dejó salir a Eurídice con la condición de que Orfeo fuera delante de ella y no mirara atrás durante todo el ascenso al mundo terrenal. Sin embargo, a medio camino, instintivamente quiso cerciorarse de que Eurídice lo seguía y al volver la mirada, ella regresó a los infiernos. El mito de la mujer de Lot pertenece a la tradición hebrea y lo recoge la Biblia en el libro del Génesis: cuando Dios decidió la destrucción de las malvadas ciudades de Sodoma y Gomorra, salvó a Lot y su familia, por encontrar que él era el único hombre justo, con la condición de que no miraran atrás. La mujer de Lot no obedeció la orden divina y quedó convertida en estatua de sal. *(N. del T.)*

se lo había sugerido. Al volver la vista atrás habíamos imaginado que veríamos una entidad horrible e increíble moviéndose entre la fina bruma, pero no nos habíamos formado una idea muy clara de dicha entidad. Lo que vimos, pues los vapores casi se habían disipado, fue algo muy distinto e inconmensurablemente más odioso y detestable. Fue la encarnación absoluta y objetiva de la «cosa que no debería existir» del novelista fantástico, y la analogía que más se aproxima a la realidad es un enorme tren subterráneo a toda velocidad tal como se ve a su llegada desde el andén de la estación: con el gran morro negro asomando de una distancia subterránea infinita, iluminado con extrañas luces de colores y llenando el prodigioso hueco igual que un pistón un cilindro.

Pero nosotros no estábamos en el andén, sino en medio de la vía cuando aquella columna de pesadilla apareció rezumando su fétida y negra iridiscencia por el hueco de cinco metros de diámetro, ganando velocidad y empujando por delante la nube ondulante de los pálidos vapores del abismo. Fue algo terrible e indescriptible, mucho más grande que cualquier tren subterráneo: un agregado amorfo de burbujas protoplásmicas, vagamente luminosas, y miles de ojos que se formaban y deshacían como pústulas de luz verdosa a medida que avanzaba hacia nosotros por el túnel, aplastando a los pingüinos y resbalando por el suelo pulimentado que él y otros como él habían limpiado de toda suciedad. Una vez más oímos el silbido burlón y pavoroso, «¡Tekeli-li, Tekeli-li!». Y por fin recordamos que los demoníacos Shoggoths, a quienes los Ancianos habían dado vida, pensamiento y plasticidad para reproducir cualquier órgano, no tenían otro lenguaje que el expresado por aquellos puntos, *y tampoco tenían más voz que los acentos que imitaban de sus amos desaparecidos.*

CAPÍTULO XII

Tanto Danforth como yo recordamos haber salido al gran hemisferio esculpido y desandado nuestros pasos a través de salas y pasillos ciclópeos por la ciudad muerta; pero son fragmentos de ensueño, que no implican voluntad, detalle ni esfuerzo físico. Fue como si flotáramos en una nebulosa o en una dimensión sin tiempo, causa, ni orientación. La grisácea luz del día en el vasto espacio circular nos tranquilizó un poco, pero no nos acercamos a los trineos escondidos, no nos volvimos siquiera a dedicar una mirada al pobre Gedney ni al perro. Están allí en su extraño y titánico mausoleo, y espero que cuando este planeta llegue a su fin aún sigan en paz.

No percibimos nuestra terrible fatiga, y los jadeos sofocados causados por la carrera, hasta que no llegamos al aire enrarecido de la meseta, donde accedimos por la gigantesca rampa en espiral, pero ni siquiera el miedo a desfallecer logró que nos detuviéramos antes de llegar a los dominios del sol y al abierto cielo. Había algo vagamente apropiado en nuestra partida de aquellas épocas subterráneas, pues mientras ascendíamos jadeantes por la mampostería primigenia del cilindro de veinte metros de altura vislumbramos una sucesión de relieves heroicos tallados con la técnica temprana de aquella raza desaparecida, la despedida de los Ancianos, escrita hacía cincuenta millones de años.

Al llegar arriba, nos encontramos en la cima de un montículo gigantesco de bloques caídos, con las paredes de piedra alzándose en curva al oeste y los picos de las montañas asomando por detrás de las estructuras más deterioradas que había hacia el este. El bajo sol antártico de medianoche asomaba rojizo por el horizonte entre las grietas de las ruinas, y la edad inconcebible y la falta de vida de la ciudad de pesadilla me parecieron aún mayores por el contraste con los conocidos rasgos del paisaje polar. El cielo era un amasijo opalescente de tenues vapores, y el frío nos caló hasta la médula de los huesos. Extenuados, dejamos en el suelo las mochilas con las que habíamos cargado instintivamente mientras huíamos, volvimos a abrocharnos las gruesas prendas y descendimos a trompicones para recorrer el laberinto de piedra en dirección a las estribaciones montañosas donde aguardaba nuestro avión. No dijimos nada de lo que nos había hecho huir de la oscuridad del secreto de la tierra y sus arcaicos abismos.

No tardamos más de un cuarto de hora en encontrar la empinada escalera en las montañas por la que habíamos descendido, aquella que probablemente fuera la estructura derruida de un graderío. Desde allí, vimos la silueta negra del avión entre las ruinas dispersas de la montaña que había al fondo. A mitad de camino, hicimos una pausa para recobrar el aliento y nos volvimos para contemplar la fantástica maraña paleógena de formas de piedra que había abajo, que se recortaba misteriosamente contra un desconocido occidente. Al hacerlo reparamos en que la neblina matutina había desaparecido del cielo y los vapores se habían desplazado hacia el cénit donde sus formas burlonas parecían a punto de formar un extraño dibujo que temieran definir de forma demasiado clara y concreta.

El horizonte blanco, detrás de la grotesca ciudad, mostraba una visión élfica y leve con una línea de pináculos violáceos cuyas cumbres puntiagudas se alzaban como un sueño contra el color rosado y tentador del cielo occidental. Hasta aquel borde reluciente ascendía la antigua meseta atravesada por el río desaparecido como una irregular cinta de sombra. Por un segundo contemplamos boquiabiertos de admiración la belleza cósmica y ultraterrena de aquella escena, y luego un vago horror empezó a abrirse paso hasta nuestras almas. Pues la lejana línea violácea no podía ser otra cosa que las temibles montañas prohibidas, los picos más altos de la Tierra y el foco del mal en la Tierra; la guarida de horrores innombrables y secretos arqueozoicos, evitada y adorada por quienes temieron tallar su significado; nunca hollada por ser viviente alguno y sólo visitada por extraños relámpagos que iluminaban de modo extraño las llanuras en la noche polar, sin duda el arquetipo desconocido de la temida Kadath en el Desierto Helado, más allá de la aborrecible Leng, a la que aluden evasivamente las leyendas primitivas. Éramos los primeros seres humanos que las veíamos y ruego a Dios que seamos también los últimos.

Si los mapas y relieves tallados en aquella ciudad anterior a la humanidad eran precisos, las misteriosas montañas violáceas se encontraban a unos quinientos kilómetros de distancia; no obstante, su élfica y borrosa esencia asomaba sobre el borde remoto y nevado como el filo aserrado de un planeta extraño y monstruoso a punto de alzarse en un cielo desconocido. Su altura debe de ser enorme e incomparable, y sin duda se alzan hasta tenues estratos atmosféricos poblados de esos espectros gaseosos que han descrito con temerosos susurros algunos osados pilotos después de caídas inexplicables. Al contemplarlas, pensé nerviosamente en ciertos indicios esculpidos de lo que el río desaparecido había arrastrado hasta la ciudad desde sus laderas malditas y deseé saber qué proporción de sensatez y de locura había habido en los temores de los Ancianos que los habían tallado con tantas reticencias. Recordé que la desembocadura estaba al norte, cerca de la costa de Tierra Victoria, donde, en ese mismo instante, se hallaba sin duda la expedición de sir Douglas Mawson, y rogué para que ningún funesto destino permitiera entrever a él y sus hombres lo que había detrás de la cordillera costera. Con eso basta para hacerse una idea de mi extenuación en aquel momento... Y Danforth aún estaba peor.

Antes de llegar al aeroplano, al dejar atrás la ruina en forma de estrella, nuestro temor se dirigió hacia la cordillera más baja, pero igualmente altísima, que debíamos atravesar. Desde aquellas estribaciones las negras laderas salpicadas de ruinas se alzaban severas y pavorosas, y volvieron a recordarnos las extrañas pinturas asiáticas de Nikolái Roerich; y cuando pensamos en las horribles galerías que las recorrían y en las temibles entidades amorfas que podían haber arrastrado su fetidez hasta los pináculos más altos, sentimos pánico ante la perspectiva de volver a sobrevolar aquellas tentadoras entradas a las cuevas donde el viento sonaba como un malvado silbido musical de registro muy amplio. Para acabar de empeorar las cosas, vimos diáfanas volutas de niebla en torno a algunas de las cimas, las que el pobre Lake había atribuido por error a fenómenos volcánicos, y pensamos estremecidos en la bruma de la que acabábamos de escapar; en eso y en el abismo blasfemo y repleto de horrores del que procedían dichos vapores.

El avión se encontraba en perfecto estado. Nos pusimos con torpeza la ropa de abrigo para el vuelo, Danforth arrancó el motor sin dificultad y despegamos suavemente sobre la ciudad de pesadilla. A nuestros pies volvió a extenderse la ciclópea mampostería primigenia, tal como había hecho la primera vez que la vimos —hacía poco tiempo, aunque a nosotros nos parecía una eternidad— y empezamos a ascender contra el viento para atravesar el paso. Más arriba debía de haber numerosas turbulencias, pues las nubes de hielo en polvo del cénit estaban adoptando toda clase de formas fantásticas, pero a siete mil doscientos metros, la altura que necesitábamos para atravesar el paso, la navegación era relativamente fácil. Al aproximarnos a los picos, volvió a hacerse audible el extraño silbido y vi que a Danforth le temblaban las manos. Pese a que no soy más que un simple aficionado, juzgué que podría pilotar el avión mejor que Danforth mientras atravesábamos el peligroso paso entre los pináculos, y cuando le indiqué por señas que cambiáramos los asientos no protestó. Me esforcé por conservar la calma y hacer uso de toda mi habilidad, fijé la vista en el cielo rojizo que había entre las paredes del paso, me negué en redondo a prestar atención a los celajes de las cumbres y deseé haberme tapado con cera los oídos como los marineros de Ulises en la costa de las sirenas para apartar aquel turbador silbido de mi conciencia.

Liberado de la tarea del pilotaje del avión y presa de un peligroso estado nervioso, Danforth era incapaz de permanecer quieto. Noté cómo se volvía y retorcía para contemplar la terrible ciudad cada vez más lejana, las entradas a las cuevas y los cubos adheridos a las cumbres, las desoladas extensiones de nieve de las laderas y el cielo hirviente y grotescamente nublado. Fue entonces, mientras me esforzaba en pilotar a través del paso, cuando sus gritos enloquecidos estuvieron a punto de causar un desastre, me hicieron perder el dominio de mí mismo y manotear con impotencia sobre los mandos. Me sobrepuse un segundo después y pudimos pasar sanos y salvos, aunque mucho me temo que Danforth no volverá a ser el mismo.

Como ya he contado, se ha negado a decirme qué vio, qué fue ese último horror que le provocó lanzar un grito tan demencial, pero tengo el convencimiento de que ese algo es la causa de su estado actual. Cuando llegamos a la otra vertiente de la cordillera e iniciamos el descenso al campamento, a gritos por encima del aullido del viento y el ruido del motor, nos recordamos el compromiso de guardar el secreto que habíamos establecido mientras hacíamos los preparativos para abandonar esa ciudad de pesadilla. Estábamos de acuerdo en que hay cosas que no estaban hechas para que la gente las sepa y las comente a la ligera, y jamás se me habría ocurrido divulgarlas de no ser para disuadir a la expedición Starkweather-Moor, y a cualquier otra, al precio que sea. Es absolutamente necesario para la paz y seguridad de la humanidad que no perturbemos algunos de los rincones y profundidades insondables más oscuras y muertas del planeta, no vaya a ser que ciertas anormalidades dormidas despierten y vuelvan a cobrar vida, y pesadillas supervivientes salgan reptando y chapoteando de sus negras madrigueras para emprender nuevas y mayores conquistas.

Lo único que ha llegado Danforth a insinuar sobre aquel último horror es que seguramente se tratara de un espejismo. Afirma que nada tenía que ver con los cubos y las cuevas de aquellas montañas de la locura horadadas, resonantes y vaporosas que habíamos dejado atrás, sino con un único fantástico y demoníaco reflejo entre las nubes del cénit de lo que había detrás de las otras montañas violáceas occidentales que los Ancianos siempre habían temido y evitado. Es muy probable que lo que viese fuese sólo una alucinación debida a la tensión que habíamos sufrido y al espejismo de la ciudad ultramontana que habíamos experimentado el día anterior, aunque no lo hubiésemos identificado como tal, cerca del campamento de Lake, pero para Danforth fue tan real que sigue sufriendo por su causa.

En alguna ocasión ha susurrado cosas inconexas y sin sentido sobre «el negro abismo», «borde tallado», «los proto-Shoggoths», «las moles sin ventanas y con cinco dimensiones», «el cilindro sin nombre», «el antiguo faro», «Yog-Sothoth», «la gelatina blanca primordial», «el color llegado del espacio», «las alas», «los ojos en la oscuridad», «la escalera a la Luna», «lo original, lo eterno, lo que no muere» y otras ideas no menos extrañas, pero cuando consigue dominarse, lo niega y lo atribuye a sus macabras lecturas de años anteriores. De hecho, se sabe que Danforth es de los pocos que se han atrevido a leer hasta el final el ejemplar roído por los gusanos del *Necronomicón* que se conserva bajo llave en la biblioteca de la facultad.

Cuando atravesamos la cordillera, el cielo estaba cubierto de vapores y ciertamente turbulento, y aunque no vi el cénit puedo imaginar que las nubes de hielo en polvo debieron de adoptar formas extrañas. La imaginación, sabedora de que esas cambiantes capas de nubes pueden reflejar, refractar y ampliar con detalle escenas lejanas, debió de añadir el resto. Por supuesto Danforth no aludió a ninguno de esos horrores concretos hasta que su memoria tuvo tiempo de inspirarse en sus lecturas anteriores, pero es imposible que viera tantas cosas en un instante tan breve.

En aquel momento, sus gritos se limitaron a repetir una palabra enloquecida cuyo origen no podía estar más claro: «¡Tekeli-li, Tekeli-li!».

ÍNDICE